ミネルヴァ日本評伝選

露もわが身も置きどころなし

兼好

島内裕子著

ミネルヴァ書房

土佐光成筆「兼好画像」

（三重県伊賀市・常楽寺蔵）

長泉寺蔵「兼好画像」

（永井如雲『肖像』より）

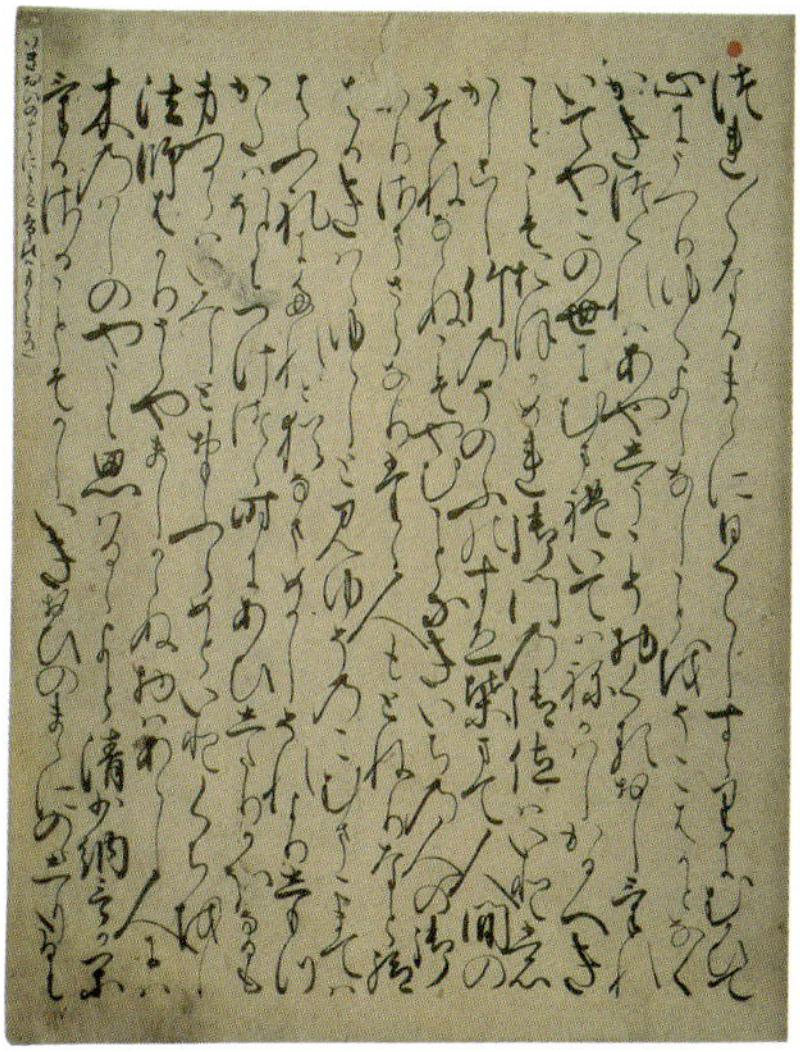

正徹本『つれづれ草』冒頭
（静嘉堂文庫蔵）
徒然草最古の写本。

称名寺（横浜市金沢区金沢）　兼好も武蔵国金沢を訪れたことがある。

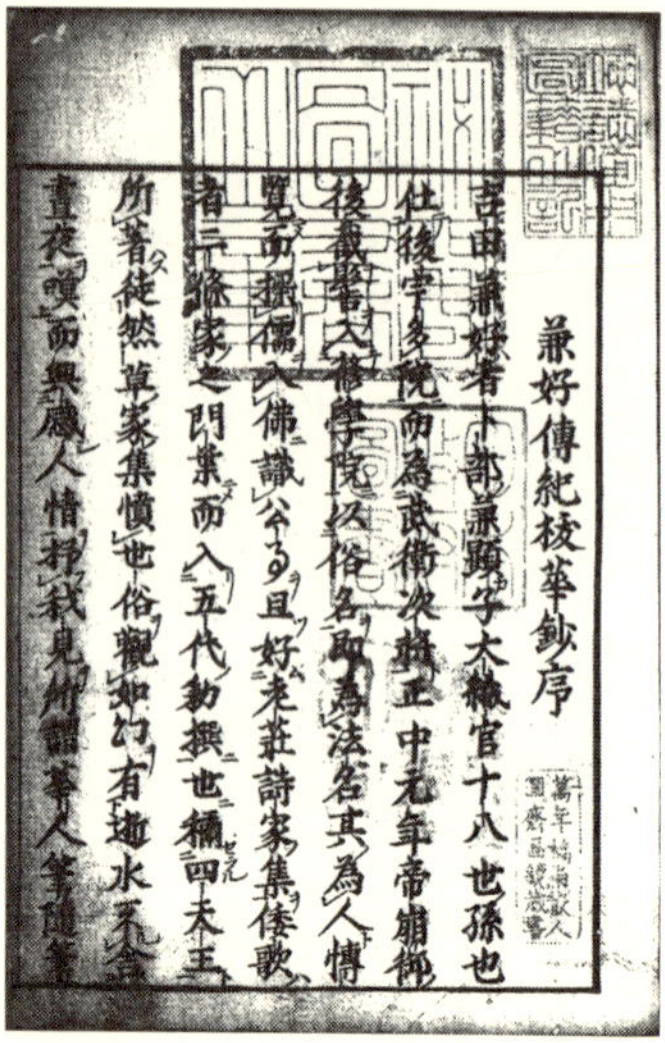
倉田松益『兼好伝記』
（『兼好伝記抜萃鈔』とも）

つまり、徒然草が幅広い読者を獲得し、注釈研究も飽和状態に達した後で、ようやく兼好という人物への関心が高まっていったことになる。だからこそ、彼の伝記が書かれるようになった、と見てよいだろう。そのことを裏付けるかのように、徒然草の存在がまだ一部の人々にしか知られていなかった近世以前には、室町時代の歌人・正徹《しょうてつ》が書き留めたほんの数行程度の事実しか、兼好の生涯に関する記述はなかったのである。兼好の伝記は、徒然草の存在が広く世間に認知されて以後に、初めて書かれるようになった。もし徒然草が書かれなかったら、おそらく誰も兼好に注目して彼の伝記を書こうとは思わなかっただろう。

近世兼好伝

ところが、貞享三年（一六八六）に倉田《くらた》松益《しょうえき》がまとめた『兼好伝記』をはじめとして、天保八年（一八三七）野々口隆正《ののぐちたかまさ》（大国隆正）による『兼好法師伝記考証』に至るまでの百五十年間に、種々取り混ぜてざっと十編余りの兼好伝が出現した。それらは、兼好に関する事跡を列挙しただけの簡単なものや、一代記の形で書かれた物語風のかなり詳しい伝記、あるいは終焉の場所と時期に絞っての考察や、兼好の言動への論評を含む伝記など、実にさまざまである。

このような兼好伝を総称して、「近世兼好伝」と名付けよう。しかしながら、それらの伝記で描かれた兼好の姿は、現代の目から見てあまりにも荒唐無稽であると言わざるをえない。たとえば、文武両道に秀でた人物像。失恋による出家と諸国漂泊。最高の学匠歌人としての貴顕への古典講義。南朝忠臣としての政治的活躍。晩年の伊賀国隠棲とそこでの病没など。これらの事跡は、徒然草のどこにも書かれていないし、信頼するに足る記録類のどこにも見当たらない。兼好の伝記史料の少なさというマイナス面が、逆に「伝記」創作への自由な想像を羽ばたかせたのである。もっとも、自由な想像とはいえ、概してそこでの兼好の姿は、文化的であれ政治的であれ、一般人から抜きんでた人物として描かれている。これが「近世兼好伝」の大きな特徴となっている。「近世兼好伝」を一言でまとめれば、一種の「ヒーロー伝説」であった。

一方で、浮世草子や洒落本や川柳などの近世文芸の世界では、兼好がごくくだけたユーモラスで「わけ知り」の人物として描かれ、ヒーローどころか、まるでどこにでもいるような親しみやすい、話のわかる年配者になってしまっている。

ダブル・イメージ

しかし、江戸時代を通じて広く流布していたこれらの兼好の姿を、一笑に付すことはできない。なぜなら、「近世兼好伝」や近世文芸の中で芽生え、増殖した二つの兼好イメージは、根強く現代にまで命脈を保っており、現代人の抜きがたい先入観とさえなっているからである。兼好のことを「人生の達人」と見るか、あるいはもっとずっとくだけて「双《なら》ケ《び》岡《がおか》の粋法師《すいほうし》」と見るか。両極端とも思える兼好のダブル・イメージは、その根底には徒然草に描かれた多彩な内容が反映していると考えられるが、近世に出来上がった硬・軟二つの兼好イメージから一歩も外へ出ていないとも言える。

先入観となり文学常識にさえなっている旧来の兼好イメージを打ち破り、伝記史料の少なさを乗り越えて、兼好の実像を根底から見直すことは可能なのだろうか。兼好の伝記を執筆することの困難さを象徴するかのように、明治・大正・昭和・平成と続く近代の百三十余年間に書かれた兼好の伝記は、注釈書の解説や雑誌論文を除けば、単行本にしてわずか数冊に過ぎない。

それでは、今ここに新しく兼好の「評伝」を書くことは、どのような意味と意義を担っているのだろうか。本書が『ミネルヴァ日本評伝選』の一冊として上梓されるからには、「評伝とは何か」「評伝とはどうあるべきか」という私自身の問題意識を最初にはっきりさせておく必要があるだろう。

評伝というスタイル

私が抱く評伝のイメージは、伝記と比べた場合、対象となる人物に対する執筆者自身の観点を明確に打ち出すことを可能にするジャンルである。と同時に、「文学の領域」に半身を置くことを執筆者に許容するジャンルでもある。このように述べると、評伝が本来的に内包すべき歴史的な事実の扱いを軽視しているように聞こえるかもしれないが、もちろんそのような意味では決してない。だが、叙述の力点の置き方として、執筆者自身が生きている「現在」という地点を光源として、強い光を対象に当てて描き出すことに評伝の一つの大きな特質を認めるとしたら、記述の展開によっては、ある部分でおのずと文学の領域に重心を置く姿勢を取ることもあるだろう。

兼好のように生没年もわからず、事跡もわずかしか知られていない人間の生涯を描くには、評伝のスタイルがふさわしい。わずかな事実からいかに兼好の真実を引き出すか。兼好の場合、すでに先学による研究の蓄積があり、それらを常に参照することは勿論であるが、本書はこの平成の時代に書かれる兼好評伝としての意義を持つものでありたいと思う。

では、どのような方法論を採ろうとしているのか。これから私が描き出す兼好は、多くを徒然草の記述に拠っている。なぜならば兼好とは、みずからの肉体の痕跡を能《あた》う限り消滅させた文学者であり、彼の本当の姿は、徒然草という書物の背後に巧妙に隠されていると思うからである。

ところが、いざ徒然草の背後に兼好を見出そうとすると、その作業は困難を伴うことがわかってくる。皮肉なことに、四百年にわたる徒然草研究の蓄積が大きなハードルとなって立ち塞がっているのである。一般に学問研究とは、先学の到達点を踏まえながら、さらに半歩でも一歩でも前に進む作業であるから、本書においても先行研究の成果はできうる限り踏まえるつもりである。けれども兼好の評伝は、従来行われてきた徒然草の読み方を根底から検証し、さらなる新しい読み方を提示しつつ、そこから翻って生身の兼好の息づかいと肉声を眼前に招来することでなくてはならない。

江戸時代には、兼好の肖像画が何種類も描かれた。それらの兼好画像は、文字通り一目瞭然たる兼好の姿である。しかし本来は、徒然草こそが兼好の自画像なのである。徒然草を通して、どのような兼好の姿が見えてくるか。徒然草の記述の流れに沿って兼好の精神の変貌を辿り、表現の背後に隠された兼好の心の真実を読み取ることこそが、評伝の完成に繋がるのではないかと私は考える。

徒然草を通して兼好像を描く本書の試みは、徒然草を鎌倉時代末期に成立した作品であるという限定された時間帯から解放することにもなる。だから、成立当時の状況だけではなく、近現代の文学状況とも響き合わせながら考察を進めることも必要になる。時によっては外国文学や芸術のさまざまなジャンルと響き合わせることもあるだろう。

現代の視点から見る

徒然草冒頭の「つれづれなるままに」という記念すべき兼好の第一声は、どのような内実を含んだ言葉なのか。それを徒然草が成立する以前の用例から類推するだけでは、いかにも不十分であろう。むしろ、近代になってから人々がようやく自覚するようになったある種の感覚や感慨を補助線として考えた時、どのような新しい視界が開けてくるだろうか。「つれづれ」に兼好が込めた思いは、王朝時代の閑雅な退屈さよりも、近代になって尖鋭に認識されるようになった、存在への不安と戦《おのの》きを底に秘めた倦怠感とも通底しないであろうか。

あるいはまた、兼好が徒然草に書いたさまざまな思想や宗教的な態度は、単に彼の教養や当時の思潮の表れとみなしてよいものだろうか。兼好は無常観に浸って、仏道への精進を提唱しているのだろうか。兼好は無常観をどのように捉えているのか。

そもそも、兼好を額面通りの教養人として捉え、人生に達観した人物として捉えることが、本当に兼好の真実の姿を映し出すことになるのか。そのことを探求するためには、兼好が残した和歌も重要となる。従来の兼好論では、徒然草と兼好の和歌を二つながら視野に収めつつ、いかに両者を統合して兼好の人間性を導き出すかという視点が、いまだ十分には機能していなかったように思われる。昭和十七年八月の『文學界』に掲載された小林秀雄のエッセイ「徒然草」は、近代に書かれた数々の徒然草論・兼好論の中でも出色のものである。けれどもその中で、「兼好の家集は、徒然草について何事も教えない」と断言したことに対しては、異議を唱えなければならないだろう。

なるほど兼好が遺した徒然草と三百首にも満たない小規模な家集とは、それぞれが風に靡《なび》く薄絹のように離れ離れに独立して、緩やかにみずからの動きを見せているだけのように思えるかもしれない。だが、その両端を手に持ってそっと結び合わせて見るならば、その結び目に真実の兼好の心が宿りはしないだろうか。兼好の和歌と徒然草を響き合わせることによって、彼の心の陰翳が明らかになるであろう。それは特に徒然草の冒頭部をめぐる新しい読み方の提示にも繋がってくるはずである。

新しい兼好像を求めて

兼好はある意味で未成熟な青年期の兆候を微かに残しながら、徒然草の執筆を開始している。けれども彼は、徒然草を執筆しつつ、みずからの言葉の力によって自分自身の精神を変化・成長させてゆく。このような徒然草の中で生成してゆく生命体としての人間・兼好を描き出したい。そして、日本文学史における徒然草の達成を見届けたい。

思えば兼好は、生前から現代に至るまで、絶えざる毀誉褒貶《きよほうへん》に曝《さら》されてきた。生前は「和歌四天王」とまで呼ばれたものの、四人の中で「ちと劣りたる」と論評されていた。室町時代には、稀有の美意識の持ち主として、あるいは、この世の無常を深く認識した人物として一部の人々に高く評価された。しかし江戸時代になってからは、抜群の知名度を誇る大衆的な人気者だったにもかかわらず、神道家の多田南嶺《ただなんれい》（一六九八〜一七五〇）からは、「出家して和歌にのみ心をかくるは、風雅の方より見れば、一家の洒落《しやらく》、おもしろしとも言ふべし。其の家系より見ては、先祖数世の業《げふ》を見切りたるやうにて、父祖への不孝言ひつくすべからず」と論評されている。つまり、神道の家柄にもかかわらず出家して和歌に専心したのは、家業を尽くさず親不孝だと非難されたのである。国学者の本居宣長《もとおりのりなが》（一七三〇〜一八〇一）にも、「さかしら心のつくり風流《みやび》」として兼好の美学は厳しく否定された。厳格な朱子学者たちからも、老荘思想や仏教に帰依しているとして兼好は批判された。近代になってからも、徒然草などせいぜいが中学生向きだと、芥川龍之介に軽く一蹴されている。

ただし、これは本書の執筆過程で新たに浮かび上がってきたことであるが、意外にも近世初期の儒学者である林《はやし》羅山《らざん》と彼の子孫たちは、兼好の真実の姿をよく捉えている。しかも林家三代が見出した兼好の人間像は、絵画に描かれた兼好像とも密接に結び付いていたのである。

絵画に描かれた兼好と徒然草

本書は、このような兼好画像を多数掲載して、「兼好画像集成」的な役割も果たしたい。兼好の身体的な特徴などというものは、江戸時代以前には、絶えて書かれたことはなかった。もちろん兼好自身も、自分の容貌や体型について徒然草には一切記していない。にもかかわらず、人々は何を根拠として兼好の肖像画を描いたのか。兼好画像の生成とその展開に関する研究は、これまでほとんど行われていないテーマである。本書ではこの点に着目して、兼好の人間像の一端に迫りたい。

さらには、従来の徒然草研究で紹介されてこなかった新出の住吉《すみよし》具慶《ぐけい》筆『徒然草図』（斎宮歴史博物館蔵・全九十六葉）の中から、本文の記述内容に即して図版を掲げたい。住吉具慶によって描かれた

『徒然草図』は下絵ではあるが、あるものは精緻、あるものは軽妙、またあるものは徒然草の内容に対する独自の解釈さえ窺わせる独自性を持つ。実に多様で、すぐれた絵画群である。これらは、本書の構想に思いを巡らせていた三年ほど前に、まるで執筆を強く促すかのように目の前に突如として現れたのだった。その稀有な偶然に、驚きを禁じ得なかった。住吉具慶筆『徒然草図』を、兼好の評伝の中で初めて紹介できることを、心からうれしく思う。

本書の構成

ここで、本書の概要を簡単に述べておきたい。

第一章「精神の近代」では、兼好が決して過去の人間ではなく、現代を生きる私たちとも精神の水脈で密接に繋がっていることを、「つれづれ」という言葉を出発点として考えたい。「つれづれ」こそが、兼好をして兼好たらしめた最大のキーワードではないのか。「つれづれ」という言葉に兼好が託した無量の思いを、まずしっかりと捉えよう。そのことは、なぜ兼好が徒然草を執筆したのか、いや、執筆せずにはいられなかったのかという必然性の解明に、一筋の光を投げかけることにもなろう。

住吉具慶筆『徒然草図』第144段
（斎宮歴史博物館蔵）　徒然草の本文にはない人々の姿まで描かれている。

第二章「見出された兼好」では、兼好の在世中から江戸時代の初期まで、長い時間をかけて徐々に明らかになってきた彼の経歴を辿る。そして、兼好がどのような人物として各時代の人々にイメージされてきたかを探る。これによって、歴史的な存在としての兼好の略歴をほぼ知ることができる。

第三章「描かれた兼好」では、先ほど述べた兼好画像の数々を紹介するとともに、江戸時代の中期から書かれるようになった創作的な兼好の伝記、すなわち「近世兼好伝」を取り上げる。当時の人々が兼好を理想化したり、逆に身近で親しみやすい人物に仕立て上げたりしているダブル・イメージを見ておきたい。ただし、これらは主として、いわば「兼好の外観」とも言うべき事跡の数々である。兼好の内面世界の相克を明らかにするためには、徒然草の世界に分け入ってゆくことが必要とされる。

第四章「兼好の青春」では、兼好の内面に深く沈潜するために、徒然草の冒頭部分を中心に、彼の若き日の苦悩や迷いを、表現の内部から読み取りたい。なぜなら、残されたわずかな伝記史料によるだけでは、兼好の内面世界を解明することは不可能であり、内面の追究なくして人間の真実はありえないからである。私は今まで少なからぬ数の徒然草関係の論文を発表してきたが、それらにおいてはみずからに禁じてきた、ある種立ち入った記述も、真の「評伝」をめざす本章ではあえて行うことになろう。

第五章「批評家誕生」は、「随筆」と名付けられて久しい徒然草を、「批評文学」として捉え直す。そこにこそ徒然草が成し遂げた文学上の達成があることを明らかにしたい。徒然草によって切り開かれた「批評」という新しい文学の沃野《よくや》。そのことは取りも直さず、兼好自身が「批評家」であったことを指し示すものであり、評伝としての兼好論の結論もここに求められるのである。

しかしながら、そもそも「批評」とは何なのか。所与の概念として、批評というものがあるのではない。むしろ徒然草を精緻に読み込むことによって見出される表現の方法や、文学の捉え方、人間観などから、批評の本質が抽出されるのではないか。人々が文学常識と思って何らの疑いもなく受け入れてきた数々のものは、いかに兼好によって初めて見出され書き留められた事象であることか。とりわけ時間に関する自在な思索は、批評とは何かという問題を考えるに際して最大のテーマとなろう。徒然草という文学形式の独自性が批評精神を体現した点にあると捉え直すなら、徒然草をして「随筆」という定義に安住させることは、もはや許されないであろう。

兼好は歴史上のある期間を実際に生きて、そして死んでいった生身の人間である。けれども彼は、後世の人々にとって自分たち自身の時代思潮や価値観の代弁者でもあったのだ。歴史上の兼好はたった一人だが、人々が思い描いた兼好は何人、何十人、何百人にも上っている。たった一人の固定化した兼好しかいなかったならば、彼の寿命はとっくの昔に絶えていたろう。「兼好」という名跡は、代々受け継がれてゆくことによって、その寿命が絶えることなくむしろ刻々と伸びている不可思議な生命体である。そして、今現在も私たちの傍らに存在する同時代人である。そのことを実感しつつ、この評伝を書き進めてゆきたいと思う。

兼好——露もわが身も置きどころなし　目次

目次

図版写真一覧

関係地図

横川
賀茂川
高野川
延暦寺
比叡山
上賀茂神社
修学院
下鴨神社
金閣寺
大覚寺
北野天満宮
千本釈迦堂
広沢池
仁和寺
化野念仏寺
妙心寺
御所
銀閣寺
大文字山
吉田山
双ヶ岡
二条城
南禅寺
鴨川
嵐山
八坂神社
鳥部野
清水寺
山科駅
京都駅
桂川
東寺
栗栖野
伏見稲荷大社
小野
醍醐寺
宇治川
平等院
木津川
石清水八幡宮

第一章　精神の近代

1　兼好評伝へのアプローチ

兼好の同時代人たち

徒然草は日本の古典文学の中でも最もよく知られた作品の一つなので、中学や高校の授業で原文の一節を習った人も多いはずである。学校を卒業して大人になってからも、「世は定めなきこそ、いみじけれ」とか「少しのことにも、先達はあらまほしきことなり」などという徒然草の言葉が、日常生活の中でふと心をよぎることもあるだろう。そんな時は、著者である兼好の息吹をじかに感じて、遠い昔の人とはとても思えない。

しかし実際に兼好が生きた時代は、十三世紀の末から十四世紀の半ばである。現代から見ると六百五十年も前になる。彼とほぼ同時代を生きた人々を、ざっと見渡してみよう。

たとえば後醍醐天皇（一二八八〜一三三九）は、兼好より少し年下だがほぼ同じ頃の生まれである。

北畠親房《きたばたけちかふさ》（一二九三～一三五四）や足利尊氏（一三〇五～五八）は兼好と比べて年下だが、この二人が没した時期は兼好の没年に近い。

今挙げた三人のいずれもが生没年が確定しているのに対して、兼好は生没年とも未詳である。今は、弘安六年（一二八三）頃に生まれ、少なくとも観応三年（一三五二）頃までは生存していたとする通説に従う。兼好を含めこの四人は、鎌倉時代から室町時代への歴史の転換期を生きた人々である。

兼好以外の三人は、時代の大転換に直接深く関わった歴史上の人物として、大きな存在感を持つ。それに対して、兼好の場合は少しニュアンスが異なっている。だからといって、兼好の存在が彼らと比べて小さいというのではない。私たちは、普段の生活の中で、後醍醐天皇や足利尊氏と自分自身を重ね合わせることはまずないだろう。けれども、今も昔も変わらない人間性の発露や人の世の生き方を考える時、兼好は私たちと等身大の身近な存在である。徒然草に書かれた言葉は、なぜか古びることなく、現代に生きている。

徒然草に見る兼好像

このように感じるのは、ひとえに兼好が徒然草というきわめて普遍性を持つ作品を書き著したからである。「折節《をりふし》の移り変はるこそ、ものごとにあはれなれ」（第十九段）、「少しのことにも、先達はあらまほしきことなり」（第五十二段）、「よろづのことは、頼むべからず」（第二百十一段）などの短文ばかりでなく、「見ぬ世の友」（第十三段）・「空の名残」（第二十段）・「存命の喜び」（第九十三段）などといったほんの一言も、徒然草という汲めども尽きぬ泉から掬い上げた清冽な水のように、きらきらと燦《きら》めき、心を潤す。

兼好は生前かなり知られた歌人であったが、もし徒然草が書かれなかったら、兼好の存在は六百五十年の間に忘れ去られていただろう。徒然草こそは、生没年も未詳で、生前にはこれといったエピソードも残さなかった兼好の「自画像」とも言うべき作品なのである。実際のところ、現代に至るまで、人々は彼の和歌を通してではなく、徒然草を通して兼好のことをさまざまに理解してきたのだった。曰く「隠遁者」、曰く「双ケ岡の粋法師」、曰く「趣味人」、曰く「尚古主義者」、曰く「人生の達人」……。けれども兼好という人間は、たった一言のレッテルを貼り付けて、標本棚に安置できるような存在ではない。今挙げたようなキャッチ・フレーズは、確かにどれも兼好のある一面を捉えているが、彼の全体像を一言で覆い尽くすことはまず困難である。

徒然草にはユーモラスな話もあれば、辛辣な人間観察もある。何事も古き世が恋しい、と王朝の美学を称揚するかと思えば、同時代の実利的・実用的なあり方も許容する。無常観を説くかと思えば、「人間常住《じやうぢゆう》の思ひに住《ぢゆう》して、仮にも無常を感ずることなかれ」（第二百十七段）という大金持ちの発言を紹介したりもする。こういった雑駁とさえ見えるような多彩な徒然草のどこに、兼好の真実が隠されているのか。

もっとも、人間というものは複雑な存在であるから、一人の人間が相手によって全く異なる相貌を見せる場合もある。兼好のような人間なら、相手に応じていくらでも自分の姿を変えて見せるだろう。しかし一番知りたいのは、変幻自在なある瞬間の姿ではなく、刻々と生成し変容する連続体としての兼好の生涯であり、その生涯を貫いて深奥に横たわっている兼好の「心の真実」である。

樋口一葉

樋口一葉の読み方

　兼好の伝記に関する史実や史料はごくわずかであるので、兼好について考えようとする場合、最大の情報発信源は徒然草にならざるをえない。ところがこの徒然草という作品は、なぜか初学者向けの作品と思われて久しい。

　たとえば、明治時代に樋口一葉が通った中島歌子の歌塾「萩《はぎ》の舎《や》」は、和歌と書道の他に古典文学も教えていた。初心者は徒然草を、上級者は『源氏物語』を学んだという。しかしながら、「萩の舎」の教育方針にもかかわらず、さすがに一葉は徒然草を初学者のための作品とは捉えなかった。

　一葉の日記や雑記の中で、折に触れてふと漏らされる人生への深い感慨と遂げられぬ恋の苦悩。彼女は徒然草の思想と言葉によって、そのような自分自身の感慨と苦悩に明確な輪郭を与えることができた。明治二十二年夏の雑記に、徒然草の第一段の書き出しの部分をほぼそのまま使って、「夫《それ》、人の世に生まれて、願はしかるべきことこそ、いと多けれ」と書き、徒然草では法師くらい羨ましくないものはないとなっている部分を、女に生まれたつまらなさへと転換させて、わが身の現実を嘆いた。この雑記の末尾は「哀《あはれ》、男《をのこ》ならましかば、と託《かこ》つも有るべし」と結ばれている。時に一葉は、わずか十七歳だった。

一葉は作家になろうとして、半井桃水《なからいとうすい》に入門した。彼への敬愛の念はいつの間にか恋愛感情へと変じていったが、周囲の人々からその思いの断念を迫られたため、桃水に師事したのはわずか一年だった。桃水との別れからちょうど一年ほど経った明治二十六年五月二十七日の日記に、胸中の辛さを次のように書いている。

逢《あ》はでやみにし其《そ》の人の上《うへ》は、喩《たと》ふるに恋の故郷《ふるさと》ぞかし。（中略）すべてうき世のそしりも厭《いと》はじ、親はらからの歎きも思はじなど様《やう》にさへ思はるるよ。あはれ、迷ひはいつの日にか晴れん。

徒然草の第百三十七段にある「逢はでやみにし憂《う》さを思ひ」という表現と、第三段の「親の諫《いさ》め、世の誇《そし》りを慎《つつ》むに心の暇《いとま》なく」とを巧みに使って、ついに添い遂げられなかった桃水への思いを吐露している。

今挙げたのはわずかに二例だけだが、この他にも父の死後の憂き世の辛さや頼みがたさを、一葉は徒然草の口吻《こうふん》で書いているし、妹と上野の花見に行きがてら、兼好のことを話題にする場面もある。おそらく樋口一葉にとって、徒然草こそは彼女の思想形成にもっとも深く関わった作品だったろう。

芥川龍之介の徒然草観

けれども徒然草が初学者向けの古典であるという理解は、その後の時代にも根強かった。大正時代から昭和初期にかけて活躍した芥川龍之介は、『侏儒《しゅじゅ》の言葉』に次のように書いている。

芥川龍之介

つれづれ草

わたしは度《たび》たびこう言われている。……「つれづれ草などは定めしお好きでしょう?」しかし不幸にも「つれづれ草」などは未嘗《いまだかつ》て愛読したことはない。正直な所を白状すれば「つれづれ草」の名高いのもわたしには殆《ほとん》ど不可解である。中学程度の教科書に便利であることは認めるにもしろ。

ここで芥川が書いている「中学程度」というのは旧制中学だから、現代に置き換えれば「高校程度」という意味になる。徒然草は古典文学を学ぶための便利な入門書である、という強固な先入観に捕われているならば、そこに文学的な感興を見出すことは、いくら明敏な芥川でも難しいだろう。しかし、徒然草に対する先ほどのような冷淡な口調は、彼の本心なのだろうか。『侏儒の言葉』の冒頭は、彼が意識するとしないとにかかわらず、徒然草の序段と相通じている。

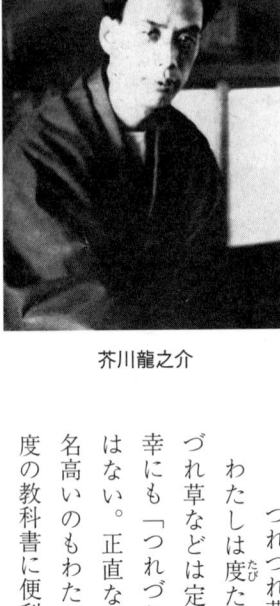

「侏儒の言葉」の序

「侏儒の言葉」は必ずしもわたしの思想を伝えるものではない。唯《ただ》わたしの思想の変化を時々窺《うかが》わせるのに過ぎぬものである。一本の草よりも一すじの蔓草《つるくさ》、……しかもその蔓草は幾すじも蔓を伸ばしているかも知れない。

変化する思想は、まるで蔓草のように伸びてゆく。しかも幾筋もの新たな方向へと向かいながら。無限に続く思想のアラベスクとは、変化し生成してゆく思索のプロセスそのものである。その時々の思索を断章形式で書き留めた芥川の『侏儒の言葉』は、「近代の徒然草」とも言うべき作品になっている。

もう一例、『侏儒の言葉』から挙げておこう。民衆は大義を信じるものであるから、政治的天才は民衆を支配するために大義の仮面を用いなければならないと書いて、「しかし一時用いたが最後、大義の仮面は永久に脱することを得ないものである」と述べる。そして、「たとえば昔仁和寺《にんなじ》の法師の鼎《かなえ》をかぶって舞ったと云う、『つれづれ草』の喜劇をも兼《か》ねぬことはない」と締め括っている。

徒然草と『侏儒の言葉』は、時代を遠く隔てながらも通底している。芥川が、自分の思索を補強するための例示に徒然草を無意識に使っているとしたら、徒然草の影響力がいかに大きいものであるかが推測される。

住吉具慶筆『徒然草図』第53段
（斎宮歴史博物館蔵）
中央の僧がかぶっているのは，鼎ではなく鉄輪（かなわ）。

初学者向けの作品として習ったにもかかわらず、持って生まれた洞察力と鑑賞力によって、みずからの思想基盤として徒然草を血肉化した樋口一葉。否定的な態度を取っていたにもかかわらず、みずからの思索と美意識をほかならぬ徒然草の形式で綴った芥川龍之介。この二人の徒然草への態度は対照的ではあるが、徒然草が近代社会とも一直線に繋がっていることを指し示している。

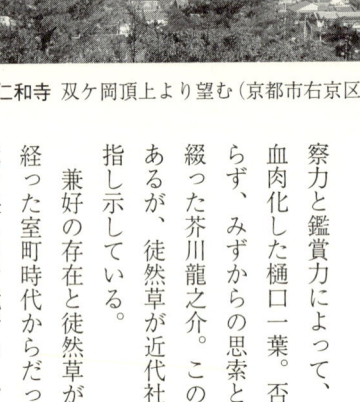

従来のイメージを越えて

仁和寺 双ケ岡頂上より望む（京都市右京区）

兼好の存在と徒然草が注目され始めたのは、没後百年ほど経った室町時代からだった。それ以来、兼好も徒然草も各時代を映し出す鏡であり、人々の心の指針となっていた。明日をも知れぬ戦乱の世には徒然草は無常観の書であり、兼好はこの世の無常を思い起こさせる求道者だった。天下太平の世には日常生活の上で役に立つ教訓的なわかりやすい教養書として徒然草が大流行し、わけ知りで硬軟両面を併せ持つ人物として、兼好は人気者だった。

それならば近代になって、いったいどのような新たな兼好像が思い描かれたか。そして徒然草には、どのような新しい解釈が示されたのか。残念ながら、兼好に関しても徒然草に関しても、いまだに近世までのイメージの影響下にあるようだ。室町時代や江戸時代の人々がそうだったように、今を生きる自分たちと密接に結び合わせて、兼好と徒然草を新たに捉えられないものか。そのためには、近代人のものの見方や感じ方を強く反映させ、兼好の精妙な心の襞を陰翳に富んだ近代の詩歌や散文によって代弁させることも、必要かつ有効な方法だろう。

今まで気づかれなかった深い水脈が、永い年月を隔てて初めて地表に現れることもあろう。没後六百五十年を経た現代にあって、初めて浮かび上がってくるものが必ずやあるはずである。

2　つれづれの系譜

和歌に滲む心情

兼好の生きた時代、王朝文化はその最後の残照さえも黄昏《たそがれ》の中に消えつつあり、物語文学における『源氏物語』の達成と和歌文学における『新古今和歌集』の達成の時代は、すでに遠のいていた。一つの文明の盛時を遠くに見やりつつ、今、自分にいったい何ができるのかと自問する一人の青年がいる。彼は、非常に繊細な感性を持ち、人並み優れた教養を身につけているが、それゆえに孤独だ。

彼は貴族社会の末端に連なってはいるが、その社会で活躍できるような高い家柄ではなく、それゆえに貴族社会の閉塞感に対しても敏感である。横道に逸れることのできない人生のレールがすでに敷設されており、それを打開する生き方を彼は探しあぐねている。

もし、そのような人間がいたとすれば、彼の孤独と倦怠は、いかばかりであったろうか。『兼好法師集』の中に、ふと漏らされる溜息のような歌がある。

以下、本書での『兼好法師集』の引用は、新日本古典文学大系『中世和歌集・室町篇』（荒木尚氏校注）により、番号も同書によるが、漢字の宛《あ》て方など多少表記を変えた箇所がある。また、『兼好法師集』を『兼好家集』と略称する場合もある。

三月ばかりつれづれと籠《こ》もりゐたる頃、雨の降るを

ながむれば春雨降りて霞むなり今日はたいかに暮れがてにせむ（四十二）

かくしつついつを限りと白真弓《しらまゆみ》起き伏し過ぐす月日なるらん（四十三）

世の中思ひあくがるる頃、山里に稲刈るを見て

世の中の秋田刈るまでなりぬれば露もわが身も置きどころなし（四十六）

兼好の和歌を集めた家集である『兼好法師集』は、きわめて幸運なことに、兼好本人による自撰自筆本が残っている。和歌は制作順ではなく順不同に配列されており、制作年月が明記されている歌は少ない。けれども、ある程度ゆるやかなまとまりが見られることも事実で、今引用したあたりには出家前後の揺れる心を詠んだ歌が続いている。

旧暦三月と言えば、晩春である。戸外は春雨に煙っている。物憂い晩春の湿度と温度……。今日一

日、いったい何をして暮らそうか。自分はこうして毎日を、何ら没頭すべき仕事もなく、世の中で意義ある役割も与えられず、なすこともなく過ごしてゆき、いったいいつ人生の終わりがやって来るのか。このような無為と倦怠に苛まれる日々が続くのであろうか、人生の終わりの日まで……。

そして、秋。あてどなく山里に迷い込んだ兼好の目の前では、人々がせっせと稲刈りをしている。あるいは、嬉々として豊年の喜びに溢れているかもしれない。そのような人々の生産的な生活の風景を眺めながら、兼好の心をよぎっているのはまったく別の思いだ。

「世の中の秋田刈るまでなりぬれば」という季節の推移へのいかんともしがたい思いは、ランボオの「L'automne déjà!（もう秋か！）」（『地獄の季節』より「別れ」）という思いを連想させる。そこから浮かび上がってくるのは、洋の東西・古今を問わず、現実とどういう折り合いをつけて、新たな人生を踏み出すかを自問する青年の姿である。いつの間にか季節はもう秋になり、山里では早くも稲刈りの最中だ。今まで稲の穂や葉に置いていた露は、稲が刈り取られてしまっては、もう置き場所もなくなってしまった。人生に飽き飽きして身の置き場所がないのは、自分とて同じだ。いったいどこに自分を生かし、活かす場所があるというのだ、どこにもそのような場所はない……。「秋」と「飽き」が掛詞になっている。ただし、この掛詞の一般的な用法としては、恋人に飽きられる女の嘆きに使われることが多い。それを兼好は、人生に行き暮れている自分自身に向けた。

「露もわが身も置きどころなし」という思いに捉われている兼好であるならば、おそらく出家に対してさえも懐疑的にならざるをえないであろう。出離願望とはうらはらに、出家生活もまたわが身を

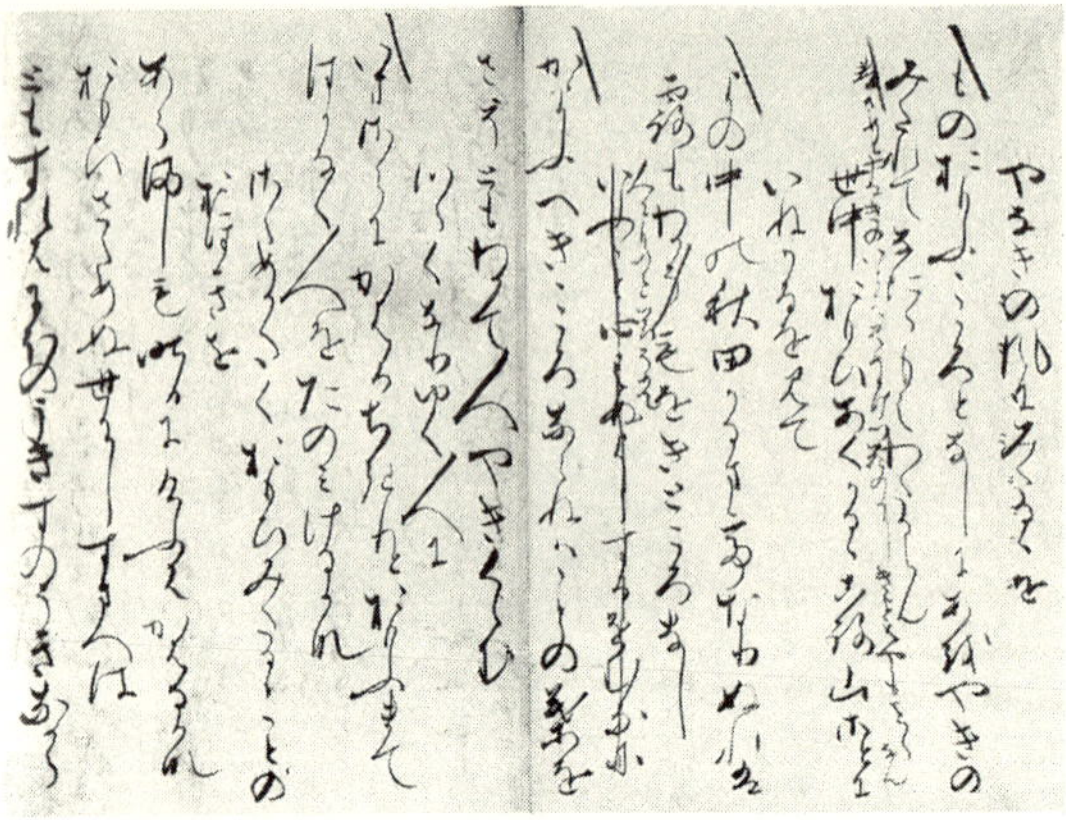

『兼好自撰家集』自筆稿本（前田育徳会尊経閣文庫蔵）
兼好の絶唱「露もわが身も置きどころなし」が，
右ページ中ほどに見える。

容《い》れうる場所ではないとしたら、どうすべきか。逡巡する兼好にとっては、一直線に出家することもまた、かなわぬものであったろう。その点は、「粗々しい現実を抱きしめ」て、「光りかがやく街々に入」ってゆく（前出「別れ」）ランボオと異なる。だが少し先回りして述べるなら、兼好もまた徒然草の執筆を通して、同様の生の軌跡を辿ることになる。

晩春の倦怠感を詠んだ四十二番歌と四十三番歌、わが身の置きどころがない秋の不安と悲哀を詠んだ四十六番歌。これらの歌は徒然草を解く鍵であり、同時に人間兼好を解く鍵でもある。豊かな知性と教養を武器に、世の中のあらゆることを認識し、透徹した批判を加えたように思える徒然草の著者、兼好。しかし、その徒然草がなぜ「つれづれなるままに」という書き出しで開始されているのか。なぜ徒然草にはあれほどまでに多彩な内容が書かれ、しかもなぜあるテーマ、たとえば無常観や女性観が徒然草のあちこちに点在し、一箇所にまとまって書かれていないのか。徒然草の表舞台で、あれほど明晰な口舌で語りかける兼好が、舞台から下りて楽屋に向かう時、人知れず見せる無防備な無垢な表情と溜息。それが彼の和歌である。

不思議なマイナー・ポエット

兼好は寡作《かさく》だった。散文作品としては徒然草ただ一作。現存する和歌も約三百首しかない。これを他の著名な古典文学者と比べて見れば、作品の数も長さもあまりにもささやかと言うほかない。長編の『源氏物語』はもちろん言うに及ばないが、『枕草子』と比べても徒然草はずっと短い。さすがに短編の『方丈記』と比べれば長いが、鴨《かもの》長明《ちょうめい》は『方丈記』以外に、歌論書『無名抄《むみょうしょう》』や仏教説話集『発心集《ほっしんしゅう》』をまとめ、散逸してしまったとはいえ紀行文『伊勢記』もあった。その鴨長明は勅撰集に三十五首入集《にっしゅう》しているが、兼好はたった十八首である。兼好はいわば「マイナー・ポエット」（目立たぬ詩人）と言ってよいだろう。

マイナー・ポエットの運命は、普通は忘れ去れるものである。忘れられないとしても、少数の読者に熱烈に読み継がれることによって、かろうじて命脈を保ってゆく場合が多い。けれども不思議なことに、兼好は抜群の知名度を誇っている。もう一つ不思議なのは、徒然草と兼好家集が、まるで別々の人物の作品であるかのような印象を与えることである。たとえば近代の文学者の中で堀辰雄や立原道造は、詩も小説も両方書いたが、やはり寡作だった。しかし彼らの韻文作品と散文作品からは、決して別人の作品とは思えない統一的な雰囲気が感じられる。これに比べて兼好の場合は、徒然草を読んで受ける印象と家集を読んで受ける印象がかなり異なる。一言で言えば、家集では内省的な孤独感が前面に出ており、徒然草では透徹した強靱な知性が前面に出ている。

おそらくこのことが大きな要因となって、従来の兼好伝では、徒然草と兼好の和歌の両方を総合的に捉えることが困難だったのだろう。兼好の人間像をトータルに把握することは、あまりなされてこなかった。しかし、徒然草と和歌の両方を視界に収めれば、今まで見逃されてきた新しい兼好の姿が浮かび上がってくる。本書で、兼好の和歌の解釈に力点を置くゆえんである。

つれづれなるままに　徒然草という書名は、冒頭の「つれづれなるままに」という言葉から名付けられたと、古来言われてきた。以下、本書で引用する徒然草の本文は、江戸時代の初期に烏丸光広《からすまるみつひろ》が校訂し、その後現代にいたるまで流布している「烏丸本徒然草」による。主として、西尾実・安良岡康作校訂『新訂徒然草』、および稲田利徳校訂『徒然草』を参照した。

つれづれなるままに、日暮《ひぐ》らし硯《すずり》に向かひて、心に移りゆくよしなしごとを、そこはかとなく書きつくれば、あやしうこそものぐるほしけれ。

この序段がいったいいつ書かれたのかは、謎である。全くの白紙にいきなりこの文章を書いて、それから次々に後の文章を書き続けていったのか。それともある程度書いたうえで、この文章を書いたのか。あるいは、徒然草を書き上げた最後に、総まとめのようにしてこの一文を冒頭に付け加えたのか。三通りの見方のどれも決定的な裏付けは得られない。しかし、この一文を書いた季節くらいは、推測できないだろうか。

たとえば、慶安五年（一六五二）の跋文を持つ松永貞徳《ていとく》の『なぐさみ草《ぐさ》』は、挿絵付きの徒然草注釈書である。ほとんど各段ごとに挿絵がある。それを見ると、序段の挿絵では山里の草庵で兼好らしき法体《ほったい》の人物の、机に向かって執筆中の姿が描かれている。しかしいつの季節であるかを特定する景物は見当たらず、季節は不明である。ちなみに、住吉具慶《すみよしぐけい》が描いた『徒然草画帖《がちょう》』（東京国立博物館蔵）では梅らしき木に花が咲いており、季節は春。苗村丈伯《なむらじょうはく》が描いた『徒然草絵抄《えしょう》』では秋草らしき草花が見えるので、季節は秋。

このように、描かれた序段の季節がさまざまなのは、序段の表現自体からは季節を特定できないことを示唆している。しかし、もう一度先ほどの兼好の歌を引用して読み合わせてみればどうだろう。

　ながむれば春雨降りて霞むなり今日はたいかに暮れがてにせむ……。つれづれなるままに、日暮らし硯に向かひて、心に移りゆくよしなしごとを、そこはかとなく書きつくれば、あやしうこそものぐるほしけれ。

この春の季節の倦怠感の中から生まれたものこそ徒然草であると、兼好みずから述べたのが、序段であるとは考えられないだろうか。つまり、「春の日のつれづれなるままに」というのが、徒然草を生み出した背景ではなかったか。けれども、兼好がこの一文をもって徒然草の作品世界の扉を開いた時、王朝時代以来のごくありふれた「つれづれ」という言葉は、文学史上、全く新たな意味と意義を

苗村丈伯筆『徒然草絵抄』

『なぐさみ草』挿絵
『徒然草古注釈集成』より

住吉具慶筆『徒然草画帖』序段（東京国立博物館蔵）
ふと手を休めて，戸外を眺める兼好。

担う、きわめて重要なキーワードとなった。

そもそも「つれづれ」とは、四千五百首にのぼる膨大な和歌を収める『万葉集』には一例もない言葉だ。その後、『古今和歌集』『蜻蛉《かげろう》日記』『和泉式部《いずみしきぶ》日記』『源氏物語』など、平安時代の文学作品にはよく出てくる言葉であるが、そこでは長雨に降り籠められながら恋人のことを思う恋愛感情と深く結びついていた。

王朝人のつれづれ

日記や物語の場合は、前後の場面との兼ね合いがあるので、一部分だけを切り出しても状況が捉えにくい。ここでは、和歌に詠まれた「つれづれ」を示してみよう。

つれづれのながめにまさる涙河《なみだがは》袖のみ濡れて逢《あ》ふよしもなし
（『古今和歌集』恋三・六一七・藤原敏行）

つれづれと思へば長き春の日に頼むこととはながめをぞする
（『後拾遺和歌集』恋四・七九八・藤原道信）

「つれづれのながめ」とは、小止《おや》みなく降り続く長雨《ながめ》であり、同時に「眺め」、つまり物思いに耽《ふけ》りながら外をぼんやりと見ることである。このような心身の状態は、恋人に逢うことができない物足りなさを、いっそう強く感じさせる。今挙げた二首の歌がどちらも恋歌である点に注目したい。

ただし、王朝時代の「つれづれ」が、必ずしもすべて恋愛と結びつくわけではない。「つれづれ」の原義は、一言で言えば、退屈な状態である。したがって、この退屈は何かによって紛らわすこともできる。清少納言が『枕草子』で、「つれづれ慰むもの」として、碁や双六《すごろく》で遊ぶこと、物語を読むこと、果物を食べることなどを挙げているのは面白い。つまり彼女にとっては、「つれづれ」というものはそういうものだったのであろう。清少納言が、どんなに現代人にも共感できるシャープで胸のすくような言葉を『枕草子』に残していても、梶井基次郎《かじいもとじろう》やラフォルグの作品から香り立つ近代人の倦怠感とは無縁である。

それでは、兼好の場合はどうだったたか。

「つれづれ」の再発見

「つれづれ」という心の状態に、意義を見出す時代がやって来た。京極為兼《きょうごくためかね》によって正和元年（一三一二）に奏覧された第十四番目の勅撰集『玉葉和歌集』には、「つれづれ」を含む歌が、何と七首もある。

つれづれと雨降りくらす春の日は常より長きものにぞありける　（春上・一〇一・章義門院《しょうぎもんいん》）
ながめする緑の空もかき曇りつれづれまさる春雨ぞ降る　（春上・一〇二・藤原俊成《しゅんぜい》）
つれづれと空ぞ見らるる思ふ人天下《あまくだ》り来《こ》むものならなくに　（恋二・一四六七・和泉式部）
つれづれとながむるころの恋しさは慰めがたきものにぞありける　（恋三・一四九八・藤原定頼《さだより》）
つれづれとながむる春のうぐひすは慰めにだに鳴かば鳴かなむ　（雑一・一八四四・清原元輔《もとすけ》）

つれづれともの思ひをれば春の日の目に立つものは霞なりけり　（雑一・一八四六・和泉式部）
つれづれとながめ暮らせば冬の日も春の幾日《いくか》にことならぬかな　（雑一・二〇二八・和泉式部）

これらすべてを列挙したのは、煩雑だっただろうか。しかし、このように一覧してみて初めて気づかされることもある。たとえば、この中で『玉葉和歌集』が撰集された同時代の歌人は一首目の章義門院だけであること。彼女は伏見院《ふしみいん》の皇女で、兼好と同時代人である。その他では藤原俊成が鎌倉時代まで生きたが、彼以外は皆、平安時代の歌人であり、しかも和泉式部の歌が三首を占めていること。ちなみに、俊成は藤原定家の父、清原元輔は清少納言の父である。さらに、これらの歌は恋歌か、たとえ恋歌でなくてもどことなく恋の雰囲気が漂っていること。

やや余談めくが、藤原定頼は、和泉式部との因縁浅からぬ歌人である。ある時、彼女の娘小式部内侍《こしきぶのないし》に向かって、「お母さんが丹後《たんご》国に下向しているから、今度の歌会に出す歌、困るでしょう。いつもお母さんに教えて貰っていたのでしょうから。手紙を持った使者は間に合いますかね」などと冗談とも嫉妬ともつかぬような軽口を叩いた人物がいた。その時、小式部内侍は彼の袖を捉えて、「大江山いくののみちの遠ければまだふみもみず天の橋立」という『百人一首』でもおなじみの名歌を即座に詠みかけ、自分でいつも歌を詠んでいることを立派に証明した。その人物が、定頼である。「生野《いくの》」と「行く」、「踏みもみず」（足を踏み入れたこともない）と「文《ふみ》も見ず」（手紙も見ていない）という二組の掛詞を駆使しているのが見事である。

さて本題に戻って、もう一度『玉葉和歌集』の「つれづれ」について考えてみよう。七首のうちの六首までが、平安時代から鎌倉初期、つまり近い時代の俊成でさえ百年、最も遠い時代では三百年以上も前の歌人たちの歌をここで『玉葉和歌集』が撰び入れているのだ。『古今和歌集』から『新古今和歌集』までのいわゆる八代集を合わせても、「つれづれ」の歌は十四首しかない。ここで一気に増えたことが歴然としている。この事実は、「つれづれ」という言葉がこの時代になって注目されたことを示している。

それにしても、藤原俊成の歌の何と清新なこと。まるで印象派の絵画かショパンの小曲のよう。あるいは北原白秋の歌文集『桐の花』のような……。

「つれづれ」の変容

『玉葉和歌集』の時代に再認識された「つれづれ」は、温暖で湿度に満ちた春特有の季節感の中で、恋人のことを思う甘苦い微妙な心の綾《あや》を映し出す王朝風の言葉だった。しかし、これが兼好と同時代の女性たちになると、少し様相が変わってくる。第十七番目の勅撰集『風雅和歌集』には、注目すべき二首の歌が見出せる。なお、『玉葉和歌集』には入集しなかった兼好だったが、『風雅和歌集』には一首、「思ひたつ木曾《きそ》の麻衣《あさぎぬ》浅くのみ染《そ》めてやむべき袖の色かは」が入集した。

つれづれとながめながめて暮るる日の入相《いりあひ》の鐘の声ぞ寂しき　（雑中・一六六四・祝子《しゅくし》内親王）

つれづれと山かげ凄《すご》き夕暮れの心に向かふ松のひともと　（雑中・一七三四・従三位親子《しんし》）

これらの和歌には、何と色濃く孤独感が漂っていることだろう。二首とも、雑歌の中巻に位置することに着目したい。もはやみずからの心をそっと寄り添わせる恋人の姿は、どこにも見られない。あるのは、ただ一日の終わりを告げる入相の鐘の寂しい響きであり、シルエットとなって一本だけ佇立《ちょりつ》する松の影が心に向かうばかりである。季節のことはどちらの歌も触れていないが、一首目は「ながめながめて」に永日のニュアンスがあるので春、二首目は晩秋から冬の季節がふさわしかろう。

このような「つれづれ」は、いったい何によって慰められるのか。もはや『枕草子』に書かれていたような物語も果物も双六も、これほどの屈曲した思いの気晴らしにはならないだろう。花園天皇の内親王という地位にあった祝子。春宮時代から伏見院に仕え、尊悟法親王《そんごほっしんのう》を生んだ親子。彼女たちは、宮廷にあっておそらく他人からは羨まれるような境遇にあった。しかし、その彼女たちの心に深く巣くっていたのは、孤独と絶望と倦怠。これらの複雑な心情は、性別も社会的地位も異なる兼好と不思議な共通性がある。それが、この時代の雰囲気だったのか。

古い規範や文明は静かに歩み去り、かといって新しい文化はいまだ目に見える形で生まれていない。「古京《こきやう》は既に荒れて、新都《しんと》はいまだ成らず」、と鴨長明が『方丈記』に書いたことが、この時代の文化状況にも当て嵌《は》まるかもしれない。しかも、通説では兼好が徒然草を書いたのは、北条氏が滅亡して鎌倉幕府が終焉を迎えた頃だった。一つの時代の政治的な終焉に兼好は立ち会っている。

祝子内親王も従三位親子も、「つれづれ」という言葉に託して、歌人として自己の内面と向き合った。けれども、彼女たちは内面の記録としての散文作品を残していない。彼女たちの孤独感と絶望感は深すぎて、この歌を低く口ずさむよりほかになすすべはなかったのだろうか。しかし、兼好は孤独と倦怠に満ちた「つれづれ」を原動力として散文作品の徒然草を書いた。

王朝の文学者たちが感じた退屈や所在なさ。逢瀬を望みながらそれができない物足りなさに煩悶した恋人たちの甘苦い憂い。清少納言は退屈きわまりない「つれづれ」を、碁や双六や物語で紛らわせた。何かによって紛らわすことができる「つれづれ」や、その状態に身をゆだね続けさせるような「つれづれ」を越えて、兼好は「つれづれなるままに」徒然草を執筆した。「つれづれ」が単なる退屈ではなく、人間の精神を十全に開花させるための必須の条件であり、「つれづれ」によってしか達しえない世界がある。そのことを明らかに指し示しているのが、徒然草だった。

しかし、「退屈」に意味も意義も見出さない時代が、この後にやって来た。

退屈すべからず

武田信玄の弟、武田信繁《のぶしげ》（一五二五〜六一）が書き残した九十九箇条にわたる家訓がある。その最後は、次の教訓で締め括られている。

一　毎事《まいじ》、退屈すべからざる事。孟子に曰《いは》く、孜々《しし》として倦《う》まざる者は、舜《しゅん》の徒《と》也。

武田信繁は、この家訓を書いた永禄元年（一五五八）の三年後、川中島の戦いで討ち死した。信繁は、生涯にわたって兄信玄に忠誠を尽くしたという。その彼が、嫡子信豊《のぶとよ》に宛てた家訓の最後をこの言葉で締め括っているのは、この言葉に非常に大きな価値を置いたからだろう。

決して退屈してはならない、と信繁は言う。『論語』と並び称される中国の古典『孟子』を引用して、常に勤め励む者は舜のような聖人である、と述べる。舜は、徒然草の第八十五段にも出てくる。

驥《き》を学ぶは驥の類《たぐ》ひ、舜を学ぶは舜の徒なり。

江戸時代に書かれた徒然草の注釈書では、この言葉の出典が『孟子』の「尽心《じんしん》」に「鶏鳴ニシテ起キ、孳々《じじ》トシテ善ヲ為《な》ス者ハ、舜ノ徒ナリ」であることが突き止められている。前記の信繁の教訓も、表現がかなり似ているので、おそらく『孟子』のこの言葉が典拠だと考えられる。それにしても『孟子』の同じ箇所を引用しながら、徒然草と『武田信繁家訓』は何と違う世界観を持つことだろう。

教訓の最後に「毎事、退屈すべからざる事」と書かれた戦国乱世を経て江戸時代に入ってから、徒然草は太平の世の教訓書として人気を博する。それは「つれづれ」が持つ不思議な創造力に注目が集まったからではなく、徒然草の持つわかりやすい教訓性が受け入れられたからなのだった。

しかし、この「退屈」は文学の世界において、無価値なものとされたままでは終わらなかった。もう一度、退屈や倦怠感が文学を生み出す重要な推進力となって蘇る時代がやって来た。

晩春のアンニュイ

晩春の倦怠感には、既視感《デジャ・ヴュ》がある。蕪村もボードレールも北原白秋も歌っているからだ。この既視感というものについて、日本の古典文学の中で初めてはっきりとその存在を書き残したのが、ほかならぬ兼好だった。

また、いかなる折ぞ、ただ今、人の言ふことも目に見ゆる物も、わが心のうちに、かかることのいつぞやありしかと覚えて、いつとは思ひ出《い》でねども、まさしくありし心地《ここち》のするは、我ばかりかく思ふにや。（第七十一段）

兼好が感じ、言葉に定着させた「つれづれ」という倦怠は、その後の文学史にも脈々と受け継がれてゆく。

ゆく春やおもたき琵琶《びは》の抱き心　蕪村
等閑《とうかん》に香炷《た》く春のゆふべかな　蕪村

薄暮《くれがた》の曲　シャルル・ボオドレエル
時こそ今は水枝《みづえ》さす、こぬれに花の顫《ふる》ふころ。
花は薫じて追風に、不断の香の炉に似たり。
匂も音も夕空に、とうとうたらり、とうたらり、
ワルツの舞の哀れさよ、疲れ倦みたる眩暈《くるめき》よ。

……

（上田敏訳『海潮音《かいちようおん》』より）

室内庭園　　　　　　北原白秋

晩春《おそはる》の室《むろ》の内、
暮れなやみ、暮れなやみ、噴水《ふきあげ》の水はしたたる……
そのもとにあまりりす赤くほのめき、
やはらかにちらぼへるヘリオトロオブ。
わかき日のなまめきのそのほめき静《しづ》こころなし。

尽きせざる噴水《ふきあげ》よ……
黄なる実の熟《う》るる草、奇異の香木《かうぼく》
その空にはるかなる硝子《がらす》の青み、
外光《ぐわいくわう》のそのなごり、鳴ける鶯《うぐひす》、
わかき日の薄暮《くれがた》のそのしらべ静こころなし。

……

（『邪宗門《じやしゆうもん》』より）

近代の倦怠は、ラフォルグや梶井基次郎などの作品世界にも色濃く揺曳している。彼ら夭逝の文学者たちが、倦怠を短い生涯終生のテーマとしたのと異なり、長生した兼好は、いつのまにか出発点であった倦怠感を転換させるのに成功した。しかも彼の場合は、倦怠という言葉に付き纏う頽廃《たいはい》への急斜は慎重に避けられる。それに変わって兼好は、精神の若さを取りもどす。もう一度若さから成熟への道を新たに、そして自覚的に辿り直すのだ。その成功の鍵を握っていたのが、徒然草の執筆だった。

既成の文化や制度を前にした不安と戦《おのの》きを底に秘めながら、なおかつそれらを補って余りある潑剌たる清新さを体現しているのが、近代という時代の精神であろう。ならば兼好もまた、一人の近代人だった。倦怠を原動力として執筆行為の清新さを発見し、その生き生きとした精神の運動が懐疑を生み出す。懐疑はまず外界に向けられ、翻って自分自身にも向かってゆく。

またことかたに道もがな

私たちの前には、四百年にわたる徒然草の研究史が横たわっている。その滔々《とうとう》たる大河を前にまずなすべきことは、この大河を小さな丸木舟に乗って渡り切って対岸に立ち、そこから広がる青々とした草原を、吹き渡る風を感じながら素足で歩いてゆくことである。

その果てには、一つの山がなだらかな稜線を見せて聳えている。その山こそが兼好であり、徒然草なのだ。しかし、近づけば近づくほど山肌は、遠目ほどはなだらかでも優しげでもなく、ギザギザと細かく鋭く続く地肌を見せる。一種気難しげな峻厳さを漂わせて、私たちの目の前に全貌を現してくるのだ。そしてよく見れば、確かに幾本かの山道が頂上に向かって伸びてはいる。しかし、もう既に何人もの人々によって地ならしされ、踏み固められた道を辿ることに何の意義があろう。そのような安易な道を辿っていてはならないことは、兼好自身が歌に詠んでいる。

忍ぶ山またことかたに道もがな古《ふ》りぬる跡《あと》は人もこそ知れ

「忍ぶ山」とは陸奥《みちのく》の歌枕で、「信夫山」とも書く。古来、恋歌に詠まれてきた。だから、兼好のこの歌も本来は恋の歌である。誰にも知られてはならない秘密の恋。それを成就させるためには、誰にも知られない通い路を見つけなくてはならない。既に存在する道を辿ることは、人目に付く行為であり、そのような安直な行為を取ろうとすること自体が恋の名に価しない。もしも本当に自分だけの真実の恋を成就させたいなら、たとえどんなに荊棘《けいきょく》に覆われていたとしても、道なき道をみずからが切り開き、「また異方《ことかた》の道」を貫通させなければならないのだ。

この歌の語法では、「道もがな」とあるから、そんな誰も知らない道があればよいのになあ、という願望の形で表現されている。だが切なる願望は、決して願望のまま留まってはいないものだ。「異方の道」は、単にそれを願うに留まらず、必ずやみずからの手で開通されなければならない。

私には、兼好のこの歌は恋歌を越えて、彼が前人未踏の「文学」という山を登り切る彼独自の道を切り開いたことの象徴に思われてならない。「文学」と言うよりもむしろ、もっと明確に「散文」と言い直したほうがよいだろうか。

そして散文こそが、「批評の器」であることを、私たちにはっきりと指し示した人物が、兼好だった。

3　露もわが身も置きどころなし

徒然草と言えば、江戸時代を通じて、「三教一致《さんきょういっち》」と言われ続けた作品である。最初の注釈書『徒然草寿命院抄』が、「兼好得道ノ大意ハ、儒釈道《じゅしゃくどう》ノ三ヲ兼備《けんび》スル者歟《ものか》」と指摘している。すなわち、兼好は儒教・仏教・道教（老荘思想）を兼備していたというのである。さらに徒然草には、これらに加えて家の学としての神道もある。

そしてこれらの思想や宗教を兼好が徒然草の中に摂取していることが、近世以来高く評価されてきた。しかし果たして、そのような捉え方が最も兼好の心の真実を捉えていると言えるだろうか。むしろさまざまな精神遍歴の果てに、ついに一人の師にも巡り合わなかった哀しみが「露もわが身も置きどころなし」という和歌の深層ではないだろうか。そのような時、思い合わされるのは、中島敦（一九〇九～四二）である。彼の短歌一首の中に、遠い時代の兼好の心の真実も映し出される。朝日に輝く一粒の露の中に、周囲の全景が映るように。

中島敦の「わが遍歴」

中島敦は、硬質な漢文調の文体によって知られる短編作家であるが、彼に数多くの短歌が残されていることはあまり知られていない。その中に、「遍歴」と名付けられた五十五首の連作がある。最後の一首を除いて、すべて「ある時は」という歌い出しで、彼が接した文学者・芸術家・思想家などが詠み込まれる。何首かを抜き出してみよう。

ある時はヘーゲルが如《ごと》万有をわが体系に統《す》べんともせし
ある時はラムボーと共にアラビヤの熱き砂漠に果《は》てなむ心
ある時はゴーガンの如逞《たくま》しき野生《なま》のいのちに触れればやと思ふ
ある時はボードレエルがダンディズム昂然《かうぜん》として道行く心
ある時はバッハの如く安らけくただ芸術に向かはむ心
遍歴《へめぐ》りていづくにか行くわが魂《たま》ぞはやも三十《みそぢ》に近しといふを

この連作が詠まれたのは、昭和十二年である。「遍歴」五十五首に登場する思想家・芸術家の多彩な顔ぶれには驚かされるが、中島敦のみならず、当時の若き知識人たちはこれらの哲学者・文学者・芸術家に親炙《しんしゃ》していたのだろう。しかし、ここで注目したいのは、最後に位置する歌である。「いったいこれらの文学者や思想家や芸術家たちに次々と触れながら、自分はどこへゆこうとしているのか。もう三十歳になろうとしているのに……」。

中島敦の連作「遍歴」は、いかにも明晰な中島らしく、三十一文字の中に詠み込んだ人名それぞれの特徴や本質を非常によく捉えている。つまり、彼が挙げている人名は、ただ単にその名前を知って羅列しているのではない。彼がいかにそれら一人一人の世界に深く分け入り、あるいは絡め取られているかを示すものである。だからこそ、彼は不安と絶望に駆られるのだ。

遍歴《へめぐ》りていづくにか行くわが魂ぞはやも三十に近しといふを

中島敦は、この思いを短歌に詠んだだけではない。彼の散文作品、たとえば『かめれおん日記』でも『悟浄出世』でも、その口調に濃淡こそあれ、取り扱っているのは同じテーマである。

いそつぷの話に出てくるお洒落鴉《しやれからす》。レヲパルディの羽を少し。ショペンハウエルの羽を少し。ルクレティウスの羽を少し。荘子や列子の羽を少し。モンテエニュの羽を少し。何といふ醜怪な鳥だ。

（『かめれおん日記』より）

さて、五年に近い遍歴の間、同じ容態に違つた処方をする多くの医者達の間を往復するやうな愚かさを繰返《くりかへ》した後、悟浄は結局自分が少しも賢くなつてゐないことを見出《みいだ》した。（『悟浄出世』より）

この嘆きは、兼好の精神遍歴を考えるうえで、有力な補助線となる。兼好は自分の出家の経緯について、徒然草にも『兼好法師集』にも具体的には何も書かない。兼好の思いは周到に隠され、深く沈んだままだった。その思いが六百年余りを隔てて、地下深く流れるいかなる水脈を伝ってのことなのか、先の中島敦の一首の中に浮上してきたと捉えたらどうだろう。「露もわが身も置きどころなし」と歌った兼好も、「遍歴りていづくにか行くわが魂ぞ」と歌った中島敦も、三十歳になる頃に自分の心の来し方行く末を深く見つめた。そして不定形の心に、言葉という実体を与えたのだ。兼好の秘められた思いに言葉という肉体を与えることができる時代が、今ようやくやって来たのである。そして、私たちは気づくだろう。中島敦以前にももう一人、この思いを抱いた近代の文学者がいたことを。

森鷗外の『妄想』

森鷗外（一八六二～一九二二）がドイツに留学していた当時、ラフォルグ（一八六〇～八七）は皇后にフランス語を教えていた。鷗外は『澀江抽斎《しぶえちゆうさい》』の中で、自分と抽斎が同じ時代に生まれていたら、町中のどこかで擦れ違っていてもおかしくはないと書いた。しかし、彼ら二人は同時代人ではなかったから、実際にはそれは不可能なことだ。これに対して、ドイツのどこかの街角で、鷗外とラフォルグが擦れ違ったとしてもおかしくはない。鷗外とラフォルグ。片や孜々《しし》として倦むことを知らぬがごとき「知の巨人」、片や病弱な詩人兼皇后の家庭教師。しかし、そのような鷗外も、五十歳を目前にして我が人生を振り返れば、やはり青春時代に懐疑と倦怠の訪れる夜もあったことを、『妄想』で吐露している。

神経が異様に興奮して、心が澄み切つてゐるのに、書物を開《あ》けて、他人の思想の跡を辿つて行くのがもどかしくなる。自分の思想が自由行動を取つて来る。自然科学のうちで最も自然科学らしい医学をしてゐて、exact な学問といふことを性命《せいめい》にしてゐるのに、なんとなく心の飢《うゑ》を感じて来る。生といふものを考へる。自分のしてゐる事が、その生の内容を充《み》たすに足るかどうだかと思ふ。

（中略）

それとは違つて、夜寐《ね》られない時、こんな風に舞台で勤めながら生涯を終《をは》るのかと思ふことがある。それからその生涯といふのも長いか短いか知れないと思ふ。

このような煩悶を経て、ハルトマン・スチルネル・ショーペンハウエル・カントなどの哲学にも親しむうちに留学の三年間も過ぎ、それから帰国後の長い年月も過ぎた。そして人生を振り返って、鷗外は次のように言う。

帽は脱いだが、辻を離れてどの人かの跡に附《つ》いて行かうとは思はなかつた。多くの師には逢つたが、一人《ひとり》の主《しゆ》には逢はなかつたのである。

鷗外もまた、一人の主に逢わなかったと言っているのだ。

兼好の遍歴

兼好も中島敦や森鷗外のように、さまざまな当時の思潮の中にあって、持ち前の強靭な咀嚼力と明晰な理解力によって、神道・儒教・仏教・老荘思想と対峙したことだろう。そしてまた歌人としての兼好は、いくつもの流派の歌学も知っていただろう。けれども、徒然草に描き込まれたさまざまな事柄を読めば、兼好もおそらくは「多くの師には逢つたが、一人の主には逢はなかつた」としか思えない。

室町時代から江戸時代においては、数々の師に就いて多くのことを学ぶのは、喜びや満足感をもたらすものでこそあれ、悲哀や不安をもたらすものでは決してなかった。たとえば、室町時代の連歌師・宗祇《そうぎ》は、和歌を飛鳥井雅親《あすかいまさちか》、古典と有職故実を一条兼良《かねら》、連歌を心敬《しんけい》に師事した。いずれも、当時それぞれの分野で最高の文化人たちである。また、江戸時代初期の文学者松永貞徳は『戴恩記』で、自分が師事した五十人以上もの学者や歌人たちの名前を誇らしげに挙げている。当代一流の文化人たちの薫陶を受けてみずからの学殖を豊かにしてきたことへの深い満足感が書かれている。そこからは、懐疑というものは感じられない。

松永貞徳（京都市・妙満寺蔵）

兼好は、どうであったか。彼は徒然草の中で、自分が師事した人物のことを全く書いていない。少なくとも兼好は二条為世《ためよ》に師事して、二条派の「和歌四天王」とまで言われたのであるから、せめて為世のことくらいは徒然草に書いてしかるべきとも思うが、和歌の師匠としての為世のことは出てこない。その代わりに、徒然草も終わり近くなった第二百三十段に、狐が化け損なった話を為世からの伝聞として書き留めたのみである。

兼好は、儒教・仏教・道教・神道・歌学などを駆使して、世の中のあらゆることに明晰な解答を与えたのではない。そのどれにも没入することができぬ自分自身の不幸を託《かこ》っているのではないか。

明晰なる想念

ただし兼好が感じたもどかしさは、彼がそれを書き記す表現のもどかしさとはならなかった。無聊《ぶりょう》と倦怠を託ちつつ、兼好の明晰きわまりない知性は、自分が置かれている状況の把握と、他者の言動の背後に潜む真実を、欺瞞や虚飾も含めて鋭く透視する。

彼が残したたった一冊の書物、徒然草。そこには近代人の知性と情感に直結する多彩で多様な事柄が書き籠められている。時代の思潮に流されることなく、自分の言葉でみずからの思索と体験を明確に書き記した兼好は、その観察力と表現力の双方においてきわめて明晰であった。そしてその明晰さは、森鷗外が求めたものでもあった。

歌もかかれ　氷を盛れる玻璃《はり》の盤《ばん》　ほがらに透《す》きて見えぬ隈《くま》なき

（『うた日記』）

氷を盛った透明なガラス杯。一点の曇りもなく、隈々までクリアに見ることができる輝く透明感。歌もかくありたい、と鷗外は詠む。時に、明治三十八年六月二十四日。日露戦争に従軍中、鉄嶺《てつれい》での歌である。鷗外が庶幾《しょき》したこの明晰な透明感こそは、兼好が徒然草で試み、その十全な開花に成功した新しい文章のスタイルでもあった。

心と言葉

『田楽豆腐』で、鷗外は自分には心というものがないという意味のことを述べている。主人公の木村は、官吏であるが文学者でもあるという、鷗外の分身のような人物設定である。木村は、新聞でいろいろ批判されている。

一時多く翻訳をしたので、翻訳家と云ふ肩書を付けられた。その反面には創作の出来ない人と云ふ意味が、隠すやうに顕《あらは》すやうに、ちら付《つ》かせてあつたり、又は露骨に言つてあつたりした。それから創作を大分《だいぶ》出すやうになつてからは、自己を告白しない、寧《むし》ろ告白すべき自己を有してゐないと云ふので、遊びの文芸だとせられた。

ここにある「自己を告白しない、寧ろ告白すべき自己を有してゐない」という規定に注目しておきたい。これは、徒然草の第二百三十五段に「われらが心に念々《ねんねん》の欲《ほ》しきままに来《きた》り浮かぶも、心といふもののなきにやあらん」とあることと、遠く響き合っている。そしてまた、鷗外は『寒山拾得縁起《かんざんじっとくえんぎ》』で徒然草の最終段を取り上げている。鷗外は兼好の心の真実を解明するための強力な媒介と考えてよいだろう。

「沉現在」と、心をめぐる思索

そもそも徒然草が「無常観の文学」であるという了解は、遠く室町時代に端を発して、現代にまで雪崩《なだ》れ込んでいる根強い「徒然草幻想」の一つである。ところが徒然草をもう一度曇りなき目で眺めてみるならば、徒然草は決して「無常観の文学」と総称することはできない。もちろん徒然草には、この世の無常をめぐるさまざまな思索と、兼好の実感が込められてはいる。しかし、この世が無常であるとは、何も仏教の教えによるのではなく、この世の現実をあるがままに認識するところから生まれるものである。この時、無常観はそのまま時間認識へと繋がってゆくものとなる。

このような時間認識もまた、徒然草において展開される思索のテーマである。ある一つのテーマは、兼好の場合、集中的に取り扱われない。他のさまざまなテーマとともに、折に触れて浮上する関心事なのであった。

徒然草は江戸時代の注釈書以来、序段から始まって第二百四十三段までの短い断章に区切られている。このことからわかるように、いくつもの断片的な記述からなっているが、そのような断章形式は徒然草の特徴的なスタイルである。このようなスタイルは一見散漫で、思索を究極まで突き詰めておらず、深みに欠けると思われがちだ。しかしながら私の見るところ、徒然草の断章形式こそが、自由な思索を保証する文学スタイルなのである。

もちろん、たとえば大長編『源氏物語』で追究され尽くした「人間の幸福と不幸」、あるいはまた、短編ながらきわめて凝縮した住居論である『方丈記』で究明された「住まいのあり方と人間の生き方」のように、徹底して突き詰められた思索様式と比べてみれば、徒然草はいかにもそれらと対照的な作品である。だが、「心に移りゆくよしなしごとを、そこはかとなく」書いたものだから、きっと兼好の思索は気楽で表面的であるのだろう、などと思ってはならない。断章形式によって十全に開花する思索のありようを発見したのもまた、徒然草の文学的な達成の一つである。そのような形式によって窮め尽くす対象として、時間は恰好のテーマだった。

兼好に兄弟がいたことは現在、一般にはあまり知られていないことかもしれないが、慈遍《じへん》という神道思想家が兄弟にいた（どちらが年長か不明）。彼が書いた『日本書紀』の注釈書（『旧事本紀玄義《くじほんぎげんぎ》』）には、次のような一節がある。

神代《じんだい》、今に在《あ》り。往昔《わうせき》と言ふことなかれ。

この「汎現在《はんげんざい》」とも言うべき特異な時間感覚について、慈遍はそれ以上詳しい説明をしていない。だが、兼好が徒然草の執筆過程で見出し、徒然草の中で自在な展開を示しながら十全な思索を繰り広げているテーマの一つが、この「汎現在」だった。

時間とともに兼好が強く持続的な関心を抱いたのが、「心とは何か」という問題だった。徒然草には、まるで近代の心理学を先取りしたような、人間心理の精緻な分析がある。さらには、段を隔ててあちこちに心のあり方をめぐる思索が繰り広げられているし、時間と心の分かちがたい融合にも触れている。兼好の視界は、限りなく広い。

第二章　見出された兼好

1　歌人としての登場

兼好は、初めから詳細な履歴書を携えて文学史に登場したわけではなかった。むしろ、彼の履歴書は空白だらけだった。

空白だらけの履歴書

通説によれば、兼好は弘安六年（一二八三）頃に生まれ、観応三年（一三五二）頃までは生存していたと考えられている。けれども、生年も没年も正確にはわかっていない。同時代の記録類からも詳しい経歴はほとんど窺い知れないし、兼好の人生にはこれといったエピソードも乏しい。なぜ、このようにわからないことばかりなのだろうか。

もし生前の兼好が社会的な地位も高く、つねに世間の注目を浴びている著名人であったとしたら、生没年は言うまでもなく、生涯にわたる経歴やエピソードにも事欠かなかったろう。ところが、実際の兼好はそのような人物ではなかった。史料の少なさがそのことを如実に物語っている。

兼好は二条為世《ためよ》門下の歌人だったので、歌壇活動をしていたことはある程度わかるし、三百首近い和歌からなる『兼好法師集』がある。この家集に書かれている和歌の詞書を読めば、修学院《しゅがくいん》や横川《よかわ》に籠もって仏道修行をしたことや、東国に下向したことなどがわかる。貴族や僧侶たちの名前も出てくるから、交友関係をある程度知ることもできる。けれども、それらの記事に年号が書かれているのは稀で、家集の配列も年代順というわけではなく、相前後している。従って、家集からただちに兼好の経歴を辿ることは難しい。

比叡山・横川　家集63番に出てくる。

徒然草を丹念に読んでみても、この作品もまた多彩な内容にもかかわらず、自分自身の経歴にはほとんど触れていない。徒然草から伝記的な事実を引き出すことは難しい。徒然草においても家集においても、直接にはみずからをほとんど語っていないのだから、兼好の伝記は最初から明白にわかっていたものではない。

いくつもの時代思潮と価値観の変遷をかいくぐってなお色褪せぬ彼の存在の証《あかし》が現代の私たちの手元に届くまでには、さまざまな「兼好発見」のドラマがあったのである。だから本書では、これまでの研究によって徐々に明らかになった事実を、彼が誕生してから没するまでの生涯に整合するように順序よく書き並べて済ませることはしたくない。違った方法を採用したいと思う。

兼好を知るための方法

一旦は埋もれていた兼好の存在が、どのような人々によって、どのような形で少しずつ発見されてきたかを辿ろう。明らかになった順に、兼好の経歴や人物像を追体験してゆくと、次の三つのことがおのずと浮かび上がってくる。

第一に、徒然草の解説などに書かれている兼好の経歴の一つ一つの原史料を知ることができる。第二に、兼好に関する事実、つまり彼の履歴書は、生まれた時点から年齢順に徐々に空欄が埋まってきたわけではなく、数百年が経過するうちに、経歴の記述が飛び飛びに相前後しながら少しずつ埋まってきたことがわかる。少し先回りして述べるならば、晩年の方から経歴が埋まってゆくのだ。第三に、これが最も重要なことであるが、現代にいたるまで兼好の何がいまだに空白なのかという現況が明らかになる。空白のまま残されている部分をどこまで埋められるかが、本書の課題となろう。

さらに少し観点を変えてみれば、見出され描かれてきた兼好の歴史は、彼がどのように他者に理解されてきたかという「兼好イメージの変遷」でもある。このことは、とりわけ兼好を描いた画像に端的に表れている。にもかかわらず、従来、画像に描かれた兼好の姿を比較しながら彼の人物像を考察する方法はほとんど採用されてこなかった。

兼好の画像は、単行本の口絵として一枚だけ掲げて済ませられるものではない。現在知られている兼好画像が描かれ始めたのは、近世に入ってからである。これらは、美術作品として重要であるばかりではない。兼好画像は、その分析を通して、兼好の人物像と徒然草の解釈に関する新たな考察の手掛かりさえも内蔵している貴重な資料なのである。

本章と次章では、彼の生前から近代の初め頃まで、さまざまな時代を経過する中で、兼好のどのような側面がどのような文献を通して少しずつ知られるようになってきたのかを、具体的に概観してゆきたい。

第二章と第三章に分けて記述するのは、一六八〇年代、すなわち江戸時代に入って八十年を過ぎる頃を大きな境目として、兼好や徒然草に対する人々の心情に大きな変化が見られるからである。変化の兆しはその二十年前くらいから徐々に現れ始めてはいるが、徒然草の注釈書を集大成した『徒然草諸抄大成《しょしょうたいせい》』が刊行された貞享五年（一六八八）を一つのエポックと認定してよいのではないかと思う。この時期に境界線を引くのは、兼好に対する人々の認識が南北朝の時代からここまでは一続きであり、それ以後になるといくつかの点で大きな変化が見られるからである。

まず本章では、十七世紀半ばまでの記録や文学作品と徒然草注釈書を取り上げる。ここに登場する兼好の姿は、現代の眼から見れば不十分な点も多いが、おおむね客観的・研究的な立場で記されている。これに対して、次章で取り上げる十七世紀半ばから近代の初め頃までは、主観的な兼好伝や人物評が盛んになるとともに、それ以前には見られなかった兼好画像も描かれるようになる。南北朝期から江戸時代初期までを取り扱う本章のタイトルを「見出された兼好」、江戸時代中期から近代の初めまでを主として取り扱う次章のタイトルを「描かれた兼好」と命名するゆえんである。

私たちがある一人の人間を本当に知るということは、初対面の時に直接手渡された履歴書と相手の顔を代わる代わる眺めるのとは訳が違う。相手のことは時間をかけて少しずつわかってくるのであって、最初に受けた印象と全く違う人物であることが明らかになることもあろう。また、既に聞かされていた人となりや何となく心に抱いていた先入観の是非も、相手との関係性の中で修正されてゆく。ふとしたきっかけで、相手の秘められた過去が明るみに出ることもあろう。

しかし、こちらの心を捉えて放さぬ不思議な魅力がある人物であるならば、何とかしてもっと深くその人のことを知りたいという心が湧き上がってくるだろう。その時、私たちは他者を通して自分自身の人間性をも知ることになる。文学史上における兼好の顕れ方もまた、そのようなものではないだろうか。

プロフィールの輪郭

「見出された兼好」を詳しく辿る前に、現在一般に知られている兼好の経歴を略述しておこう。

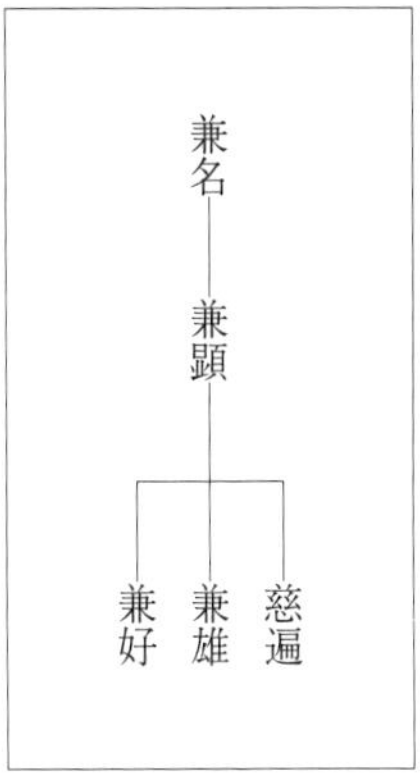

卜部氏系図

兼好は治部少輔《じぶしょうゆう》卜部《うらべ》兼顕《かねあき》の子として、弘安六年（一二八三）頃に生まれた。卜部家は神官の家柄である。母については未詳だが、兄弟に民部大輔《みんぶたいふ》兼雄《かねお》と天台宗大僧正（神道家としても著名）慈遍《じへん》がいた。以上のことは、『尊卑分脈』や『卜部氏系図』に書かれている。

系図には慈遍・兼雄・兼好の順に記載されているので、

これが長幼の順とも考えられるが、正確なことは不明である。宮廷の神祇官として活躍した父兼顕や兼雄といい、神道の出身ながら大僧正となった慈遍といい、官界と宗教界に一定の地位を占める親族を持っていたことになる。けれども、兼好が直接家族について語ることはほとんどなかった。徒然草の最後の場面に父親を登場させたことと、母親の一周忌に二条為定《ためさだ》と和歌を贈答をしていることが『新千載和歌集』に見えること以外は、彼は血縁についてほとんど何も語らなかったのである。

兼好の生年を弘安六年（一二八三）頃とするのは、江戸時代の注釈書『徒然草古今抄《ここんしょう》』（大和田《おおわだ》気《き》求《きゅう》・一六五八年刊）などに、兼好の没年を観応元年四月八日、享年を六十八歳とする旨の記載があることから逆算したものである。

ただし、近代になってから兼好の没年は観応元年四月八日よりもさらに後であることが知られるようになったので、『徒然草古今抄』の記述の信憑性も薄らいだ。しかし弘安六年生まれとしても大きな支障はないと認定されて、現代でも兼好の生年はこれを採用しているというのが実情である。

青年期の兼好は堀川家に仕え、その縁で十代の終わり頃に、六位の蔵人《くろうど》として後二条天皇の宮廷に出仕した。『尊卑分脈』には左兵衛佐《さひょうえのすけ》とも記されている。けれども、延慶元年（一三〇八）に後二条天皇が崩御した。在俗時代の経歴が明らかになってきたのは、徒然草と家集に登場する人名などから推定して、兼好を堀川家の家司《けいし》とした風巻景次郎《かざまきけいじろう》の研究「家司兼好の社会圏」（『国語国文研究』第五号・第六号・昭和二十七年三月・十月）に依るところが大きい。

兼好がいつ出家したかは不明であるが、正和二年（一三一三）九月一日には既に出家していたことが、昭和期になって発見された。昭和十九年に岩崎小弥太が「再渉鴨水記」で明らかにしたもので、これによって兼好が山科小野庄《やましなおののしょう》の土地を購入した時の文書に「兼好御房《ごぼう》」と書かれていることがわかったのである。「御房」とは、僧侶への敬称である。兼好の経歴の中で、このような記録が残っていたのは僥倖と言えよう。

歌人としての活躍が知られるようになるのは、兼好が四十代の頃からである。後に兼好は二条為世門下の「和歌四天王」とまで呼ばれている。ちなみに、「和歌四天王」とは年齢順に、浄弁《じょうべん》・兼好・頓阿《とんあ》・慶運《けいうん》の四人を指す。いずれも出家した法体《ほったい》歌人であり、このうち浄弁と慶運は父子である。歌人にとって、勅撰集に入集することはまだ名誉なことである。兼好も、『続千載《しょくせんざい》和歌集』『風雅和歌集』『新千載和歌集』『新続古今《しんしょくこきん》和歌集』など七代の勅撰集に合計十八首が入集している。ちなみに、頓阿は四十四首、浄弁は二十一首、慶運は十八首である。

『兼好法師集』は晩年にまとめたとされる家集で、二百八十余首からなる。なお家集によれば、兼好が武蔵国金沢《かねさわ》に下向し、そこに滞在したことや、木曾や有馬の湯などにも行ったことがわかる。兼好の歌壇活動についての研究の進展も大きく、井上宗雄『改訂新版　中世歌壇史の研究　南北朝期』(昭和六十二年)などに詳しい。

徒然草の執筆時期への関心の萌芽は、江戸時代の土肥経平《どひつねひら》『春湊浪話《しゅんそうろうわ》』(一七七五年成立)などに見られるが、この研究が大きく進展したのも昭和期になってからで、橘純一の研究に依るところが大きい。橘は元徳年間、つまり兼好が四十代後半頃の執筆とした。それに対して安良岡康作《やすらおかこうさく》は、徒然草の冒頭部分は出家して間もない文保三年（一三一九）頃、その後の部分は橘説と同じ頃と推定した。さらには宮内三二郎《さんじろう》による断続的に三十年間くらいかけて執筆したとする説も出されており、徒然草の執筆時期を特定することは難しい。

兼好の最晩年の事跡は観応三年（一三五二）まで知られているので、少なくとも七十歳くらいまで生きたことになる。もし徒然草が五十歳以前に一応書き上げられていたとすれば、その後二十年間におよぶ人生があった。その時期の活動としては、『源氏物語』や『古今和歌集』などの古典の書写や歌会への出席などが知られる。貴族たちだけでなく、足利尊氏・直義《ただよし》兄弟のような武士とも交友があった。

兼好がいつどこで没したか、そして兼好の著作である徒然草と家集がそれぞれどのような経路で伝来して後世の文学史に残ったのかも、詳しいことは不明である。後述するように、これらの事柄に関しては、江戸時代中期以後にさまざまな伝説的な記述が残されている。

このように述べてくると、生没年にしても徒然草の執筆時期や伝来にしても推定の域を出ず、兼好に関して確実にわかっていることの少なさが改めて印象付けられる。残されている史料は決して多くはないが、まずは生前の兼好の姿が記録されている貴族の漢文日記や歌論書から取り上げよう。これらの史料は既によく知られたものであるが、それらが持つ意味をもう一度洗い直しながら、兼好がどのようにして後世の人々に見出されていったかを辿ってゆきたい。

『園太暦』に登場

兼好のことが書かれている史料の中で、年月が明記されている最も古いものは、洞院公賢《とういんきんかた》（一二九一～一三六〇）の漢文日記『園太暦《えんたいりゃく》』である。それによれば、貞和二年（一三四六）閏九月六日、兼好は当時左大臣だった洞院公賢の邸を訪ねている。時に、兼好は六十代半ばである。

六日、晴陰不レ定マラ、兼好法師来ル、和歌数寄者也、召シテ二簾前ニ一謁スレ之ヲ、（下略）

この書き方からして、当時、兼好といえば「和歌数寄者《わかすきしゃ》」、つまり歌人であるという名声が既に確立していたような印象を感じられる。この記述の背後には、「兼好法師がやって来た。あの和歌数寄者として名高い兼好が来たので、簾前に兼好を召して謁見した」というニュアンスが見え隠れしている。仮に公賢の記述の順序が「兼好法師来、召二簾前一謁レ之、和歌数寄者也」となっていた場合と比較してみると、その違いがはっきりするのではないだろうか。

この日の他の記事には、「貞和百首《じょうわひゃくしゅ》」に関する詠進の問い合わせのことなどがかなり詳しく書かれている。だから、この頃兼好も「貞和百首」のための詠草を公賢に持参したのではあるまいかと推定されている（『改訂新版　中世歌壇史の研究　南北朝期』）。

二年後の貞和四年（一三四八）十二月二十六日の『園太暦』にも、兼好が訪ねてきたことが書かれている。この時、公賢は太政大臣であった。「兼好法師入リ来ル、武蔵守師直ノ狩衣以下ノ事談ズルレ之ヲ也」と書かれている。兼好が訪れた日の前日の日記末尾にも、武家からの使者がやって来て、武家衆が年始に着用する狩衣《かりぎぬ》について相談したことが書かれている。暮れも押し詰まったこの時期に、有職故実《ゆうそくこじつ》に詳しい公賢のもとに同じような相談が持ち込まれていることがわかる。

ただし、その前日の記事と比べてみると、公賢の応対の違いが浮き上がる。こちらの方には、「抑《そもそも》、今日自《より》二武家一有《リ》二使者一、二階堂三川入道云々《うんぬん》、以《テ》レ人《ヲ》問答《ス》」とある。この日、公賢は「二階堂三川入道云々」には直接対面せず、人を介して問答したのだった。けれども、翌日に同様の用件でやって来た兼好には会っている。公賢の態度は、兼好が「高師直《こうのもろなお》の使者」だから会ったというよりも、二年前にすでに対面している「和歌数寄者の兼好」だから会って相談に乗ったのではないだろうか。

『園太暦』の記事に兼好のことが書かれているのは、以上の二箇所だけである。貞和二年が初対面だったのか、そして次に会ったのが二年後の貞和四年で、その間にはまったく兼好と交流がなかったのかどうかは不明である。ちなみに、徒然草の第百二段に「洞院右大臣」とあるのは洞院公賢のこととされる。歳末に行われる追儺《ついな》の式次第について、大納言源光忠から問い合わせを受けたと記されている。兼好は早くから洞院公賢のことを知っていただろうが、公賢の方が兼好のことを意識したのは貞和期になってからなのだろう。自分の日記にあえて兼好の名前を挙げて記すということ自体、相手との交流に何らかの意義を認めているわけである。たとえば一気に明治時代に話は飛ぶが、樋口一葉は同世代の文学青年たちとの交流をかなり詳しく日記に書いているにもかかわらず、なぜか島崎藤村と泉鏡花のことは記していない。彼らが樋口一葉の家を訪問したり、手紙のやりとりをしているにもかかわらずである。

ここで一言付け加えておくならば、『園太暦』に記載されている二箇所の記事の存在が広く知られるようになったのは、大正時代に入ってからである。『大日本史料』に掲載され（大正三年）、藤岡作太郎『鎌倉室町時代文学史』（大正四年）にも記されている。なおこの本は、明治三十九年から四十三年にいたるまでの東京帝国大学における講義録である。

ところが、江戸時代には『園太暦』の欠落部分（残っていない期間の日記部分）を使って、兼好伝記に関わる記事が偽作された。そして、それを主材料としていわゆる「近世兼好伝」が創作されていた。このことについては、次章で触れることにしたい。

歌人・文化人という晩年

『園太暦』に記し留められた二つの記事は、生前の兼好の動向を知る貴重な記録である。「兼好法師」や「和歌数寄者」と呼ばれており、生前の兼好は法体歌人として知る人ぞ知る存在だった。しかも左大臣や太政大臣の要職にあった洞院公賢と対面できる立場にもあり、当時の兼好が著名な歌人として文化的な活動をしていたことを彷彿させる。

このことを裏書きするかのような事実がある。『園太暦』に登場する少し前の興国五年、北朝の年号では康永三年（一三四四）に、足利直義が奉納した『高野山《こうやさん》金剛《こんごう》三昧院《さんまいいん》奉納《ほうのう》和歌《わか》』に兼好も出詠しており、その短冊も現存する。

さらに数年遡る時期に兼好が古典を書写したり校合《きょうごう》したりしていることも、諸書の奥書から知られている。建武三年（一三三六）に『源氏物語』、延元二年（一三三七）に『八雲御抄《やくもみしょう》』、延元三年（一三三八）に『古今和歌集』を校合している。「校合」とは、何種類かの写本を比較検討しながら、表現や表記の異同を調べて注記し、信頼するに足る本文を確定することである。このような作業は、誰にでもできるというわけではない。当然のことながら、古典への造詣が深く、達筆であることが要請されよう。当時、兼好がそのような条件を満たす存在であったことがわかる。

古典の校合作業や足利氏との関わり、『園太暦』への登場などは、すべて兼好が五十代の初めから六十代の半ば頃のことである。年代を特定できる史料の中に最初に現れた兼好は、決して青年期の姿でもなければ徒然草の著者としての姿でもなく、晩年の歌人・文化人としての姿であった。

こうして兼好の履歴書は、まず末尾の方から埋まっていくことになる。

二条良基の厳しい人物評

兼好の没年は明確にはわからないものの、少なくとも観応三年（一三五二）までは生存していたことが知られている。なぜならば、この年に「和歌四天王」の仲間である頓阿・慶運たちと一緒に判者《はんじゃ》として、二条良基《よしもと》（一三二〇～八八）が詠んだ『後普光園院殿御《ごふこうおんいんどのおん》百首《ひゃくしゅ》』に加点《かてん》しているからである。加点とは、よいと思う歌に印を付けることである。これが、現在知られている兼好の最晩年の事跡である。

当時、二条良基は関白だった。頓阿によるあとがきには、「御歌ごとに目を驚かし、肝に銘じ候ふほどに」とか、「此《こ》の御歌一首もなほざりならず見えさせおはしまし候ふほどに」などと、貴顕である良基への讃辞が書き連ねられている。彼ら三人の加点は、頓阿が六十八首、慶運が七十二首であるのに対して、兼好は四十二首にしか加点していない。この厳しい評価態度に、批判精神に満ちた兼好の姿を垣間《かいま》見《み》る思いがする。

その時の兼好の酷評に対して二条良基が後年まで遺恨に思っていたかどうかはわからないが、良基が晩年の嘉慶元年（一三八七）に著した歌論書『近来風体抄《きんらいふうていしょう》』で、歌人としての兼好を次のように論評している。

其比《そのころ》は頓《とん》・慶《けい》・兼《けん》、三人何も何も上手《じやうず》といはれし也。（中略）兼好はこの中に、ちと劣りたるやうに人々も存ぜしやらむ。（中略）ちと俳諧《はいかい》の体《てい》をぞ詠みし。

ここで「其比」というのは、貞和期（一三四五〜五〇）のことである。貞和の頃は、頓阿・慶運・兼好の三人が和歌の名人とされていた。けれども、この中で兼好は少し劣っていたというのである。確かに勅撰集への入集状況や後世の評価などを考え合わせても、頓阿がこの中で筆頭歌人であることは動かせない。それにしても慶運と比べても兼好が「ちと劣りたる」というのは、評価が厳しいように思われる。良基は、「人々も存ぜしやらむ」と書いている。だから、自分としての評価をストレートに出しているわけではなく、「人々もそう思っていたのではないだろうか」という婉曲な書き方をしている。それでもこのような兼好に対する低い評価を持ち出すあたり、やはり三十五年前の『後普光園院殿御百首』で兼好から受けた加点の少なさが、まだ良基の心にわだかまっていたのではないだろうか。「ちと俳諧の体」というのも、決して高い評価とは言えない。

けれども、このような兼好に対する評価も、後世になると修正されてゆくことになる。後述するように、頓阿よりも兼好が優れているという評価さえ書かれるようになるからである。

揺れ動く人物評価

ちなみに、自分が当代最高の知識人・文化人だと自負する人々は、兼好を低く評価しがちである。けれども、そのような低い評価を、その後の時代の人々が修正するという現象がしばしば見られることも注目すべきだろう。兼好に対する評価は時代によってかなりゆれ動く傾向があるが、巨視的に見ると、よりよい評価に修正されることが多い。これも、兼好の人気の高さの表れだろう。

『太平記』に登場する兼好

兼好は文学史の上でまず歌人として登場しており、先に挙げた洞院公賢の『園太暦』も、二条良基の『近来風体抄』も、徒然草のことは一言も触れていない。この事実は重要である。この他にも兼好の存命中に近い時代の作品として『太平記』があるが、そこでの兼好もまた、能書《のうしょ》（達筆）の歌人として登場し、時の権力者高師直のために艶書《えんしょ》を代筆して失敗するという役割を担わされている。次に掲げるのは、『太平記』巻二十一「塩谷判官讒死事《えんやほうがんざんしのこと》」の一場面である。

武蔵守《むさしのかみ》いと心を空《そら》になして、たび重ならば情けに弱ることもこそあれ、文《ふみ》を遣《や》りてみばやとて、兼好と言ひける能書の遁世者《とんせいしゃ》を呼び寄せて、紅葉重《もみぢかさ》ねの薄様《うすやう》の、取る手も薫《くゆ》るばかりに焦《こ》がれたるに、言葉を尽くしてぞ聞こえける。

返事遅しと待つところに、使ひ帰り来《きた》りて、「御文をば手に取りながら、開《あ》けてだに見給はず、庭に捨てられたるを、人目にかけじと懐に入れ帰り参つて候ひぬる」と語りければ、師直大きに気を損じて、「いやいや、物の用《よう》に立たぬものは手書《てか》きなりけり。今日よりその兼好法師、ここへ寄すべからず」とぞ忿《いか》りける。

せっかく言葉を尽くして書いた兼好の恋文は、塩谷判官の妻に見向きもされず、開封さえしてもらえずに庭に投げ捨てられた。その報告を受けた高師直は、兼好を「役立たず」と罵った。なんとも情けない場面である。根も葉もない作り話と思いたいところだが、歌人兼好に対する軽い扱いは、先に紹介した二条良基の「ちと劣りたる」とか「ちと俳諧の体」という評言と、どこか通底しているようでもある。さらにこれも先に紹介した『園太暦』の記事にも、「武蔵守師直ノ狩衣以下ノ事、之《これ》ヲ談ズ」云々《うんぬん》とあったから、やはり当時兼好が高師直の周辺にいたのは事実である。

このような『太平記』での兼好の描かれ方は、江戸時代に大いに注目されることになる。兼好の生涯最大の汚点であるとする説、ものごとに拘泥せぬ態度であるとする説、わざと失敗して高師直に打撃を与え南朝に忠義を果たしたとする説、などが入り乱れた。この件に関しても、後世の兼好への評価は、どちらかと言えば兼好に荷担する方向になってゆく。

いずれにしても、『太平記』の時点でも徒然草の著者としては紹介されておらず、兼好の時代に近い時期には、徒然草がまだ流布していなかったことを思わせる。

『園太暦』から『太平記』まで、兼好はあくまでも歌人であり、法師である人物として捉えられている。歌人・遁世者としての兼好のイメージが前面に出ているのである。

「漂泊歌人」という新たなイメージ

成立年代も著者も未詳ながら、南北朝時代の南朝方の動向を記した説話集に『吉野拾遺《よしのしゅうい》』がある。この中に兼好が登場して、語り手に自分の近況を話す場面がある。ここでの兼好は、諸国を遍歴する生真面目な歌僧《かそう》として描かれている。今までにない、新たな兼好像である。しかも、兼好の和歌が二首紹介されている。

生前から歌人として評判が高かった兼好ではあるが、今まで挙げた史料や資料の中には、具体的に兼好の和歌が紹介されることはなかった。先には触れなかったが、『近来風体抄』では、わずかに一首の下句「都に帰れ春の雁がね」が引用されて、この歌は頓阿も慶運も誉めたと書かれている。しかしながら、この歌は勅撰集にも入集しておらず、当時この歌がいくら高く評価されたとしても、上句「行《ゆ》き暮るる雲路《くもぢ》の末に宿なくは」が示されていなくては、どのような歌だったのかわからなくなってしまうだろう。それに対して、『吉野拾遺』に兼好の和歌が二首明記されているのは、異色である。

思ひたつ木曾《きそ》の麻衣《あさぎぬ》浅くのみ染《そ》めてやむべき袖の色かは
ここもまた憂《う》き世《よ》なりけりよそながら思ひしままの山里もがな

最初の歌は、第二句が「木曾の麻布」という形で『風雅和歌集』雑下・一八五五番、『兼好法師集』では五十一番。二番目の歌は、初句が「住めばまた」という形で『新千載和歌集』雑下・二一〇五番、『兼好法師集』の初句も「住めばまた」で八十一番である。

確かにこの二首は兼好自詠であり、勅撰集にも入っている。けれども家集の番号がかなり離れていることからもわかるように、別々の状況のもとに詠まれた歌である。それが『吉野拾遺』では、兼好が木曾に庵を結んでしばらく暮らしていたが、国守が鷹狩にやって来たのに嫌気がさして、庵を引き払って諸国を遍歴したという話の中に、二首とも出てくる。

兼好伝説の萌芽

兼好の描かれ方から見る限り、私見では『吉野拾遺』の成立時期は、南北朝時代からかなり下るのではないかと思われる。なぜなら、今まで見てきたように、南北朝の時代に成立した作品の中に登場する兼好には生真面目な漂泊歌僧のイメージは窺えないからである。にもかかわらず、他の傍証となる史料もないままに、『吉野拾遺』にだけ兼好が漂泊僧となって現れるのは不自然である。このように真面目で求道《ぐどう》的で、諸国を遍歴する兼好が描かれるようになるのは、近世に入って創作的な兼好伝が書かれるようになってから以降のことである。

その意味では、『吉野拾遺』に書かれている兼好説話を、近世兼好伝の萌芽と位置づけることは可能であろう。そして、そうであればあるほど、『吉野拾遺』の成立は近世に近づくだろう。なお、このような創作的な兼好伝を「近世兼好伝」と総称するが、その実態については後述したい。

『吉野拾遺』にいたって、初めて「歩きまわる兼好」が立ち顕れた。けれどもこのような兼好像は文字通り「一人歩き」してしまい、「近世兼好伝」は兼好の実像とかけ離れてゆくばかりとなる。

2　徒然草の著者として

「正徹以前」と「正徹以後」

兼好の伝記を考えるうえで画期となったのは、「最初の徒然草の読者」として正徹《しょうてつ》（一三八一〜一四五九）が出現した時だった。正徹は、室町時代を代表する歌人である。兼好および徒然草にとって、「正徹以前」と「正徹以後」では、飛び越えられない大断層が横たわっている。なるほど、今まで見てきたように、歌人・文化人としての兼好の姿は既にいくつか書き留められてきた。しかしそこからは、兼好という一人の人間に生身の息吹《いぶき》が感じられない。もしもそれらだけだったら、兼好もまた歴史の中に埋没し、その存在が忘れられてしまった数多くの人間の一人に過ぎなかったろう。

兼好は、徒然草という類い稀な作品を著した文学者である。

正徹によってこの高らかなファンファーレが鳴り響いた瞬間に、兼好を取り巻いていた深い霧が一挙に吹き払われたのだった。長い文学史上でも滅多にない、劇的な瞬間だった。正徹以後、もはや兼好のことは徒然草と切り離して考えられなくなった。それでよいのである。兼好とはそのまま徒然草なのだから……。あるいは、こう言い換えたらもっとわかりやすいだろうか。作品がそのまま一人の人間であるような存在。先ほどちょっと触れた「近世兼好伝」が「兼好の真実」に触れ得ていないのは、まさにこの一点に懸かっている。たとえどれほど文武両道に秀でた大衆好みのヒーローとして兼好像が造型されていようとも、「近世兼好伝」には、徒然草への透徹した読みが示されていない。

兼好に近い時代に書かれたものの中では、兼好が徒然草を書いたことは、どこにも言及されていなかった。「法体歌人としての兼好」というそれまでの認識が新たな展開を見せたのは、室町時代になって歌人・正徹が兼好を徒然草の著者として明確に規定した時からであった。徒然草という作品は、室町時代を代表する歌人正徹の歌論書『正徹物語』（一四四八年頃成立）で、文学史上に初めて登場したのである。

「花は盛りに、月は隈《くま》なきをのみ見るものかは」と、兼好が書きたるやうなる心根《こころね》を持ちたる者は、世間にただ一人ならではなきなり。この心は、生得《しやうとく》にてあるなり。

これが、現在知られている最も早い徒然草への言及である。

徒然草の最古の書写本

今引用した徒然草への言及を遡ること約二十年も前の永享三年（一四三一）に、正徹は徒然草の全文を書写している。この写本が、現存する最古の徒然草である（口絵三頁・上参照）。

正徹は、徒然草全文の書写と自著での徒然草への言及という二重の功績によって、徒然草を後世にしっかりと手渡した大恩人であった。もし正徹がいなかったら、徒然草は現代まで命脈を保つことができたであろうか。徒然草が欠落した文学史を想像することは、とてもできない。

いや、正徹がいなくても、すぐれた作品であるならば必ず残るはずだ。そのような反論が予想されるが、それは正しくない。なぜならば、文学作品とは読者によってその真価を見出され、それがさらに受け継がれて倍加されてこその存在であるからだ。実際のところ、正徹以前に徒然草を書写した人々は何人もいたのである。というのは、書き写した徒然草の末尾で、正徹自身が「自分がこれを書写するにあたり、何種類かの徒然草を取り寄せて、それらと照合しながら書き写した」と記しているからである。

しかもその奥書《おくがき》によれば、正徹が徒然草を書写したのはこれが初めてではなかった。彼は以前にも徒然草を書き写していたが、それをある人に所望されて差し上げてしまったので、もう一度書き写したのだった。その二度目の書写本こそが、現存最古の写本である。正徹が照合した何冊かの徒然草、そして正徹が最初に書写した徒然草は、いったいどこに消えてしまったのだろうか。作品とは、そういうものなのである。大切に思って読み継いでゆく人々があってこそ、作品そのものの存在が保証される。

正徹以前の書写者たち、そして正徹が最初に書写した徒然草を所望した人物は、いったい何を思い、何を感じながら、徒然草を書き写し、徒然草を読んだのか。けれども現在のところ、誰一人として正徹以前に徒然草の感想を述べた者はいない。おそらくいくら捜しても、正徹以前の明確な徒然草の読者は出現するまい。なぜならば、徒然草は正徹の眼力をもってして初めてその作品の実態をしっかりと摑むことが可能となるような、今までにないまったく新しい作品だったからだ。現代の私たちが読んでも、徒然草はある意味で捉えどころのない作品である。いったい徒然草のどの部分に着目すればこの作品の本質を摑むことができるか、自信を持って答えられる人間は少ないだろう。

兼好が生前に歌人としてはある程度有名であったことは、これまで本書でも触れてきた。しかし、徒然草には和歌に関することはほとんど出てこないので、歌書とは認められない。面白い話がいくつも書かれているが、それればかりではないから説話集でもない。ましてや物語ではない。

このような多面性を持った作品を注意深く読み込み、その上で「『花は盛りに、月は隈なきをのみ見るものかは』と、兼好が書きたるやうなる心根を持ちたる者は、世間にただ一人ならではなきなり」と、正徹以外にいったい誰が言えようか。

正徹が初めて徒然草の実態の一端をしっかりと摑み、自分の胸元まで手繰り寄せることができたのである。正徹以前に徒然草への言及が見られないのは、それまで誰の目にも徒然草が触れていなかったからではなく、徒然草とはこういう作品であるとはっきりと把握できる人間がいなかったことを意味している。

ところで正徹本徒然草の特徴は、現在流布している徒然草が序段・第一段・第二段……というように、章段に区分されて番号が付いているのと違って、ところどころに改行はあるものの、章段番号が付されていない点である。ただし、この正徹本徒然草が発見されたのは昭和期になってからである。

近世を通じて読まれていたのは、江戸時代初期の慶長十八年（一六一三）に烏丸光広《からすまるみつひろ》が校訂した徒然草（本書での引用本文も、この烏丸本によっている）であり、その本文を基にして章段区分が行われていた。現代と同様に徒然草と言えば章段に分けて読まれる本になったのは、江戸時代以降だった。

なお、この徒然草における章段区分の是非については、本書の後半でもう一度詳しく再検討したい。

正徹が書いた兼好の履歴書

さて、正徹の重要性は、単に徒然草の原文を引用して、具体的な内容に言及したことに留まらない。彼は、兼好の経歴にも触れている。正徹による、簡潔ではあるがよく行き届いた兼好の経歴の紹介は、以後の兼好伝の基本的骨格となって長く踏襲されることになる。実際のところ、現代にいたるまでこれに付け加えられたものはごく少ないと言ってよいくらいである。

次に掲げるのが『正徹物語』に書かれている兼好の経歴である。原文は一続きに書かれているが、便宜上、番号を付けて箇条書きのようにして掲げた。このように区切ってみると、いかに正徹の記述が簡にして要を得ているかわかる。

(1) 兼好は、俗にての名なり。
(2) 久我《こが》か徳大寺《とくだいじ》かの諸大夫《しよだいぶ》にてありしなり。
(3) 官が滝口にてありければ、内裏《だいり》の宿直《とのゐ》に参りて、常に玉体《ぎよくたい》を拝し奉りけり。
(4) 後宇多院崩御なりしによりて、遁世しけるなり。やさしき発心《ほつしん》の因縁なり。
(5) 随分の歌仙にて、頓阿・慶運・浄弁・兼好とて、そのころ四天王にてありしなり。

(6)　つれづれ草のおもふり《（様子・様相）》は、清少納言が『枕草子』の様なり。

(1)は、兼好という名前が元来は俗名であって、出家後に初めて付けられた名前でないことを記している。これに対して、たとえば西行という名前は法名であり、彼の俗名は佐藤義清《のりきよ》である。鴨長明の場合はこれが俗名であって、出家後の名前は蓮胤《れんいん》である。兼好は、俗名の「かねよし」を「けんこう」と読んで、俗名をそのまま法名としても使っているという意味である。

(2)は、兼好の在俗時代の経歴に触れる重要な記述である。このような伝承があったのか、正徹自身が徒然草の内容からこのような判断を下したのかわからない。この記述が、近代の兼好研究の基盤になっている。現在では、徒然草の内容をさらに詳細に検討して、堀川家の家司《けいし》であるとされている。家司というのは、貴族の家に仕える私的事務職員のことである。

(3)は、兼好が宮廷に仕えていたことを示している。『尊卑分脈』の卜部氏系図には、蔵人・左兵衛佐と書かれている。蔵人というのは、天皇の身の周りの世話係である。

(4)は、兼好の出家の原因を後宇多院の崩御（一三二四年）にあるとして、兼好の心意気を賞賛している。ただし現在では、兼好が購入した地券の記述から、後宇多院崩御以前に既に出家していたことがわかっており、この部分は否定されている。

(5)は、歌人としての兼好に触れ、四天王の中で優劣は付けていない。二条良基が兼好を「ちと劣りたる」と書いたのと比べて、正徹は「随分の歌仙」と述べて、歌人としての兼好を高く評価している。

(6)は、徒然草を『枕草子』の文学的系譜に位置づけている点が注目される。

以上のように、正徹は兼好に関する略伝を記した。そして歌人としてだけでなく、徒然草の著者としての兼好を日本文学史の中に定位したのだった。

これまで見てきた史料の中では、兼好はいつも「兼好法師」と呼ばれてきた。洞院公賢も二条良基も「兼好法師」と書いていたし、『太平記』や『吉野拾遺』に登場する兼好もやはり「兼好法師」だった。出家以前の兼好のことは書かれていなかったのである。

それが正徹によって、出家以前の兼好は宮廷人であったことが明らかにされたのだ。これは、非常に重要なことである。現代においても「兼好法師」という呼び名はよく使われるが、この呼称では僧侶のイメージが先行してしまって、若き日に宮廷体験があったことは思い浮かばなくなってしまう。

歌人兼好の実像

『正徹物語』は、主として和歌や歌学に関する内容の書物である。だから、二条為世門下の「和歌四天王」たちに触れた箇所もある。一般に徒然草研究において『正徹物語』が重視されるのは、徒然草への言及があることと、兼好の経歴が書かれているという二点によっている。だがそれに劣らず重要なのは、歌人としての兼好の実態が『正徹物語』全編を読むと透視されることである。

正徹は、取り立てて他の「和歌四天王」と比較しながら、歌人としての兼好を描き出しているわけではない。けれども『正徹物語』のあちこちに点在する「和歌四天王」関係の記事を読み合わせてみると、次のようなことがわかってくる。

第一に、「和歌四天王」の中で、兼好だけが彼一代限りの歌人であったこと。浄弁と慶運は親子歌人だったし、さらに慶運の息子も歌人だったことが書かれている。頓阿も息子に厳しい歌人教育を施したことが書かれている。これに対して、兼好に子孫がいたことはどこにも書かれていない。

第二に、兼好には歌人意識が希薄だったらしいこと。『正徹物語』には、慶運が頓阿に対して激しいライヴァル意識を燃やしたと書かれているが、兼好が他の歌人に対して対抗意識を燃やしたとは書かれていない。

これらは、なぜ兼好が徒然草のような作品を書いたのかということにも密接に関わってくる。兼好には歌人意識が希薄だったゆえに、徒然草というある意味で雑多な内容を持つ作品を書いたのではないだろうか。もし兼好が、自分自身を歌人として強く規定していたならば、頓阿が著した『井蛙抄《せいあしょう》』や『愚問賢注《ぐもんけんちゅう》』のような歌論書を書いたことだろう。そして歌人の血脈を作るべく、頓阿や慶運のように自分の息子や孫に厳しい歌人教育をしたであろう。また歌人としてのプライドを持ち、彼らに対して競争意識を持ったであろう。けれども、兼好がそれらのどれとも無縁であったことは、『正徹物語』の記述を通して知ることができる。兼好は歌論書を書かなかったし、子孫もいなかった。歌人としての精進や執心を示す逸話も残さなかった。

正徹が兼好の著作として徒然草を取り上げたことは、まことに慧眼であった。繰り返して言おう。兼好とは徒然草そのものであり、徒然草こそが兼好の存在証明なのである。

しかし、いくら正徹が高らかに徒然草発見のファンファーレを鳴らしたとしても、それに共鳴し、さらなる増幅を促すような一群の人々がいなかったら、正徹が吹き鳴らした輝かしい響きも、虚しく空中に消えてゆくところだった。

正徹に続く人々

幸いなことに、正徹が提起した徒然草評価と兼好の独自性への注目は、正徹一人に留まらなかった。彼の弟子である心敬《しんけい》が、さらに心敬の弟子の連歌師たちがその後に続いた。室町時代から近世にいたるまで、兼好と徒然草に対する強い共感を相携えた人々が、途絶えることなく一団となって現れたのである。

心敬が見出したもの

正徹の弟子に、心敬（一四〇六〜七五）という文学者がいる。心敬は歌人であり、また連歌もよくした。宗祇は、彼の弟子である。心敬は、和歌や連歌に関する数多くの著作を残している。その中に、徒然草に直接言及した表現がいくつも見られる。

たとえば連歌論書『ささめごと』には、徒然草からの引用とされる箇所が少なくとも五箇所見られる。そのうちの一つは、正徹が既に引用している「花は盛りに、月は隈なきをのみ……」の部分だが、それ以外の引用は、人生あるいは人間の生き方と深く関わる部分である。

「孔子《こうし》も時にあはず。顔回《がんくわい》も不幸なりと言ふ」の部分は、徒然草の第二百十一段「才《ざえ》ありとて頼むべからず。孔子も時にあはず。徳ありとて頼むべからず。顔回も不幸なりき」によっている。心敬はまた、「兼好法師が言へる、人は久しくとも四十年《よそぢ》までと書きぬる、恥づかしき言葉なり」と書いて、はっきりと兼好の名前まで出している。「恥づかしき言葉」とは、こちらが恥ずかしくなるほど兼好の言葉が立派だという意味である。

『ささめごと』で閑居を好んだ人々として中国の賢者である許由《きょゆう》と孫晨《そんしん》のことが出てくるのも、徒然草の第十八段でこの二人が登場するからだろう。許由と孫晨はそれぞれ有名な隠遁者だが、彼らが一組になって取り上げられているのは珍しいから、おそらく徒然草経由であろう。

また、登蓮《とうれん》法師という歌人が、「まそほの薄《すすき》」について知ろうと、人々が止めるのも聞かずに雨の中を出掛けて行った話は、他の歌書などにも書かれている話である。だがこのエピソードが『ささめごと』にあるのは、徒然草の第百八十八段からの引用ではないだろうか。

このように見てくると、心敬の『ささめごと』は、徒然草の多彩な内容の中から、「無常の世をいかに生きるか」という箇所に狙いを定めて引用しているように思われる。これは、心敬の師である正徹には見られなかった視点である。正徹の場合は、徒然草の原文からは「花は盛りに……」の部分だけしか引用しなかった。正徹が徒然草と『枕草子』の類似に注目したのは慧眼だったが、徒然草に対するいっそう詳しい言及という点では、心敬がむしろ正徹を上回っている。しかも心敬は、今見てきたように徒然草を「テーマ読み」している。

私は心敬の徒然草の読み方を、「無常観読み」と名付けたい。つまり心敬は、徒然草に書かれている多彩な内容の中から、特に無常観に関わる部分に共感したのであろう。だからこそ、自分が最も共鳴したこれらの部分を、著作の中に書き留めたのだと考えられる。心敬が生きた十五世紀は、各地で兵乱が続く乱世であった。この世の無常を実感させる作品が、心敬にとっての徒然草であった。

心敬の「無常観読み」

心敬が徒然草の無常観に注目していたことは、彼の他の著作からも言える。心敬は『ひとりごと』の中で、徒然草に描かれている四季折々の自然のすばらしさ（第十九段）や空の名残や月や露への繊細な美意識（第二十段から二十一段にかけて）を一連のものとして捉えている。そのうえで、しかしながらこの世の本質は無常であるということを、徒然草の第四十一段の賀茂の競べ馬の話や、第百六十六段の春の雪仏《ゆきぼとけ》が融けやすい話を引用しながら述べている。

兼好の自然観や美意識や無常観が端的に書かれているこれらの章段は、現代人にも共感されることが多く、徒然草の中でも一読忘れがたい。心敬は、徒然草のあちこちに点在する兼好の物の見方や感じ方を抽出して、まるで引用の綴《つづ》れ織《おり》のようにしてみずからの表現を織り上げた。その地紋には徒然草の名文・名句が引用され、この世の無常がはっきりと浮かび上がる書き方になっている。

先に挙げた『ささめごと』（一四六四年頃成立）には、徒然草からの引用が断片的に散在していた。一箇所に集中的に引用されているわけではない。ところが『ひとりごと』（一四六八年成立）になると、徒然草全体から抽出してきた内容をもっと自分自身の美意識や無常観に引きつけてまとめ上げている。心敬に対して徒然草がいかに重要な影響力を与えていたかがわかる。

正徹によって徒然草のすばらしさが発見されたのを承けて、弟子の心敬はさらに一歩進めて徒然草の中から無常観や人生の生き方に関する部分を掬い上げた。このような捉え方は、その後の徒然草の読み方の方向性をほぼ決定づけるものとなった。現代においても「徒然草は無常観の文学である」という理解があるが、それは室町時代の歌人・連歌師の心敬が最初に読み取ったテーマなのである。

宗祇が選んだ付合

室町時代の連歌師を代表する宗祇《そうぎ》（一四二一～一五〇二）は心敬の弟子であるとともに、後の時代の芭蕉に大きな影響を与えた人物としても名高い。宗祇の存在は、中世と近世の文学を繋ぐ大きな結び目である。宗祇の連歌や連歌論の中で、徒然草や兼好に直接言及した箇所は、現在のところはまだ見出されていない。けれども宗祇が編纂した連歌集『竹林抄《ちくりんしょう》』には、当時の連歌師たちが徒然草を読み、徒然草の表現や美意識を使って連歌を詠んでいたことを思わせる付合《つけあい》がいくつか見出せる。

宗祇（東氏記念館蔵）

『竹林抄』は、宗祇以前の連歌の名人を七人選んで、彼らの付句《つけく》を集めたもの。中国の「竹林の七賢」になぞらえて題されている。『竹林抄』は、『新日本古典文学大系』（以下「新大系」）によって注釈付きで読むことができる。新大系の脚注には、それぞれの句の意味や、前句《まえく》と付句《つけく》がどのように付いているかという付合の説明、さらにはそれぞれの句が念頭に置いている先行文学などが示されている。

まず最初に、宗祇の師である心敬の付句に注目しよう。宗祇が『竹林抄』に選んだ心敬の付句の中には、徒然草と密接に関わる付合がある。これは先に見たように、もともとと心敬自身が徒然草に造詣が深かったことを示しているが、数ある付句の中からこのような句を選んだ宗祇本人の鑑賞眼・価値観も示していると考えてよい。

古《ふ》りぬる跡《あと》は訪《と》ふ人もなし
忘れ得ず歎くは近き別れにて　（巻第九・雑連歌下）

この付合は、発想も表現も徒然草の第三十段「思ひ出《い》でて偲《しの》ぶ人あらんほどこそあらめ、そもまたほどなく失せて、聞き伝ふるばかりの末々《すゑずゑ》は、あはれとやは思ふ。さるは、跡訪《あとと》ふわざも絶えぬれば」という部分に酷似する。人の死後、近親者たちにさえ次第に忘れられ、ついには墓参りに来る人もいなくなってしまうことを嘆いた段である。なお、新大系の脚注にも、「徒然草三〇段の情景に近い」とある。

次の二組の付合は『竹林抄』の中で連続しているが、どちらも徒然草の第三十八段に類似する。すなわち、「誉《ほ》むる人、譏《そし》る人、ともに世に留《とど》まらず、伝へ聞かむ人、またまたすみやかに去るべし。誰《たれ》をか恥ぢ、誰にか知られんことを願はむ。誉《ほま》れは又譏りのもとなり。身の後《のち》の名、残りてさらに益なし」という徒然草の本文を、それぞれが念頭に置いているのではないだろうか。ただし、この部分の新大系の脚注には、徒然草との関連は指摘されていない。

人に知られぬ身こそ安けれ
ことわざに名を残しても何かせん　（巻第八・雑連歌上）
いづれも跡を留《と》めぬ世の中
誰《たれ》聞けとはかなや名をも惜しむらん　（巻第八・雑連歌上）

今引用した三組の付合は、どれも無常の世における人間の生き方・あり方に関わっている。徒然草との関連を思わせる付句に、無常観や人生観を書いた部分が使われているのは、当時の連歌師たちの徒然草観の反映として興味深い。

連歌師たちの徒然草

心敬以外の連歌師たちの句から徒然草と関連するものを捜して、それらが徒然草のどのような内容と関連するか、もう少し見ておこう。

まず、今見たばかりの第三十八段を踏まえているものとして、次の付合がある。

いづれか残る何か常なる
物ごとにあるは心の品《しな》なれや　（巻第八・雑連歌上）

これは、智蘊《ちうん》（?～一四四八）の句である。「いづれか残る何か常なる」という前句は、まさにこの世の無常を述べた句である。「何か常なる」の部分には、『古今和歌集』の読人知らずの歌「世の中は何か常なる飛鳥川昨日《きのふ》の淵ぞ今日は瀬になる」が踏まえられているかもしれない。

しかし、この句に対して智蘊が「物ごとにあるは心の品なれや」と付けたのは、徒然草の第三十八段に「位《くらい》高く、やんごとなきをしも、すぐれたる人とやは言ふべき」「智恵と心とこそ、世にすぐれたる誉れも残さまほしきを、つらつら思へば、誉れを愛するは、人の聞きを喜ぶなり。誉むる人、譏《そし》る人、ともに世に留まらず」とあることを連想したからであろう。ただしこの付合でも、新大系の脚注では徒然草との関連は書かれていない。

徒然草の第三十八段は、世間の人々が追い求める富や立身出世や名声などを次々と挙げながらそれらをすべて否定し、最後には「万事はみな非なり。言ふに足らず。願ふに足らず」という言葉で終わる。一度読んだら忘れられない強烈な印象を残す段である。応仁の乱の時代を生きる連歌師たちは、この段を踏まえた句を先に挙げた心敬の句を含めてたびたび詠んでいた。宗祇がそれらの句を『竹林抄』の中にいくつも選んだのは、第三十八段が徒然草においてとりわけ忘れられない箇所だったことを物語る。

これらは、当時の連歌師たちが徒然草を「無常観の文学」と読み取っていたことを指し示す好例であると、私は思う。

見ぬ世の友

今まで見てきた四組の付合は、いずれも徒然草の無常観に関する章段の内容・表現とかなり類似していたが、これ以外にも『竹林抄』には、さらにいくつか徒然草との関連を思わせる付合が見出せる。

げになつかしき古《いにしへ》の人
学ぶべき心の奥を文《ふみ》に見て
（巻第八・雑連歌上）

これは、専順《せんじゅん》（一四一一～七六）という連歌師の句である。徒然草の第十三段にある「ひとり灯火《ともしび》のもとに文《ふみ》を広げて、見ぬ世の人を友とするぞ、こよなう慰むわざなる」によっているのだろう。「昔の人が懐かしい」という前句に対しては、いろいろな付け方が可能であろう。たとえば、昔もらった手紙が出てきたので当時のことが思い出されて懐かしい、と付けてもよいだろう。ところが専順は、「学ぶべき心の奥」とあるから、「聖賢の書を読んで、昔の聖人君子を懐かしく思う」と付けたのである。まさに、徒然草の第十三段の世界と重なる。新大系の脚注でも「徒然草一三段のような世界である」と書かれている。

『竹林抄』には、この付合と類似のものがもう一組ある。

見るやたよりの文《ふみ》の言《こと》の葉《は》
誰《たれ》ありて昔の道を教へまし
（巻第八・雑連歌上）

この行助《ぎょうじょ》（一四〇五～六九）の付句には、当時の戦乱の世の中への絶望がある。「このような乱れた世の中になってしまい、教えを乞いたい人々もいなくなった。いったい誰が昔の正道を教えてくれるだろうか。誰もいない。けれども聖賢の書物を読むことだけが、正しい世の中のあり方を教えてくれるのだ」。行助の句が描き出す世界を敷衍して述べれば、このようになろう。

新大系の脚注には徒然草との関連は書かれていないが、行助は「見るやたよりの文の言の葉」という前句を徒然草の第十三段にオーバーラップさせることによって、この定めなき無常の世を生きる糧としての「古賢の書」を認識しているのだろう。この句からは現実社会への深い絶望感と、書物の中にある理想の世の中への共感が汲み取れる。

いつの世も、心ある人々にとって乱世でない時代などどこにあろう。応仁の乱の時代だけが乱世なのではない。兼好もまた、乱世を生きる一人の絶望した人間だった。その兼好は、書物の中に「見ぬ世の友」を見出した喜びを徒然草に書き留めておいた。すると、かつて兼好が憧れと共感を持って聖賢の書を読んだように、今度は徒然草自体をそのような書物として読む人々が出現した。行助の付句は、そのことを私たちに教えてくれる。

無常の世をいかに生きるか

徒然草に描かれたこの世の無常は、たとえば第七段では「飽かず惜《を》しと思はば、千年《ちとせ》を過《す》ぐすとも一夜《ひとよ》の夢の心地《ここち》こそせめ。住み果てぬ世に醜き姿を待ち得て、何かはせん」とある。この部分を捉えて詠まれたと思われる付合がある。ただし、新大系の脚注には指摘がない。

老い果つる身をも心に慰めて

千年《ちとせ》も夢と思ふ世の中　（巻第九・雑連歌下）

この句もまた、専順の句である。先ほどの「学ぶべき心の奥を文に見て」の例と併せて考えれば、彼が徒然草を読んでいたことは確かであろう。

宗砌《そうぜい》（一三八五頃〜一四五五）の次の付合もまた、徒然草を読んでいるからこそ出てくる。

螺鈿《らでん》の軸《ぢく》の文字の古文《ふるぶみ》

蓋開《ふたあ》くる硯の箱に筆見えて　（巻第八・雑連歌上）

徒然草の第八十二段には兼好の友人である頓阿の言葉として、「羅《うすもの》は上下《かみしも》はつれ、螺鈿《らでん》の軸は貝落ちて後こそ、いみじけれ」という言葉が紹介されている。巻物が古びて、その軸に付いている螺鈿の貝が剝げ落ちた後こそすばらしいのだ、というのが頓阿の美意識だった。これは、この世のものはすべて移ろってゆくという無常観に根ざしたいかにも中世らしい美意識であり、兼好も頓阿の言葉に強く共感している。

「螺鈿の軸の文字の古文」という前句は、まさにこの部分そのままを句に仕立てている。「螺鈿の軸」とくれば徒然草に出てきたあの言葉だな、とただちに察知した宗砌は、この前句が徒然草を踏まえていることを見抜いたと知らせるべく、自分も徒然草の引用で応じた。冒頭に書かれている「つれづれなるままに日暮らし、硯に向かひて」の部分を持ってきて、「蓋開くる硯の箱に筆見えて」と付けたのだ。

新大系の脚注には、徒然草との関連は何も指摘されていない。その替わりに『竹林抄』の古注が紹介されている。それによれば、この前句は難解句とされていたという。徒然草の読者にとっては、難解でも何でもない。むしろ自明な句である。

「無常観読み」のゆくえ

さて、ここまで『竹林抄』と徒然草との関連を見てきた。このような作業は、兼好の評伝から逸脱しているだろうか。私には、そうは思えないのである。なぜなら徒然草という作品こそが兼好の自画像であり、徒然草に描かれているいくつものテーマの一つ一つが、兼好の人間像の重要な構成要素であるからだ。現代の私たちにとって、「徒然草は無常観の文学である」ことは、文学常識になってしまっている。その先入観があって徒然草を読まざるをえないほどの呪縛である。けれども徒然草が無常観の文学であるということを初めて見出したのは、室町時代の連歌師たちだったのである。

これらの付合を読めば、徒然草が彼らにとって大きな存在であったことがわかる。戦乱の世を文芸に賭けて生き抜いた彼らにとって、この世の無常は実感であったろう。ところで、宗祇の「世にふるもさらに時雨《しぐれ》のやどり哉」という句に代表されるように、連歌には時雨の句が多い。時雨の文学的なイメージは、遠く平安時代の『後撰和歌集』読人知らずの歌、「神無月《かみなづき》降りみ降らずみ定めなき時雨ぞ冬のはじめなりける」によって決定付けられた面が大きい。この歌自体は、初冬の到来を告げる気象現象としての時雨を詠んだものである。けれども、室町時代の連歌師たちにとっては、「定めなき時雨」とはそのまま「定めなき世の中」の象徴であったろう。それほどに、戦乱の世を生きる彼らにとって、この世は定めなき世であった。

人生の定めなさを実感し、世の中の無常を生きる連歌師たちの胸中に去来した書物が、徒然草だった。だからこそ、今見てきたような無常観に関わる付合に、徒然草が頻繁に使われていたのである。このような時代状況の中で初めて、徒然草はみずからの日々の生き方、ひいては人生観を重ね合わせる意識的な読者たちを獲得できた。

正徹や心敬などのように、徒然草と兼好の名前を明示してみずからの書物に書き残した人々だけでなく、ほんの短い連歌の付合の中にしかその痕跡を残さなかったとしても、明確な徒然草の影響力が見られるようになってくるのである。室町時代の連歌師たちにとっての兼好は、「ちと劣りたる」和歌四天王の一人ではない。この世を生きて行くうえで指針となる徒然草の著者として、「見ぬ世の友」となっていたはずである。

「無常観読み」の波紋

連歌師たちが彼らの句の中に、兼好の「和歌」を取り込んだ痕跡は今のところ見出せない。しかし、徒然草が彼らによって無常観の文学として読まれていたことはほぼ間違いあるまい。このことが、歌人としての兼好の評価の上昇にも繋がっているのではないかという一つの推測を、ここで付け加えておきたい。

三光院殿《さんこういんどの》作とされる『和歌難波津《わかなにわず》』には、「景気の歌は頓阿勝《まさ》りしかども、まことの仏心無常は兼好に如《し》くものあらじ」と書かれているという。また、三光院豪空《ごうくう》作とされる『崑玉集《こんぎょくしゅう》』でも「頓阿法師は風月の情に過ぎたる法師とて、兼好・浄弁などは諌めたりとかや。兼好などの心ざし、まことの法心者と覚ゆ」と書かれているという。頓阿は表面的には美しい花鳥風月や叙景歌にすぐれた技量を発揮したが、兼好は無常を心に忘れずに深い思想性を帯びた歌を詠んだ、というのである。

『和歌難波津』も『崑玉集』も、江戸時代の俳人各務支考《かがみしこう》（一六六五～一七三一）の『つれづれの讃』に引用されている文献である。ただし両書とも成立年代が不明で、その実態もよくわからない。三光院殿・三光院豪空とは、三条西実枝《さねき》（一五一一～七九）のことだが、『和歌難波津』も『崑玉集』も、江戸時代かそれに近い時代に作られた偽書であろう。

しかしたとえ偽書であっても、兼好の和歌が無常を詠んで優れているとする評価は、室町時代の連歌師たちによる「徒然草無常観読み」との類似が認められる。かつては、頓阿や慶運よりも「ちと劣りたる」と評されていた兼好だったのに、ここでの評価はむしろ逆転して高くなっている。歌人兼好に対する評価が上昇した背後には、徒然草が無常観の文学であるという認識が反映していると思われる。

もう一つの「無常観読み」

『和歌難波津』や『崑玉集』のような来歴不明の書物はさておき、もっと出所来歴が明確な書物の中にも「徒然草無常観読み」は見られる。『行者用心集《ぎょうじゃようじんしゅう》』は、天台僧存海《ぞんかい》による永正五年（一五〇八）成立の仏教書である。これはさまざまな仏教書からの抜き書きからなり、原典ごとにまとめて列挙されている。その中に徒然草からの抽出が十数段見られる。存海は、徒然草から無常観や仏道に関する部分を抜き書きしている。存海の時代は、宗祇の弟子である宗長《そうちょう》の時代と重なる。連歌師たちの「徒然草無常観読み」とちょうど同じ時期に、学僧である存海が徒然草に注目し、仏道に関わる箇所を抜き書きしているのは、時代の思潮であろう。

「教訓読み」の発生

しかし、徒然草は「無常観の書」としてばかり読まれたわけではなかった。宗長や存海の時代よりも少し前の時代、つまり、心敬とほぼ同時代を生きた武士・伊勢貞親《いせさだちか》（一四一七〜七三）が、徒然草を教訓書として読んでいるのである。ここに、「徒然草教訓読み」が発生した。『伊勢貞親教訓書』は、貞親が晩年の長禄頃（一四五七頃）、嫡子の貞宗《さだむね》に与えた教訓書である。その中に、徒然草からの引用が見られることに注目したい。

人に知音《ちいん》せんに、兼好法師言ふがごとく、無能なる者と寄り合はんこと、何の詮《せん》かあらん。

ここには兼好の名前を出して、明確に徒然草を引用している。しかもこの教訓書の成立時期は、存海の『行者用心集』よりも五十年も早い。思うに、存海のような学僧が出家者である兼好の著作の中から無常観や仏道に関わる箇所を抜き出すのは、ある意味で自然であろう。存海と兼好は、僧である点で属性を共有しているからである。また、連歌に徒然草の影響が見られるのも、どちらも文学の領域であるから決して奇異ではない。

これに対して、伊勢貞親は武士である。その彼が嫡子に与える教訓書の中に徒然草から引用するというのは、徒然草の読み方として格段に独自性を発揮している。

中世から近世への転換

ここで、これまで見てきた兼好の立ち顕れ方を、簡単に振り返っておこう。

兼好が生きた時代に近い時期には、二条派歌人としての属性と「兼好法師」という出家者としてしか記されていなかった。それが、正徹の出現によってにわかに徒然草の著者として注目されたのだった。これを転機として正徹の弟子の間では、歌人としてよりも「無常観の書」あるいは「人生論の書」として徒然草が注目されるようになった。ほぼ時を同じうして、室町時代の武士は徒然草をみずからの教訓書に引用し、ここに明確な「教訓読み」が出現し、近世における日常教訓書としての徒然草の位置付けの先蹤《せんしょう》となった。

このように巨視的に眺めてみると、歌人から徒然草の著者へと、兼好の姿が大きく転換してきたことがわかる。言ってみれば兼好とは、半身が和歌、半身が徒然草に染め分かれた存在である。兼好はまず歌人としての半身しか姿を現さず、次には体の向きを変えて、残りの徒然草の著者としての半身を見せるという具合だった。

しかしながら兼好という一人の人間は、歌人であると同時に徒然草の著者でもあるのだから、そのどちらか一方しか視野に入らないとしたら不十分である。これが解消されるのは、近世初期の林羅《はやしら》山《ざん》とその子孫たちによる兼好への関心によってである。兼好がその全身を顕してくるのは、江戸時代の初頭からだった。

3　林家三代が見出した新しい兼好

『徒然草寿命院抄』の功罪

徳川家康によって江戸に幕府が開かれて間もない慶長九年（一六〇四）に、最初の徒然草注釈書である『徒然草寿命院抄』（単に『寿命院抄』と略すこともある）が刊行された。著者の秦宗巴《はたそうは》は、医者であるとともに仮名草子《かなぞうし》作者でもあった。『寿命院抄』には、まず冒頭に箇条書きで五箇条の総論があり、兼好の略歴や徒然草の内容について書かれている。ここで示された五箇条の総論は、現代にいたるまで四百年間の「徒然草の読み方」を決定付けた非常に重大な意味を持つ。しかし、私は『寿命院抄』が提起した徒然草に対する理解には、功罪両面があると思う。この五箇条の総論は兼好の人物像を考えるうえでも重要なので、記述内容の概略を見ておきたい。なお、『寿命院抄』は漢字片仮名交じり文で書かれている。

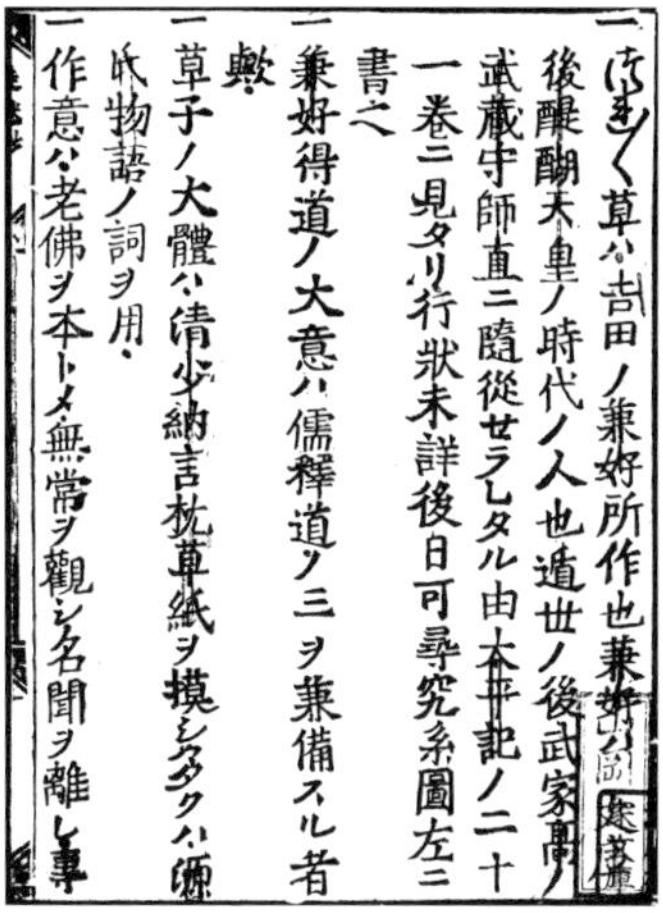
一 徒然草ハ吉田ノ兼好所作也兼好ハ
後醍醐天皇ノ時代ノ人也遁世ノ後武家ニ
武蔵守師直ニ随従セラレタル由太平記ノ二十
一巻ニ見タリ行状未詳後日可尋究系圖左ニ
書之
一 兼好得道ノ大意ハ儒釈道ノ三ヲ兼備スル者
歟
一 草子ノ大體ハ清少納言枕草紙ヲ摸シ多クハ源
氏物語ノ詞ヲ用
一 作意ハ老佛ヲ本トメ無常ヲ観シ名聞ヲ離レ事

『徒然草寿命院抄』冒頭部分

第一条には、兼好の略歴が記される。後醍醐天皇の時代の人であること。遁世の後、高師直に仕えたことが『太平記』巻二十一に出ていることの紹介な

吉田山（京都市左京区吉田）
兼好が吉田山に住んだとする伝承もある。

ど、ごく簡略な記述である。けれどもここで特に注目したいのは、第一条の書き出しが「つれづれ草ハ吉田ノ兼好所作也」（傍点引用者）となっていることである。現代でも兼好の名前が「吉田兼好」だと思い込んでいる人は多い。この名前の初出が、『寿命院抄』なのである。今まで本書で挙げてきた文献史料の中には、どこにも「吉田兼好」という名前は書かれていなかった。「兼好法師」、あるいは単に「兼好」と呼ばれていた。それが、なぜかここではっきりと「吉田ノ兼好」と書かれ、これ以後の江戸時代を通じて、徒然草を書いた人物名は「吉田兼好」であると確定してしまった。現代では、「吉田兼好」はあくまでも江戸時代の通称で、本名は「卜部《うらべ》兼好《かねよし》」であるとようやく周知されつつあるが、依然として教科書などで「吉田兼好」となっていたり、相変わらず「吉田兼好」と書く文学者もいる。

第二条は、徒然草の全体像に関わる重要な記述である。本書の中でこれまでにも引用したことがあるが、改めて全文を掲げる。

兼好得道ノ大意ハ、儒釈道ノ三ヲ兼備スル者歟《か》。

これは、徒然草を「儒教・仏教・道教（老荘思想）を基盤とする作品である」と定義付け、同時に兼好の人物像をこれらのすべてに通じた教養人として理解したことを意味する。室町時代の連歌師たちは、徒然草を無常観の文学であると理解していたが、ここにいたって、より大きな観点から徒然草が捉え直されたのである。現代でも兼好は、文学者というよりもむしろ、哲人の風貌を備えた思想家としてイメージされることも決して少なくはない。このようなイメージの出発点が、ここにある。

第三条では、徒然草は、『枕草子』と『源氏物語』の書き方や表現を使っている、と指摘している。

第四条は、徒然草はとりわけ仏教の無常観と、道教の無為《むい》を楽しむことを勧め、季節や自然を賞美して、「物ノ情」を知らしむるものであるとして、第二条をさらに敷衍して述べている。

第五条では、徒然草の章段区分に注意を喚起している。徒然草の上巻を百三十七段、下巻を百五段に区分している。正徹が書写した現存最古の徒然草写本では、ところどころに改行は見られるものの、前述したように章段番号は付いていない。けれども『寿命院抄』では、各段ごとに番号を付している。現在では、徒然草を上巻・下巻と分けずに通し番号で、序段・第一段・第二段……と続き、第二百四十三段で終わる章段区分が当たり前のように通行している。

以上の五箇条の総論のうち第一条と第三条は、『正徹物語』にもほぼ同内容が書かれていた。だから最も重要な指摘は、第二条と第五条である。この二つによって、江戸時代から現代にいたるまで、四百年間にわたる徒然草の読み方に二本のレールが敷設された。すなわち、「儒釈道ノ三ヲ兼備スル」兼好の思想的観点から徒然草の作品世界を理解すること。そして、徒然草を章段に細かく区分して読むこと。

確かに、兼好は儒教・仏教・道教に深く通じた人物である。そして、徒然草は簡潔な短い章段に区切って読めば、各段に兼好の「知のエッセンス」が凝縮した作品である。しかしながら、このような理解は、喩えて言うならば『寿命院抄』が敷設した二本のレールの上を走る列車の車窓から眺めた風景でしかない。

『寿命院抄』がきわめて明確に指し示した路線に沿って研究され、現代まで理解され続けてきた兼好と徒然草。しかし、それがすべてだろうか。もし私たちが、レールの上を滑らかに走る列車から降りて、もっと自由に歩き始めるなら、吹き渡る風が私たちの体を包むことだろう。裸足で草原を歩けば、足裏に青々とした草の感触を感じ、小川や泉のほとりでは、清冽な水を掬《すく》って喉を潤すこともできるのではないか。そのように、もっと自分自身に密着したものとして徒然草を読み、兼好を現前させることができるなら、ゆるぎなき哲人の風貌の下にどのような心が隠されているのかがわかるかもしれない……。

短い章段に区切ってしまうのは、いわば天衣無縫な一続きの織物のように、分かちがたく連続して形成されている徒然草にザクザクと無情の鋏を入れてしまうようなものではないか。「寿命院抄の功罪」と言うゆえんである。本書の第四章では、『寿命院抄』が提起した観点から一旦離れて、新しい観点から兼好の人間像を詳述したいと思う。

林家三代、秀才相継ぐ

『寿命院抄』以後の兼好と徒然草をめぐる状況は、どのように変化しただろうか。『寿命院抄』に書かれていた「儒釈道ノ三ヲ兼備スル」という見方は、まさに当時の思想状況全般を覆ってゆく「三教一致」という考え方に合致する。一方、三教の混合形態をよしとせず、純粋に一つの思想を信奉する厳密な儒学者や国学者たちには、兼好と徒然草の評判は芳しくなかった。彼らに言わせれば、徒然草と兼好は「不純」であることになってしまう。

しかしながら近世初期の儒学者林羅山と彼の息子や孫を含む林家三代の人々は、徒然草と兼好に関して柔軟とも言うべき態度を取っており、いかにも新時代を切り開いた啓蒙的で清新な知性のひらめきを発散している。もちろん彼らも儒学者であるから、兼好の仏教的な側面に対しては批判もするが、兼好の人間像を徒然草の著者としてのみならず、再び歌人としても捉えている事実は注目に値する。林家三代によって、いかに徒然草と兼好が清新な捉え直しをなされたかについては、従来の徒然草研究・兼好研究の中でまったく注目されてこなかった。ここで彼らの果たした役割を明確にしておくことは、ぜひとも必要であると思う。しかも、林家三代の人々は、兼好の肖像画を考える上でも大きな役割を果たしている。

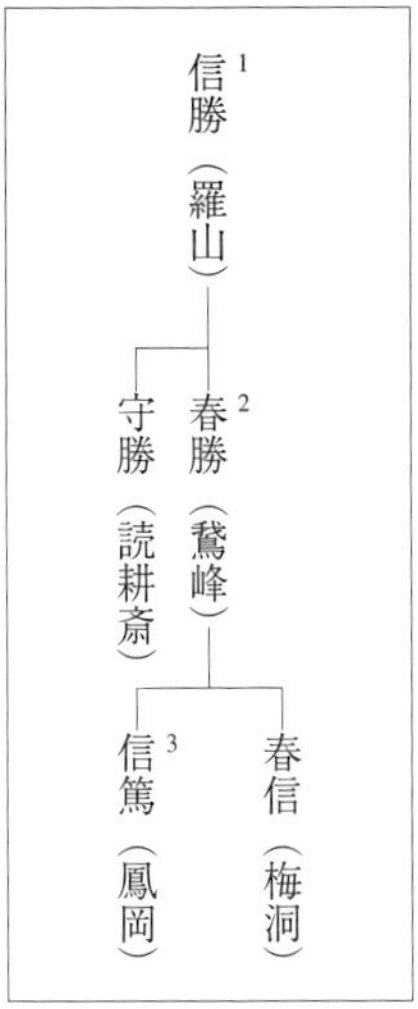

林家系図

林家三代によって、兼好の人間像に新たな局面が展開したのである。

羅山登場

『野槌《のづち》』（『埜槌』と書く場合もある）は、日本朱子学の祖となった儒学者・林羅山（一五八三～一六五七）によって著された徒然草注釈書である。『野槌』は林羅山の博識が遺憾なく発揮された詳細な注釈書であり、彼が発見した徒然草の典拠は現代の注釈書にも受け継がれているものが多い。もちろん注釈書というものは、それに先行する注釈書の説を摂取しながら書くものであるから、『野槌』もその例に漏れず、『寿命院抄』に書かれている注釈はほとんどすべてを取り込んでいる。だが、羅山が新たに付け加えたものも多い。なお、『寿命院抄』には徒然草の原文は語釈の部分しか抽出されていないが、『野槌』では、各段ごとに全文が掲載されている。

しかも『野槌』は、詳細な語釈で終わらない。徒然草の仏教的な内容に対して、儒学者としての羅山が厳しく批判する箇所があちこちに見られる点に特色がある。このように自分自身の信条や価値観によって徒然草を批判するという姿勢は、『寿命院抄』には見られなかった。室町時代の正徹や心敬や連歌師たち、そしてみずからの子孫に遺し置く教訓書に徒然草を引用した武士や商人たち。彼らはすべて兼好の物の見方や生き方への深く強い共感があったからこそ、兼好の名を記し、徒然草の原文を書き留めたのであった。

ところが、林羅山はそうではなかった。羅山はみずからの全知識と人間性を賭けて、ある時は激しく批判し、もちろんある時は共鳴もしながら、兼好と対峙したのであった。しかし、羅山のような人間が出現したことによって、兼好もまた息を吹き返すのである。皮肉なことに、ただ賞賛されているだけでは、次第に兼好の存在感は薄れていったろう。イメージが固着して、新鮮味がなくなってしまうからである。

ちなみに、息を吹き返すと言うなら、他ならぬ羅山自身が徒然草の詳細な注釈書を書き著すことによって、「精神の危機」とも言うべき時期を乗り切っている。『野槌』執筆の頃、羅山は近親者を亡くしたり、自分も病気になったり、若い頃から取り立ててもらっていた恩人である徳川家康の死、そして二代将軍秀忠との軋轢《あつれき》など、人生のどん底に喘いでいたのであった。

当時、林羅山は世間の表舞台から退いていた、と言っても過言ではない。だからこそ、自分自身の観点からある種、新鮮な思いで兼好を眺めているのである。おそらく彼は、徒然草を読んで、今まで出会ったこともないような人間と出会った新鮮な驚きを禁じ得なかったろう。詳細な『野槌』の注釈の陰には、羅山が初めて自己の膨大な知識と教養を全開できる好敵手を見付けた驚きと喜びがあふれている。持てる知識の総量を誇るかのような衒学的とも見える数々の注釈は、まるでぴちぴちと若鮎が跳ねるような輝きを放って描き込まれている。羅山が日本の和文作品の中で注釈書を著したのは、徒然草に対してだけである。

羅山は徒然草の内容自体を検証し、論評し、批判する。彼は徒然草の背後に、兼好という、自分にとって不足のない一人の人間の姿を透視する。そして、その兼好に対して、みずからの学識と価値観と人生観を対置している。これほど全身全霊で兼好の存在そのものに関心を持ち、兼好をも乗り越えたと自負すらしている人間の出現は、羅山が最初であろう。

羅山が再発見した「歌人兼好」

このように述べてくると、林羅山の『野槌』は、あくまでも徒然草という作品世界を通して人間兼好と向き合っているように思えるかも知れないが、羅山の視界は徒然草に留まるものではなかった。歌人としての兼好にも開かれていたからである。『野槌』の冒頭部には、「卜部ノ系図」に続いて、兼好の和歌が二十四首も集成されている。これは、非常に意味のあることである。

これまで辿ってきたように、当初、兼好は徒然草の著者としてではなく、歌人として知られていた。にもかかわらず、近世初頭には肝心の兼好の和歌そのものが人々の目に触れなくなっていた。兼好の和歌が具体的に引用されたり論評されたりした例は、『吉野拾遺』くらいしか見当たらない。

そのような現状を踏まえて、羅山は勅撰集に入集した兼好の和歌を中心に集成して『野槌』の冒頭に載せたと推測される。これによって、兼好は徒然草の著者であると同時に勅撰歌人であることも強く印象付けられた。このことが及ぼした影響は測り知れないものがある。

本居宣長《もとおりのりなが》（一七三〇〜一八〇一）の代表作としてよく知られている和歌を、次に掲げよう。

敷島《しきしま》の大和心を人問はば朝日ににほふ山桜花

朝日と山桜の取り合わせが印象的な歌である。意外なことのようだが、朝日と山桜を取り合わせた歌は少ない。ところが、『野槌』に掲載されている兼好の歌に、次の一首がある。

久方《ひさかた》の雲居《くもゐ》のどかに出《い》づる日の光ににほふ山桜かな

（『新千載和歌集』所収）

これは、偶然の一致であろうか。宣長は晩年になってから、兼好のことを「つくり風流《みやび》にして、まことのみやびごころにはあらず」などと『玉勝間《たまかつま》』で厳しく批判した。ところが、両者の山桜の歌を比べてみれば、その類似に驚かされる。本居宣長は、兼好の歌を無意識のうちに下敷きにしているのではないだろうか。このこと一つをとっても、『野槌』に兼好の歌が掲載されていることの意義は大きい。ちなみに、若き日の宣長の愛読書は徒然草だった。京都遊学中の青年時代の日記には、徒然草に共感していることが何度か書かれている。

本居宣長（本居宣長記念館蔵）
宣長は，兼好と同様に墓所に桜を植えた。

それまで兼好の歌はほとんど具体的には知られていなかったが、『野槌』によって少なくとも勅撰集に入った兼好の和歌が一覧できるようになった。『近来風体抄』に、兼好の「都に帰れ春の雁がね」という歌が有名だったことが書かれていても、この歌の上句「行き暮るる雲路《くもぢ》の末に宿なくは」は示されていなかったし、『吉野拾遺』に「思ひたつ木曾の麻衣《あさぎぬ》浅くのみ染めてやむべき袖の色かは」

「ここもまた憂き世なりけりよそながら思ひしままの山里もがな」の二首が引用されてはいるが、これら以外には兼好の歌は一般に知られてはいなかったと思われる。これらの歌はあくまでも、『近来風体抄』なり『吉野拾遺』なりを読んでいる過程で偶然に遭遇できる歌であり、もし兼好の歌を読みたいと思ったならば、兼好が初めて登場した『続千載和歌集』以降の膨大な歌数にのぼる勅撰集を自分で博捜しなければならなかったろう。

『兼好法師集』を読めば一目瞭然ではないかと思うかもしれないが、近世以前には兼好家集の写本はほとんどなく、兼好の歌が人々の目に触れた形跡は少なかったという（稲田利徳『和歌四天王の研究』）。そのような状況を打破したのが、林羅山による兼好和歌の集成であった。『野槌』に兼好の和歌が集成されたことの意義は、いくら強調してもしきれないくらいである。

阿波の鳴門は波風もなし もう一つ注目したいのは、『野槌』の兼好和歌集成に、現在では兼好の作とは認定されていない一首が入っていることである。

また兼好が歌なりとて、ある人の語りしは
世の中を渡り比べて今ぞ知る阿波《あは》の鳴門《なると》は波風もなし

林羅山もこの歌が兼好の歌であると断定しているわけではなく、あくまでもある人からの伝聞として紹介している。けれども、この歌が『野槌』に掲載された影響は大きかった。『徒然草絵抄』など、徒然草の版本の挿絵として描き込まれたりする（十六頁左上参照）。芭蕉も紀行文『更科紀行《さらしなきこう》』の中で、「無常迅速のいそがはしさもわが身にかへりみられて、阿波の鳴門は波風もなかりけり」と引用している。この伝兼好歌には「世の中を渡り比べて」とあることから、諸国放浪のイメージがある。その意味では、『吉野拾遺』に描かれていた兼好の漂泊の姿と重なる。

羅山は、伝兼好歌一首に続けて、さらに「高野山金剛三昧院に、兼好自筆の短冊五枚あり」として、それらの五首も紹介している。これなども、いったいどのようなルートで彼がその存在を知ったのか不明だが、羅山ならではの博捜と言えよう。

この『高野山金剛三昧院奉納和歌』は、晩年の兼好の動向、すなわち足利尊氏・直義兄弟のような武士たちと交流があったことを示す貴重な伝記史料として、現在の兼好研究の中で必ず言及される。その史料の存在を広く一般に紹介したのが、『野槌』だった。

こうして、羅山によって都合二十四首の兼好和歌が、『野槌』の冒頭部分に掲げられたのである。ここで少し不審なのは、羅山が兼好の勅撰集入集和歌のうち、最初の『続千載和歌集《しょくせんざい》』と次の『続後拾遺和歌集《しょくごしゅうい》』の入集歌《にっしゅうか》を最後に回して、これらには勅撰集の名前を出さずに「兼好法師自讃哥（歌）二首」としていることである。羅山はこれらの二首が勅撰集に入っていることを見落としたのであろうか。それとも「自讃哥」ということを重視したのであろうか。けれども『野槌』以前に、これらの二首を兼好の「自讃哥」としているものは、まだ管見に入っていない。

原文付きの詳細な注釈書『野槌』を著したこと、勅撰集入集歌を中心に兼好の和歌を集成したこと。これらに加えて、羅山が兼好研究に貢献したことが、さらにもう一つある。彼によって、兼好を描いた肖像画の存在が明示されたことである。『林羅山詩集』には、兼好画像を詠んだ漢詩が二首見出される。以下にそれらを掲げよう。巻第七十二に、連続して記載されている七言絶句である。

林羅山の画賛

兼好　家蔵

終日蕭然硯払塵
風雲花鳥一家春
夜来古道照顔色
独読遺書燈下身

終日、蕭然《しゆくぜん》として、硯、塵を払ひ、
風雲花鳥、一家の春。
夜来の古道、顔色を照らし、
独り遺書を読む、燈下の身。

又

兼好幽棲事迹奇
対書読処独吾伊
燈花不眩千年眼
絶勝案頭螢雪時

兼好の幽棲《いうせい》、事迹《じせき》、奇なり。
書に対しては読む処、独り吾伊《ごい》たり。
燈花も眩《まぶ》しからず、千年の眼。
絶勝の案頭、螢雪の時。

一首目は、寛永六年（一六二九）、羅山が四十七歳の時の漢詩である。「家蔵」とあるので、羅山自身が所有していた兼好の画像を詠んだものである。残念ながらこの兼好画像が、いつ頃誰によって描かれたのかは何も記述されておらず、不明である。けれども、少なくとも一六二九年の時点で、兼好の画像が存在していたことがわかり、貴重である。この漢詩に、「終日、蕭然として、硯、塵を払ひ」とか「独り遺書を読む、燈下の身」とあるのは、徒然草序段の「つれづれなるままに、日暮らし硯に向かひて」や、第十三段の「ひとり灯火《ともしび》のもとに文を広げて」という表現を詠み込んでいる。序段と第十三段の両方を併せ持つような図柄、たとえば、書物と筆を載せた机を前にして坐っている兼好の姿を描いたものであろうか。

二首目は明暦元年（一六五五）、羅山が七十三歳の時の漢詩である。一首目の漢詩から二十六年後、亡くなる二年前である。一首目と比べると、音読（＝吾伊）しながら読書する兼好の姿を前面に出しているように思われる。

羅山の漢詩に見る限り、絵画に描かれた兼好の姿は、徒然草の序段と第十三段を基にして描かれていることが窺える。このことは、徒然草の本質を考えるうえでも重要なヒントを与えてくれる。読書と執筆。これに思索を付け加えるならば、この三要素こそが、兼好という一人の文学者の構成要素のほぼすべてを言い尽くしているのだ。ただし、兼好を絵画化するに際して思索する姿は描きにくいだろうから、書物から目を離して遠望する姿や、筆を持つ手を休めている姿などに思索姿が象徴されることになる。

現在でこそ、文学者と読書は切っても切れない繋がりがある。だが兼好以前に、読書する姿や執筆する姿が強調された文学者がいただろうか。兼好画像は「読書人」であり、「執筆者」であり、「思索家」であるという新しい人間像の象徴となっている。そのことは、本書で後述するように、兼好が日本文学史上で最初の「批評家」であることとも密接に関連してくるだろう。

林羅山は、それまで断片的に知られていた兼好の人間像のさまざまな側面を統合し、トータルに捉えた。そのことによって、今までよりも一歩も二歩も兼好の実像に近い姿が現前してきたのである。

林鵞峰の果たした役割

林羅山の三男・鵞峰《がほう》（一六一八〜八〇）は、林家二代目として徳川幕府に仕えた儒学者である。『鵞峰先生林学士文集』には兼好のことを詠んだ漢詩は見当たらないが、彼は寛文四年（一六六四）刊行の『兼好法師家集』に漢文で跋文《ばつぶん》を書いている。それまで、ほとんどその全貌が知られていなかった兼好の家集が出版されたことの意義は大きい。たとえば、兼好の家集が刊行されたことが「近世兼好伝」に多くの資料を提供することになったことは見逃せない。父・羅山が、兼好の和歌を初めてまとまった形で二十四首紹介したのを承けるようにして、兼好家集の刊行に息子である鵞峰が関わったのである。鵞峰もまた、兼好を見出した一人であると言えよう。

そもそも、兼好の家集が加賀の前田家に所蔵されていることを中院通村《なかのいんみちむら》が確認し、それが兼好の自筆草稿であると認定したのは、『兼好法師家集』の刊行を遡ることほぼ四十年前の寛永三年（一六二六）だった。通村は兼好家集の末尾に次のような奥書を書き入れた。原文は漢文で書かれているが、読み下し文に改めた。

此の一冊は、兼好法師自撰家集草本《さうほん》か。而《しか》るに彼《か》の集、世に流布せず。如今《じょこん》、幸《さいは》ひに之《これ》を覧《み》る。秀歌と云ひ、能書と云ひ、奇観何者も之《これ》に如《し》かず。感悦に堪《た》へず、聊《いささ》か之を誌《しる》す。

寛永第三暦初秋上旬

長秋員外監《ちやうしうゐんぐわいかん》通村

今まで世間に流布していなかった兼好の家集、しかも自筆草稿の家集を見出した喜びが伝わってくる奥書である。通村は、兼好の和歌が優れていること、および兼好自筆の筆跡が優れていることに感動している。

林鵞峰の跋文

この奥書から約四十年後、兼好の自筆家集を出雲寺和泉掾《いずもじいずみのじょう》林時元《はやしときもと》が刊行するに際して、跋文を請われたのが林鵞峰だった。彼は漢文の跋文で出版の経緯や父羅山の徒然草注釈書『野槌』に触れながら、かなり詳しく次のように述べている。従来あまり注目されてこなかったようだが、見出された兼好を辿るうえで貴重な史料である。少し長くなるが、読み下し文で示そう。

卜部兼好は倭謌(和歌)を以《もつ》て聞こゆ。然《しか》れども其《そ》の作る所、徒然草遍《あまね》く世に行はれて、家集伝ふること罕《まれ》なり。其《そ》れ或《あるい》は撰集に載せられ、或は偶《たまたま》人間《じんかん》に落つるは、皆吟誦して以て口実《こうじつ》と為《な》す。近頃詠草一帖、幸ひに出づ。故内相《ないしやう》源通村公、曾《かつ》て其の末に跋《ばつ》して、以て之が証と為す。洛の書肆《しよし》時元、之《これ》を索《もと》め捜りて、梓《し》に鏤《ちりば》めんと欲して一語《いちご》を乞《こ》ふ。倭謌は余が知る所にあらず。然れども、内相の跋有るときは則ち其の贋《がん》ならざることを知る。且《か》つ余が先考羅山子《せんかうらざんし》、其《そ》の人と為《な》りを愛し、其の倭語を奇として之の露抄《ろせう》を為《つく》るときは、則ち余、兼好に於いて尋常《よのつね》の謌人《（歌人）》を以《もつ》て焉《これ》を視《み》ること能《あた》はず。想《おも》ふに夫《そ》れ彼の一生の詠、豈是《あにこれ》のみならんや。蓋《けだ》し韜晦《たうくわい》の士なるを以て、故に其の吟ずる所も亦《また》共に散逸《さんいつ》して、此《こ》の一帖は、其れ泰山の毫芒《がうばう》か。倭謌を好む者に在《あ》りては、則ち崑山《こんざん》の片玉か。是《ここ》に於《お》いて時元に戯《たはむ》れて曰く、此れ是の片玉汝《なんぢ》沽《う》らめや。沽らめや。胡盧乱道《ころらんだう》して焉《これ》を遣《や》る。

寛文甲辰之夏

弘文院林学士

林鵞峰が書いた跋文のおおよその内容を見ておこう。

「卜部兼好は歌人として知られているが、徒然草が世間に広く流布しているのに対して、家集はほとんど流布していない。兼好の和歌で知られているのは勅撰集に入集した歌や、たまたま世間に知られているわずかなものに過ぎないが、それらは人々がよく知って口ずさむ対象となっている。ところが近頃、幸いにも家集が出現し、中院通村によって兼好の自筆本と認定された。京都の書肆時元（出雲寺和泉掾林時元）が、この家集を出版するに際して、私に跋文を請うた。和歌は自分の専門ではないが、この家集は中院通村のお墨付きで確かなものである。……」

前半に書かれていることは、ほぼこのような意味になろう。それに次いで書かれている「余が先考羅山子、其の人と為りを愛し、其の倭語を奇として之の露抄を為るときは、則ち余、兼好に於いて尋常の謌人を以て焉を視ること能はず」の部分は意味が取りにくいので、少しく考察を巡らせてみたい。解釈の仕方によっては、羅山から鵞峰へと父子二代にわたって受け継がれた兼好認識の深まりが見えてくるからである。

「韜晦の士」という兼好観

稲田利徳氏は、この部分を「父の林羅山が兼好の和歌を賞美し『露抄《ろしょう》』（『徒然草野槌』巻頭部の兼好和歌拾遺を指すか）を作成していることを考慮するに、兼好は凡庸な歌人ではないと思われる」と解釈している（『和歌四天王の研究』所収「『兼好自撰家集』の伝本の流布状況」）。稲田氏はその論考の中で林鵞峰の跋文を引用するにあたり、「奇其倭語」の「語」の横に「ママ」と振って、この部分が「倭語」ではなく正しくは「倭謌」ではないかと解釈している。「ママ」とは、原文で「倭語」となっているままに引用しておくという意味である。つまり稲田論文は、この部分は本来「倭謌」となっているべきであるのに、原文で「倭語」となっているのでそのまま引用するが、これは誤植ではないかと示唆しているのである。だから「其の倭語を奇として」の部分を、訳文では「兼好の和歌を賞美し」と解釈している。

確かに、この跋文の他の部分には「倭謌」という表記が三箇所出てくるし、「語」と「謌」はよく似た文字であるから、このような推測も十分に成り立つ。また前後の文脈も稲田論文の解釈で意味が通るようにも思われる。ただし、『鵞峰先生林学士文集』に収められたこの跋文も、やはりこの部分は「倭詞」ではなく、「倭語」となっている。また、稲田論文は、「露抄」というのは羅山の『野槌』巻頭部の兼好和歌拾遺を指すのではないかと解釈している。けれども、林鵞峰の跋文の原文表記を重んじて「倭語」をそのまま日本語（すなわち和文）の意味だと解釈すれば、「倭語＝和文＝徒然草」となるのではなかろうか。

そのように考えれば、原文のままでも次のように解釈することができる。すなわち、「自分の父親である羅山は、兼好の人となりを愛して、倭語＝和文で書かれた徒然草の露抄、すなわち注釈書を作ったが、それを読むと自分としては兼好を普通の歌人とは思えなかった」という意味になる。

そして鵞峰は、兼好は「韜晦《とうかい》の士」であるから、和歌もこの家集に収められている以外に、もっとたくさんあったのだろうと推測している。それだけに兼好の「韜晦」癖から逃れたこの家集は貴重なものであり、出版元にこの家集を出版して売り出す意義があると、エールを送って跋文を結んでいる。最後の部分は、「この本を、あなた（時元）はどんどん売り出しなさい」、と大笑いして（「胡盧乱道して」）この跋文を渡した、という意味である。

兼好自筆家集の出現と、それを刊行することの意義の大きさを前面に押し出して、自分のような和歌に不案内な者がその跋文を書くことは不似合いである、と少し照れている。ただし、それは表現上の謙遜である。徒然草の浩瀚な注釈書『野槌』を著したのがほかならぬ父羅山であるのだから、この跋文を書く人物として羅山の息子である自分はまことにふさわしい、という自負もここには籠められているはずである。

つまり、刊本『兼好法師家集』の跋文を林鵞峰が書くことによって、徒然草と家集の双方が「林家の家学の領域」に蔵められたのである。まさに「家蔵」されたのだ。しかも鵞峰は、ここで新たな兼好像として「韜晦の士」という認識を打ち出している。これは新しい兼好観として注目されよう。

羅山は『野槌』の序文で、徒然草は物語草子類と異なり「教誨訓誡《けうくわいくんかい》の法」があり、その重要性を認識して注釈書を作ったと述べている。それに呼応するかのように、ここでは鵞峰が兼好の家集の重要性を認識し、さらに「韜晦の士」という新しい兼好観を提示した。室町時代以来の兼好観は、本書で繰り返し述べてきたように、「能書の歌人・歌僧としての兼好」（『園太暦』『近来風体抄』などの記述）か、さもなくば「世の無常を説く徒然草の著者兼好」（室町時代の連歌師たちや学僧たちの認識）というように、二極分裂していた。

それが、林家の人々によって新たな展開の局面が開かれた。従来の研究では、羅山の『野槌』に関心が集中しているように思われるが、それに留まらず、羅山の息子からさらに孫へと兼好に対する関心は受け継がれてゆく。

このような現象は、ある意味で不可解なことでもある。なぜならば、儒学者である羅山も鵞峰も、強烈に仏教を批判しているからである。そのような彼らにとってさえ、出家者である兼好の存在の重要性を無視することはできなかった。それだけ兼好の魅力が大きかったとも言えるし、あるいはまた初期林家における文芸志向も強かったのだろう。

『本朝遯史』の兼好観

『本朝遯史《ほんちょうとんし》』は、寛文四年（一六六四）に刊行された隠遁者の評伝である。著者の林読耕斎《どっこうさい》（一六二四〜六一）は羅山の四男で鵞峰の弟。若い頃から病弱で、三十八歳で没した儒学者である。『本朝遯史』には五十一人の隠遁者の小伝と評が漢文で書かれている。兼好の小伝は、次のように書かれている。読み下し文で示そう。

吉田兼好

兼好は兼顕が子なり。後宇多院北面の臣なり。左兵衛佐《さひやうゑのすけ》に任ず。帝崩じて後、塵を出《い》でて嘉遯《かとん》す。文才あり。倭歌をよくす。当時、頓阿・浄弁・慶運とその名、相《あ》ひ比《ひ》し、世にこれを倭歌四天王と称すなり。往々に武蔵守高師直が家に遊び、また他国を歴遊す。木曾路を過ぎて詠歌あり。かつ暇《か》日倭語《じつわご》の草子を作《な》す。徒然草と号す。その世俗を憤り、生死を観じ、時序を感じ、風景を模し、人情を説き、私見を抒《の》ぶ。まことにこれ、倭文の尤《いう》なるものなり。

ここには、兼好の略伝と徒然草の内容が簡潔に書かれている。主な経歴や出家の動機などは、『正徹物語』、高師直との交友は『太平記』、諸国歴遊と木曾路の詠歌は『吉野拾遺』によっている。当然、父羅山の『野槌』に掲載されている「卜部系図」（「卜部氏系図」）も参照しているだろう。

注目したいのは、「倭語の草子を作す。徒然草と号す」という部分である。先ほど鵞峰の跋文のところにも「倭語」という表現があった。読耕斎の書き方と考え合わせれば、鵞峰の「倭語」も、やはり徒然草のことを指すと解釈してよいのではないだろうか。

読耕斎は、兼好の出家を「嘉遯」と捉えている。つまり、兼好が出家したのは単に世の中が嫌になったからとか、失恋したからなどではなく、物事の筋道を立てて正しい心を持ちこたえるためだったと理解しているのである。読耕斎は『本朝遯史』の序文冒頭で、「士は山林を忘れず。故《ゆゑ》に仕へず、故に帰田《きでん》す。故に官を辞し、故に骸《がい》を乞《こ》ふ」と書き、「嗚呼《ああ》、余が素意《そい》、山林にあり」とも述べている。林羅山の息子として徳川幕府に仕える身ではあったが、読耕斎にはこのような隠遁志向が強くあった。その彼にとって、兼好の生き方は理想的に思えたであろうし、すぐれた作品として徒然草にも共感したのであろう。「まことにこれ、倭文の尤なるものなり」と述べている。

『本朝遯史』は、どの人物についても、小伝に続けて「賛曰《さんにいはく》」という評言を付している。兼好への評言は、まず前半部で源頼光の四天王など歴代の「四天王」にどのような人々がいたかを説明し、後半部では『太平記』に出て来る兼好の艶書代筆を取り上げ、「一生の過錯《かさく》なり。慨惜《がいしやく》すべし」と批判している。このような捉え方は儒学者として当然のことかもしれないが、その後に書かれている徒然草に関する評言は重要なものである。その部分を、読み下し文で示そう。

　吁《ああ》徒然の草。乃《すなはち》、華人の筆談・随筆の類《たぐひ》なり。所謂《いはゆる》灯下に独り坐して、古書を読み、古人を友とす。彼《かれ》、固《まこと》に読書の楽しみを知るなり。四書五経、既に佔畢《てんぴつ》す。又、老荘を喜び、蕭選《(文選)》・白集《(白氏文集)》を愛す。而《しかうし》て本朝の編簡、多く渉猟す。徒然草を抜《ひら》き、而して了然たり。羅山子、往歳之《わうさいこれ》が抄解《せうかい》を為《つく》る。号を野槌と曰《い》ふ。世に栞行《かんかう》して、桑域《さうゐき》に伝布す。

読耕斎は徒然草の第十三段に注目して、兼好が「読書の楽しみ」を知っていたと述べている。そして儒学だけでなく老荘や白居易や日本の書物に親しみ、それによって徒然草を著述したと書いている点がとりわけ重要である。ここにいたってきわめて明瞭に、兼好の「読書と執筆」という生活が前面に出てくるからである。「思索」という面は直接は書かれていないが、「読書と思索と執筆」という兼好像の輪郭が、くっきりと浮かび上がってくる。

元禄期の前後から目立ってくる「近世兼好伝」と総称できるような、虚実取り混ぜた兼好の一代記では、「机に向かう知識人」としての兼好のイメージが直接には出てこない。そのことを思えば、林家の人々が捉えた兼好像は、「徒然草の著者としての兼好」と「歌人としての兼好」に加えて、「机に向かう知識人」としての兼好の姿を際立たせている。この意義の大きさを再認識すべきだろう。

なお、ここで『野槌』のことを徒然草の「抄解」と書いているのは、鵞峰の跋文に出てきた「露抄」というあまり用例を見ない言葉の意味を考える上で参考になろう。

林鳳岡の兼好観

羅山の孫で、鵞峰の息子である鳳岡《ほうこう》（一六四四～一七三二）もまた、兼好に関心を持っていたようである。内閣文庫蔵『鳳岡林先生全集』巻之二十には、兼好を詠んだ七言律詩が一首収められている。この漢詩は従来ほとんど紹介されていなかったと思うが、ここにもまた林家の人々らしい兼好観がよく表れている。

吉田兼好

筆下風傳清紫美
徒然草子硯吹塵
淡燈夜静半牕影
幽棲花開四序春
言葉尋芳白家様
志林同夢漆園人
遺書看尽千年事
当世身成前世身

筆下の風は、清・紫の美を伝へ、
徒然の草子、硯、塵を吹く。
淡燈、夜は静かなり、半牕《はんさう》の影。
幽棲、花は開く、四序《しじょ》の春。
言葉は芳《はう》を尋ね、白家《はくか》の様《やう》。
志林（士林）、夢を同じうす、漆園《しつゑん》の人。
遺書は、千年の事を看尽《みつ》くし、
当世の身は、前世の身と成れり。

この七言律詩は、祖父羅山の兼好詠の語句を摂取している。たとえば、「硯吹塵」「幽棲」「遺書」「千年事」などは、それぞれ羅山の「硯払塵」「幽棲」「遺書」「千年眼」などの語句と同一もしくは酷似している。これはおそらく、意識的に祖父の漢詩に敬意を表してのことであろう。また、徒然草の第十三段に即して、「読書人としての兼好」を詠んでいる点も羅山と同様である。

羅山の漢詩が七言絶句であったのに対して、こちらは七言律詩であることによるのであろうか、鳳岡の漢詩はかなり詳しく兼好について述べている。「清・紫の美」の箇所で清少納言と紫式部の名前を挙げて対比し、「白家の様」と「漆園の人」によって、白居易のスタイルとの類似や、荘子の思想との類似を述べて、兼好の文学者・思想家としての全体像を描こうとしている。先に見た叔父・読耕斎の兼好観とも共通する。

なお、鵞峰の息子で、鳳岡の兄にあたる梅洞《ばいどう》（一六四三〜六六）は、二十四歳の若さで没した儒学者。漢詩人たちのエピソードを集めた『史館茗話《しかんめいわ》』などの著作、および『自撰梅洞詩集』『梅洞先生詩続集』などがあるが、兼好のことを直接詠んだ漢詩は見当たらなかった。

林家三代の卓見

林家の人々は、三代にわたって兼好と徒然草に多大な関心を寄せていた。初代羅山は詳細な注釈書『野槌』を著し、徒然草の内容に対する羅山自身の価値判断による仮借《かしゃく》ない批判を加えた。この時、徒然草は単なる古典ではなく、羅山という生身の人間と相対峙することになった。その結果、「今を生きる作品」として徒然草に新しい生命が吹き込まれた。さらに『野槌』には、兼好の和歌が勅撰集入集歌を中心に集成された。羅山の息子の鵞峰は、兼好の自筆家集が刊行された際に跋文を寄せ、歌人としての兼好に注意を喚起するとともに、兼好を「韜晦の士」と呼んだ。

さらに、鵞峰の弟である読耕斎は漢文による隠逸伝『本朝遯史』を著し、その中で兼好にも触れ、兼好の略伝と兼好への評言を書き著した。彼もやはり兼好を読書人として捉えていたようである。

鵞峰の息子の鳳岡は羅山から見れば孫にあたるが、羅山も鳳岡も兼好を詠んだ漢詩を残していた。これらの漢詩の中での兼好は、徒然草の第十三段のイメージで捉えられていた。

鳳岡の叔父の読耕斎も『本朝遯史』の序文で老荘的な隠遁志向を述べているから、初期林家の人々は徳川幕府に仕える儒学者でありながら、より自由な境地に憧れ、儒学だけでなく老荘思想にも理解と共感を示していたことが、徒然草や兼好への関心から浮かび上がってくる。これらのことは、初期林家の人々の性向、すなわち「詩文への関心も深く、初期林家の文雅愛好の気風の形成を助けた」（『日本古典文学大辞典』の林鵞峰の項、日野龍夫執筆）と言われる林鵞峰や、「隠逸を好んだという」（同前、林読耕斎の項、堀勇雄執筆）読耕斎たちの志向とまさに軌を一にするものである。

従来、このような林家三代にわたる徒然草と兼好への関心は、羅山の『野槌』以外は取り立てて問題にされなかった。それとても、兼好の和歌が集成されている点には十分な注意が払われず、ましてや彼の息子や孫までを含めた林家三代における徒然草と兼好への関心の持続は注目されなかった。しかしながら、林家三代の兼好への関心を見逃すことはできない。彼らによって明確にされた「読書人としての兼好イメージ」は、近世に描かれた数々の兼好画像の基盤を保証するものであった。それだけでなく、近現代の兼好イメージの淵源ともなっている。

注釈書の時代

慶長九年（一六〇四）の『徒然草寿命院抄』を嚆矢《こうし》として、貞享五年（一六八八）の『徒然草諸抄大成』までの八十年余りで、十種類以上の注釈書が次々に刊行された。これらの注釈書類は、徒然草がどのように読まれていたかを考えるうえでは非常に重要であるので、ここで簡単に触れておこう。

江戸時代の徒然草注釈書の特徴は、注釈者の思想的立場や個性がはっきりと表れていることであろう。特に林羅山の『野槌』、松永貞徳の『なぐさみ草』、北村季吟《きぎん》の『徒然草文段抄《もんだんしょう》』（単に『文段抄』

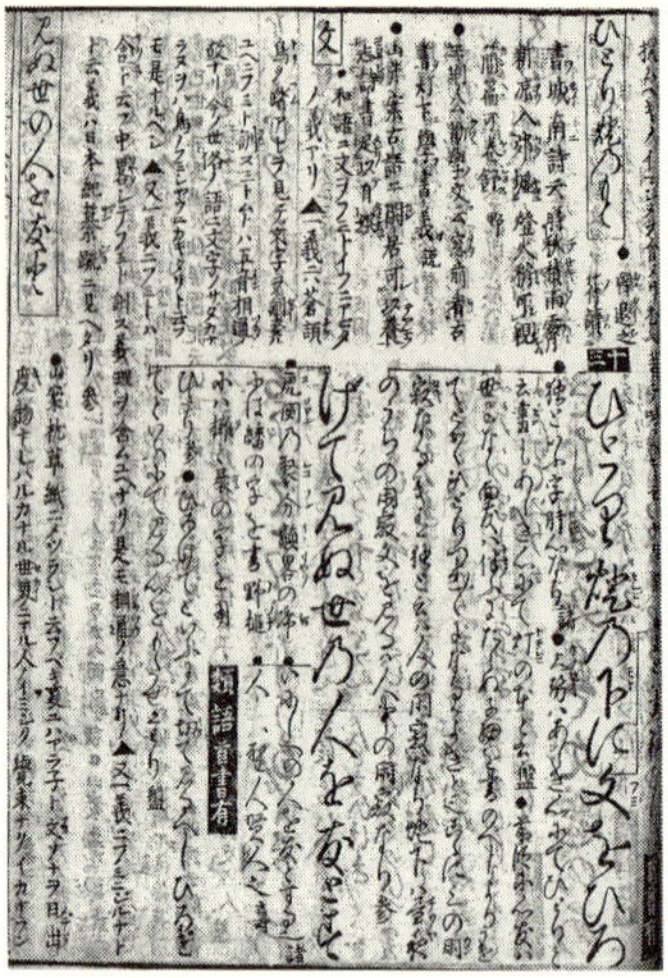

『徒然草諸抄大成』　第13段の注釈
頭注・傍注・記号を駆使している。

とも）は、江戸時代における「徒然草の三大注釈書」と言ってもよいだろう。『なぐさみ草』は、各段の内容をまとめた「大意」と多数の挿絵が付いていることが大きな特徴である。また、これが貞徳の徒然草の公開講座を基にして書かれていることも、注釈の性格を規定している。当時の人々の日常生活への教訓として徒然草を読む態度が顕著である。季吟の『文段抄』では、近代の注釈研究にも繋がってゆくような、作品全体と響き合わせながら読む巨視的な態度と、各段をさらに細分化して段落ごとに内容を精緻に読み込む態度が併用されている。

　また、儒教の立場から読む『野槌』、仏教の立場からの加藤磐斎《ばんさい》の『徒然草抄』、徒然草の本質を三教一致とする南部《なんぶ》草寿《そうじゅ》の『徒然草諺解《げんかい》』など、多種多様な注釈書が書かれた。なお、これらの注釈書自体は、あくまで徒然草研究の領域に属している。だが多くの場合、冒頭部に兼好の略伝を載せており、間接的に兼好の伝記とも関わっている。

第三章　描かれた兼好

1　兼好の肖像画

兼好への関心の高まり

前章では、江戸時代の初期までに、兼好の存在がどのように少しずつ見出され認識されてきたかを辿った。最初は歌人としてしか認識されず、しかも「和歌四天王」の中で少し劣るとされたり、『太平記』には艶書代筆の失敗譚が書かれていたりして、やや軽い扱いだった。ところが、室町時代を代表するすぐれた歌人正徹が、「徒然草はすばらしい作品である」と書いたあたりから急速に風向きが変わった。無常観の書として徒然草が読まれ、兼好の人物像も、この世のあり方や人生の処し方を深く洞察する先達として敬慕されるようになる。どこか西行を思わせるような漂泊歌人としての姿が、『吉野拾遺』に描かれたりもした。

江戸時代に入ると、それまでは写本でしか伝来しなかった徒然草が木版《もくはん》印刷の版本《はんぽん》（板本）で出版されるようになる。徒然草の注釈書も、次々と刊行された。これらの注釈書は徒然草を章段に区切って読み、作品の主題を仏教や儒教などの立場から考察した。また、徒然草の表現に引用された古典文学、たとえば『源氏物語』や和歌、あるいは『論語』などを具体的に指摘している。総じて大変に真面目で、かつ学問的なものであった。

江戸時代の初期までの兼好と徒然草をめぐる状況を一言で言えば、その存在と価値が見出され認知されてきた歴史であった。恣意的に、あるいは自由に、兼好や徒然草について論評することはほとんど見られない。

ところが、江戸時代の中期以後、すなわち徒然草の注釈書ブームも一段落した貞享期（一六八〇年代）頃から、状況に変化が見られるようになる。学問的根拠の薄い創作的な兼好伝が書かれたり、兼好に対して否定的で忌憚《きたん》のない厳しい人物評が出てきたりするのだ。その背景には徒然草が広く一般に行き渡るようになり、わかりやすく身近な作品として人気が高まったことがあるだろう。文武両道に秀で、恋愛の機微にも通じた文化的なヒーローとして描き出す「近世兼好伝」の数々。一方で、大衆的な人気はややもすれば卑俗な人間像として兼好を面白おかしくイメージするようにもなった。それと連動するかのように、兼好を俗物として批判する儒学者や国学者たちも出現する。

兼好の肖像が描かれるようになるのも、この時期からの特徴である。独立した個人の肖像画として描かれることもあるが、挿絵が付いた徒然草が出版されるようになったことも大きい。「つれづれなるままに、日暮らし硯に向かひて」という書き出しを絵画化すれば、おのずと草庵で閑居する兼好の姿が挿絵になる。

本章では、このような新しい動きを「描かれた兼好」として総体的に捉えてみたい。絵画の場合は、文字通り「描かれた兼好」である。「近世兼好伝」や学者たちによる人物評は、主観の勝った、ある意味では恣意的な色合いを帯び、前章の「見出された兼好」とは一線を画すと思われる。

三枚の肖像画

現在知られている最古の兼好画像は、狩野《かのう》探幽《たんゆう》（一六〇二～七四）によって描かれた絹本着色の画像で、神奈川県立金沢文庫に所蔵されている（口絵一頁参照）。画像の右下に正方形の「法印生明」印が押されている。探幽が宮内卿法印の位に叙されたのは寛文二年（一六六二）なので、六十一歳以後、七十三歳で没するまでの時期に描いたものである。

この画像の存在が広く一般に知られるようになったのは、昭和三十六年に金沢文庫に収蔵されてからだろう。徒然草関係の書籍の口絵などに探幽筆の兼好画像が掲載されるのは、昭和三十年代以後に目立ってくる。管見に入った限り、それ以前の本には探幽筆の絵は掲載されていない。

『金沢文庫研究』第六十六号（昭和三十六年四月）の紹介記事に、「最近京都の冨山房から購入した」とあるが、それ以前の来歴は不明である。したがって、桑原博史氏が『人生の達人　兼好法師』（新典社・昭和五十八年）の第一章で、この画像を「戦前から名高いものであった」としているのはいささか不審である。

ただし、狩野探幽の描いた兼好画像があることは、江戸時代からある程度は知られていた。『徒然草参考』（恵空《えくう》・一六七八年刊）という注釈書に書かれている第十三段「ひとり灯火のもとに文を広げて」の箇所の注釈に、「古法眼《こほふげん》探幽などが絵に描《か》くも、なべてこの所と知るべし」とある。けれどもこの絵が、現存の金沢文庫所蔵の絵そのものかどうかは不明である。狩野探幽のように当時を代表する画家であれば、あるいは何枚も兼好画像を描いているかもしれない。

探幽の兼好像が格調高い雰囲気で描かれているのに対して、これも口絵二頁右で紹介した兼好画像は、だいぶ雰囲気が異なる。最近ではこの絵の存在は一般にはすっかり忘れられてしまったようだが、江戸時代末期から昭和にかけて、徒然草関係の書籍や雑誌に繰り返し使われてきたのはこの画像である。京都の双ケ岡にある長泉寺に所蔵されていたものという。どことなく俳味があり、親しみやすい人物像に見える。

この画像の存在を紹介したのは『先進繡像玉石雑誌《せんしんしゅうぞうぎょくせきざっし》』（栗原信充《くりはらのぶみつ》編・一八四三年）である。この本は、中世を中心とする歴史上の人物二十四人の伝記である。それぞれの肖像画や遺墨・遺愛の品々・住まいのありさまなど、図版が豊富に入っていることが特徴である。

兼好に関しては、寿像《じゅぞう》（生前に造っておく像）・鎌倉閑居図・真跡・文車《ふぐるま》・文書棚・遺愛の硯・双岡庵室《ならびがおかあんしつ》平面図が掲載されており、興味深い。ただし現代の眼から見るとこれらの信憑性は、どうであろうか。それでも、遺愛の硯の図は、大正期の徒然草注釈書の名著、沼波瓊音《ぬなみけいおん》『徒然草講話』の昭和二十五年版の扉にも再録されて使われている。

もう一枚、紹介しよう（口絵二頁左参照）。現在ではこの画像の方が、探幽筆のものよりも使われる頻度が高いかもしれない。机に向かって読書する兼好の姿が描かれ、上部には兼好の和歌「いかにし

長泉寺（京都市右京区御室）

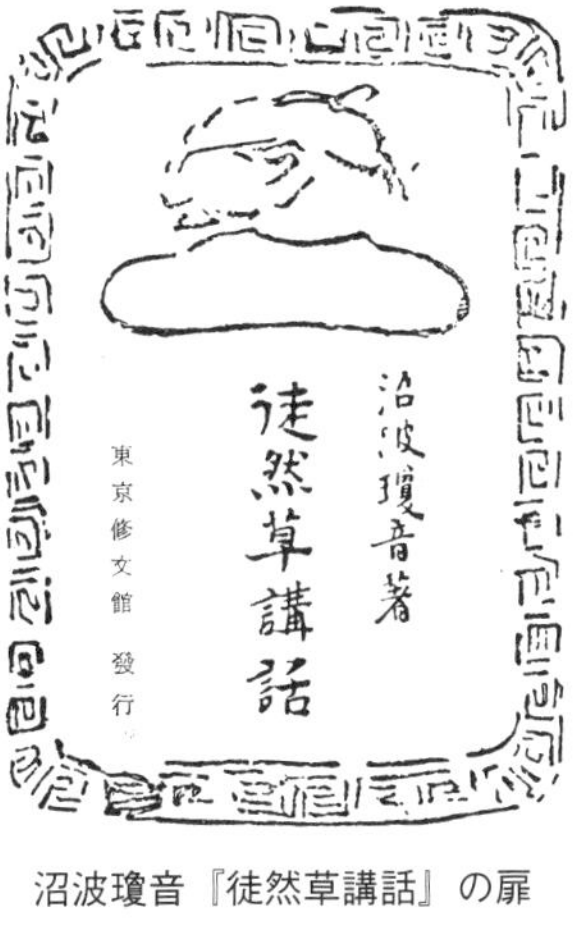

沼波瓊音『徒然草講話』の扉

兼好遺愛の硯
（『先進繡像玉石雑誌』より）

土佐光成筆の画像の模写
『種生紀行』（刈谷市中央図書館蔵）より
机の脚と灯台の形がやや異なる。

てなぐさ《（慰）》むものぞうき《（憂）》よ《（世）》をもそむ《（背）》かですぐ《（過）》す人にとは《（問）》ばや」が書かれている。

写実的とも言える細密な描き方である。何よりも、兼好の風貌が先の二枚と比べて現代的というか、リアルなのには驚かされる。この画像から受ける印象は、小林秀雄が昭和十七年の『文學界』に発表した名エッセイ「徒然草」で描き出した、「物が見え過ぎる眼《め》」を持つ知識人・兼好の姿と不思議に重なる。まるでこの絵を小林秀雄が見て、そこからイメージを膨らませたのではないかとさえ思えるほどである。けれども、この画像が一般に紹介されたのは、昭和三十一年刊行の冨倉《とみくら》徳次郎『類纂《るいさん》評釈徒然草』の口絵写真においてである。

この肖像画は現在、三重県伊賀市の常楽寺に所蔵されている。私も、かつて常楽寺を訪れ、住職の樋口有弘師のご厚意で間近に拝見し、その迫力に圧倒された。伝来の由来は、元禄時代に篠田《しのだ》厚敬《こうけい》が絵師・土佐光成《みつなり》（一六四六～一七一〇）に描いてもらい、伊賀種生《たなお》を訪れて奉納したという。種生は、兼好が没したという伝説のある地である。篠田厚敬は、本章で後述する『種生伝《しゅせいでん》』（「たなおでん」「たねおでん」とも）という近世兼好伝の著者である。厚敬はさらにその後、自著の兼好伝や兼好筆の短冊なども奉納した。

それから約三十年後の享保十四年（一七二九）秋に、種生の兼好塚を訪れた人物がいる。不二亭《ふじてい》凡聖《ぼんせい》の『種生紀行』によれば、当時の兼好塚は荒れ果てており、これらの兼好関係史料は、名主の小《こ》竹《たけ》氏宅に保管されていた。凡聖は兼好画像や舟橋栄閑《ふなばしえいかん》（篠田厚敬のこと）著の『兼好上人略伝』（『種生伝』と多少異同あり）などを実見して模写し、『種生紀行』に載せている。

さて、兼好の肖像画の代表作を三枚見てきた。これらは、そもそも何を基にして描かれたのだろうか。江戸時代の人々にとって、兼好は三百年も前の人物である。生前や没後すぐの時期に彼の肖像画が描かれた形跡はない。しかも、本書でこれまで取り上げてきた兼好関係の文献にも、兼好の風貌に関する記事は出ていないし、徒然草の中にも自分の容姿について何も書いていない。にもかかわらず、江戸時代になるとこのような肖像画が描かれた。画家たちは何をヒントに、どのような人物像をイメージして兼好の肖像を描いたのか。狩野探幽筆の画像を中心に、この点を推理してみよう。

探幽筆の画像の謎

やや斜め正面を向いているこの肖像画は、墨染の衣を着て頭巾を被《かぶ》り、脇息《きょうそく》に軽く左腕を乗せている老年期の坐像として描かれている。兼好の前には書見台が置かれ、薄い冊子本のちょうど真ん中あたりが開かれている。けれども兼好の眼は本には注がれず、前方を見詰めている。一文字に結ばれた口元と言い、頬や肩のあたりの骨張った描き方と言い、後世に好んで描かれるようになる丸みを帯びた親しみやすい風貌とは異なる。ただし、不思議とかたくなな印象はなく、格調高く静かな哲人風の雰囲気がよく伝わってくる。兼好が辿り着いた晩年の風貌を思わせる。

現在この画像は、掛け軸仕立てになっており、坐像は画面の下部に位置する。背景には何も描かれていないが、兼好の和歌が一首、散らし書きで書かれている。ここでは、原文通りに表記しよう。


すめばまたうき世なりけりよそながらおもひしままの山ざともがな

なぜ数ある兼好の和歌の中から、この歌が選ばれて画像に添えられているのだろうか。初句は「ここもまた」という形で『吉野拾遺』に出て来るが、画像に添えられている「すめばまた」というのが自筆の『兼好法師集』での表現である。この自筆本に基づく『兼好法師家集』は、寛文四年（一六六四）に刊行されている。

家集刊行よりも四十年以上も早く、『野槌』冒頭部の兼好和歌集成にも、この歌が三首目に掲げられている。三百首近い和歌が収められている版本の家集ではずっと後に位置しているから、家集の中からこの一首を抜き出す可能性は低いのではないか。時期の早さと言い、すぐに目に付きやすい位置に掲載されていることと言い、おそらく『野槌』掲載歌の中から選ばれたのであろう。

この歌は、俗世間を離れて静かに暮らしたいという思いを吐露している。「俗世間の煩わしさから逃れて暮らしたいと思っても、いざ住んでみると心の中で思い描いていたような安らかな山里はないものだなあ。理想の山里の住まいが、どこかにあってほしいものだ」、という意味である。画像に描かれている静かな墨染姿の兼好の思いを代弁する歌にふさわしい。

探幽筆の兼好画像を眺めていると、画賛の他にもいくつかの素朴な疑問が湧き上がってくる。たとえば、この画像が現存最古とされるが、これ以前に兼好の肖像画は本当に描かれなかったのだろうか。なぜ狩野探幽が、兼好画像を描いたのだろうか。なぜ探幽はこのようなポーズで兼好を描いたのだろうか。探幽はいったいどこから、この絵のような相貌をイメージしたのだろうか。現在は残っていないにしても、もし探幽の時代以前に描かれた兼好画像があったとすれば、それを模写あるいは参照した可能性もあろう。けれども、そのような画像がないとしたら、これらの点をどのように考えたらよいのであろうか……。

この画像以後、何種類にものぼる兼好画像が描かれた。それらのいくつかは、江戸時代以来、繰り返し徒然草関係の出版物に掲載されてきた。そして、ひとたび画像が描かれるや、今度はその画像によって兼好のイメージが逆に決定づけられるという現象も起きてくる。だから肖像画に描かれた兼好を追跡することは、そのまま兼好の人物像と徒然草をどう捉えるかという解釈とも密接に結び付いてくる。

なぜ、読書姿か

さて先に挙げたいくつかの疑問のうちで、最も答えが見つけやすいのは、なぜ兼好の肖像画がこのようなポーズで描かれたかであろう。書見台に開かれたままの本が描き込まれることによって、この画像は明らかに「読書する兼好」の姿となっている。それはそのまま、徒然草の第十三段そのものの世界である。

ひとり灯火《ともしび》のもとに文《ふみ》を広げて、見ぬ世の人を友とするぞ、こよなう慰むわざなる。

この一文に着目して、構図が決まった。探幽の画像には燭台は描かれていないが、これ以後の兼好画像は、燭台のもと小机に向かって読書する姿がよく描かれるようになる。しかも、大田南畝《おおたなんぽ》（一七四九〜一八二三）による次のような狂歌まで詠まれているのだ。

兼好法師、灯火のもとに文読む形描《かたか》きたる絵に
よもすがら見ぬ世の人をともし火に命松丸《みやうしようまる》よ茶をひとつくれ
（『放歌集《ほうかしゅう》』）

南畝は灯火のもとに本を読む兼好の絵に、賛を書くことを頼まれたのであろう。「見ぬ世の人をと、もし火に」の部分は、「見ぬ世の人を友」とするという徒然草の文章と、「灯火《ともしび》」を掛詞にしている。兼好が命松丸という名前の童を召し使っていたという当時の伝承を取り込んで、読書の合間に茶を所望するうちくつろいだ姿を詠んだところが、南畝の手柄である。この狂歌が画賛として書き込まれている兼好画像はいまだ管見に入っていないが、歌の雰囲気から考えると、おそらく親しみやすい人物像として描かれたものであったろう。ちなみに、徒然草の中には出てこないが、兼好の時代に飲茶の風習は既にあり、中国渡来の茶道具を所持する上流貴族や武士たちもいた。徒然草の挿絵や屏風には、本文に書かれていなくても茶臼を挽《ひ》く人物が点景されることがある。

現代人にとって、「読書人としての兼好」はごく普通のイメージであろう。けれども前章で述べたように、「読書人としての兼好」は林家三代の人々によって「見出された兼好」なのだった。兼好の存在が世の中に知られ始めた頃の兼好の属性は、歌人であること、そして無常を認識する法師としての姿であった。そのような属性自体は、そのまま読書姿に直結するものではない。「読書人」として兼好が認識されるようになったからこそ、兼好画像が生まれたのだ。

画像のモデル

現在までに少なからぬ数の兼好画像が知られているが、描かれた時期の早さや肖像画としての完成度などの点で、探幽筆の画像はまず第一に指を折らなければならない作品である。ところでこの画像の相貌は、もしそれ以前に参考となるような作品が描かれていないとしたら、いったい誰をモデルとして描かれているのだろうか。探幽によるまったくの空想的な兼好像なのだろうか。

林羅山（京都大学総合博物館蔵）

「読書人としての兼好」を決定付けた林家三代の人々の時代は、狩野探幽の活躍時期とも重なる。探幽と林家は親しかったようで、林家三代の詩文集に探幽のことがたびたび出てくる。書物に向かう知識人としての兼好画像は、林家の人々がイメージした兼好像そのものである。あえて一歩踏み込んで言うならば、探幽の描いた兼好像は、林羅山を念頭に描いたものではないか。現在残っている羅山の肖像画は、どこかしら探幽筆の兼好像に面差しが似て

『扶桑隠逸伝』の兼好の挿絵

いるように思われてならない。

羅山は探幽よりも十九歳年上である。この年齢差は大きく、探幽にとって徒然草の注釈書『野槌』を著した林羅山は、まさに老碩学《ろうせきがく》だったろう。羅山こそは、探幽が心に抱いた兼好のイメージにおのずと結実してゆく人物だったのではないだろうか。

『扶桑隠逸伝』の挿絵

次に、土佐光成が描いたリアルな兼好の姿についても少し穿鑿してみたい。光成筆の絵からは驚くほど近代的で写実的な印象を受けるが、これもよく見てみるとモデルがありそうだ。ただし、具体的に誰か当時の人物がモデルになっているというのではなく、『扶桑隠逸伝』に付された挿絵を参考にして描いたのだと思われる。

『扶桑隠逸伝』は、深草元政《ふかくさげんせい》が著した隠逸伝で、猿丸《さるまる》大夫《だゆう》・蟬丸《せみまる》・空也《くうや》・西行・鴨長明・宗祇など七十五人が取り上げられている。各人に挿絵が付いているのが特徴である。刊行は『兼好法師家集』や『本朝遯史』と同じ寛文四年（一六六四）である。ここに出ている兼好の挿絵を見てみよう。

草庵と言うにはやや立派な住まいで、兼好が読書する姿で描かれている。枝振りのよい松や柴の戸や板塀などではなく、室内の兼好の姿にだけ目を凝らしてほしい。常楽寺蔵の土佐光成筆・兼好画像は、この部分だけを取り出して拡大し、左右を反転させたものではないだろうか。頭部や顎《あご》のあたりの髭の描き方、机に向かう姿勢、灯火の位置などが共通している。『扶桑隠逸伝』の挿絵と比べて、土佐光成の兼好画像は格段に細密に描かれている。だから両者の関連性を見落としがちであるが、明らかに『扶桑隠逸伝』の挿絵をモデルとしていると考えられる。

土佐光成の絵に限らず、『扶桑隠逸伝』の画像のように、灯火のもとで小机に寄って書物を読んでいる図柄はことのほか多い。その点、先に挙げた長泉寺蔵の画像は法衣姿の人物が正座していて、わずかに二、三冊の書物の端が見えるのみ。これでは、兼好を描いた徴証が希薄である。

さまざまな兼好の画像を、ここで概観しておこう。現在知られている兼好画像は、二つのパターンに大別される。第一に、書物を前にする姿。これを「兼好読書図」と名付けよう。第二に、執筆姿の画像がある。これを「兼好執筆図」と名付けよう。

「読書図」は、さらに二つの系統に分かれる。狩野探幽筆の画像のように書物を前にしても視線は前方を向いている図柄と、視線を落として実際に本を読んでいる姿。「執筆図」にも、筆を持ってまさに執筆中の姿と、筆を持ってはいるが何か思案中の姿のものなど、いくつかのヴァリエーションがある。

兼好画像には、管見に入った限り旅姿や立像はなく、坐像ばかりである。その坐り方も、きちんとした姿勢のものから、うちくつろいだものまでさまざまだし、顔の表情や体つきもさまざまである。あまり類型化して考えず、一枚一枚の画像そのものの中にどのような兼好のイメージが込められてい

野々口立圃筆「兼好法師自画賛」（センチュリー文化財団蔵）
徒然草第13段を引用し，兼好を「見ぬ世の友」とする。

尾形光琳筆「兼好法師図」（MOA 美術館蔵）　簡素な構図で余韻に富む。

尾形乾山筆「兼好画像」(梅沢記念館蔵)　蓬髪の兼好は珍しい。

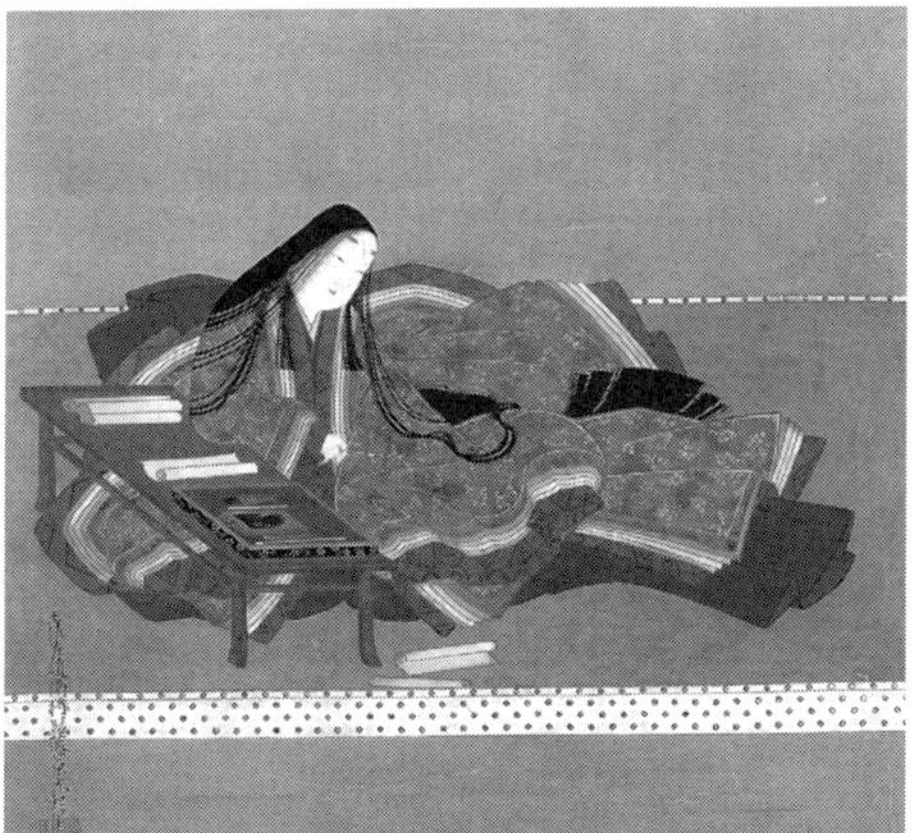

土佐光起筆『紫式部図』(大津市・石山寺蔵)

るか、じっくりと眺めるのが楽しい。

兼好の画像が描かれるためには、彼に関する種々の情報が次第に明らかになり、彼の存在の輪郭が明確になっていなくてはならない。現代まで六百年にわたって試みられてきた、兼好の人物像および徒然草をどう捉えるかという問題に対する新たな視点として、兼好画像の生成と展開に着目する意義は大きいだろう。

文学者たちの画像

文学者の画像としては、歌人である柿本人麻呂《かきのもとのひとまろ》や西行の画像が多い。平安時代のすぐれた三十六人の歌人を総称して「三十六歌仙」と呼ぶが、彼らの肖像である「歌仙絵」もよく描かれている。菅原道真の画像も多いが、彼の場合は文学者というよりも天神としての画像が中心になる。

日本文学の場合、画像に描かれるのは歌人が多いように思われる。ただし兼好の場合は「和歌四天王」の一人としてのイメージではなく、あくまでも徒然草の著者としてのイメージが描かれるのだ。散文執筆者の絵柄としては、石山寺の一室で机に向かって『源氏物語』の筆を執る紫式部の画像が思い浮かぶくらいである。

画像から見えてくるもの

読書人であることを兼好の本質として認定したのが、林家の人々であったこと。『扶桑隠逸伝』の挿絵や狩野探幽の描いた兼好像は、徒然草の第十三段によっていること。それらのことを端的に捉えているのが、先ほども少し触れた恵空の『徒然草参考』である。恵空は第十三段を非常に重要視し、兼好の最大の楽しみが読書であるとまで言い切っている。引用は内閣文庫本『徒然草参考』により、わかりやすく句読点を打ち、表記を改めた。

兼好一代のたのしみ、この所にありけるにや。読耕子林靖《はやしやすし》が筆にも、「彼固知読書之楽也」といひ、『膾余録《くわいよろく》』にも、「惟有書燈照岑寂」と賛し、『扶桑隠逸伝』及び古法眼《こほふげん》探幽などが絵に描《か》くも、なべてこの所と知るべし。

第十三段の読書姿で描かれた兼好の姿、あるいは序段を絵画化した執筆姿の兼好は、作品としての徒然草の本質と絶妙に響き合う。このような兼好画像によって、読書と思索と執筆こそが兼好という一人の人間を構成する三要素であることが、見る者の心にストレートに伝わってくるからである。画像も含めて兼好の人物像を究明することは、徒然草の作品世界の解明にも繋がっている。

2　近世兼好伝の世界

兼好伝の刊行

『徒然草諸抄大成』が刊行され、徒然草に関する注釈研究が飽和状態に達する頃から、兼好の伝記が書かれるようになった。在俗時代から出家後、さらには終焉までの兼好の生涯を詳しく描く一代記である。これらを「近世兼好伝」と総称する。これらは創作された兼好の荒唐無稽な事跡を主として書いているので、現代の兼好研究・徒然草研究においてはほとんど顧みられない。それでも「近世兼好伝」を巨視的に眺めてみるならば、当時の人々の兼好観の一端が浮かび上がる。代表作をいくつか紹介しながら、当時の兼好イメージを見てみよう。

『兼好伝記』　貞享三年（一六八六）に刊行された倉田松益《くらたしょうえき》『兼好伝記』は、その当時までに知られていた兼好に関する記事を集成し、その出典・人名などについて簡単な説明を付したものである。「卜部系図」・『徹書記《てっしょき》』（『正徹物語』のこと）・『増補鉄槌』（一六六九年刊行の注釈書）・『本朝遯史』・『徒然草大全』（一六七八年刊行の注釈書）など、注釈書に引用されている兼好伝なども含めて、関連文献を網羅している。

兼好が草庵で読書する場面、満開の桜の傍らにある墓所の前に佇《たたず》む姿など、挿絵も入っている。兼好の伝記を編年体でまとめているわけではなく、松益自身が新たに付け加えたものはない。これ以後に書かれる創作的な兼好伝とは性格が異なるが、史料（資料）集成として便利な本である。

『兼好諸国物語』　『兼好伝記』から二十年後の宝永三年（一七〇六）に、閑寿《かんじゅ》『兼好諸国物語』が刊行された。これは「近世兼好伝」の中で最も分量的に長い作品である。六巻・四十七段からなり、兼好の出自から没後のことまでが、ほぼ年代を追って書かれている。各話の後には、語釈などを記す「評註」が付いている。既に『兼好伝記』に集成されている文献以外に、後述する偽書『園太暦』の記事を使って書いた部分があり、徒然草からも十段近くを引用している。けれども、鼎《かなえ》が抜けなくなった仁和寺の法師の話（第五十三段）や、土大根《つちおおね》の精が盗賊たちから筑紫《つくし》の押領使《おうりょうし》を守った話（第六十八段）など、直接には兼好の伝記と関わらないものも含まれている。

全体的にエピソード列挙の印象は拭えず、作品としての完成度は低い。題名からも想像されるように、兼好の人生を旅の連続として描き、諸国を遍歴したことを繰り返し述べている。ところが『野槌』に掲載されていた「世の中を渡り比べて今ぞ知る阿波の鳴門は波風もなし」という和歌は書かれていない。著者の閑寿がこの歌の背後に、俗世間を渡り歩く卑俗なイメージを抱いたためであろうか。実際のところ、『兼好諸国物語』での兼好はあくまでも仏道修行者であり、定住を否定して諸国を遍歴する人物として描かれている。

偽書『園太暦』とは何か

さて、『兼好諸国物語』を始めとする「近世兼好伝」の主要な素材あるいは材料となったのが、偽書『園太暦《えんたいりゃく》』である。これは、どのような書物なのか。三重県伊賀市の芭蕉翁《ばしょうおう》記念館には、芭蕉が書写した『園太暦』の一部が所蔵されている。『園太暦』巻十八から、兼好に関わる記述を抜き書きしたものである。

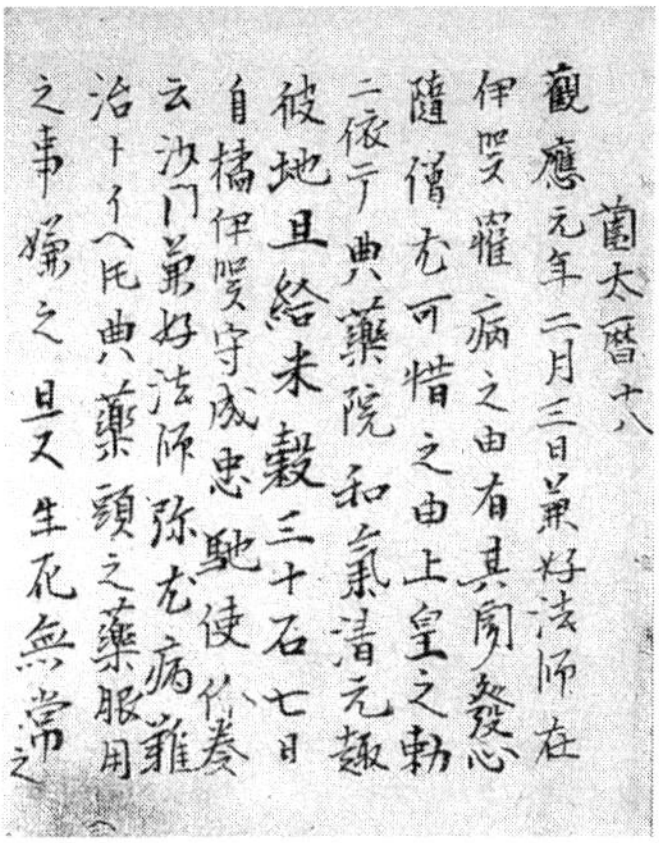
園太暦十八
観應元年二月三日兼好法師在
伊賀罹病之由有其聞ノ發心
隨僧尤可惜之由上皇之勅
ニ依テ典薬院和氣清元趣
彼地且給米穀三十石七日
自橘伊賀守成忠馳使仍参
云沙門兼好法師弥尤病雖
治トイヘ氏典薬頭之薬服用
之事帰之且又生死無常之

芭蕉筆『園太暦』（芭蕉翁記念館蔵）

徒然草の注釈書『徒然草拾遺抄』（黒川由純《よしずみ》）や各務支考『つれづれの讃』（一七一一年刊）などにも、『園太暦』からの抜き書きと称する文章が記載されている。これらには、芭蕉が書写しているよりもさらに多くの事項が書かれている。『徒然草拾遺抄』の成立は貞享三年であるので、倉田松益の『兼好伝記』と同年である。ただし、松益の本には『園太暦』からの引用はない。偽書『園太暦』とは、何者の手になるのか不明だが、江戸時代の中期頃から流布した兼好伝関係の偽書である。

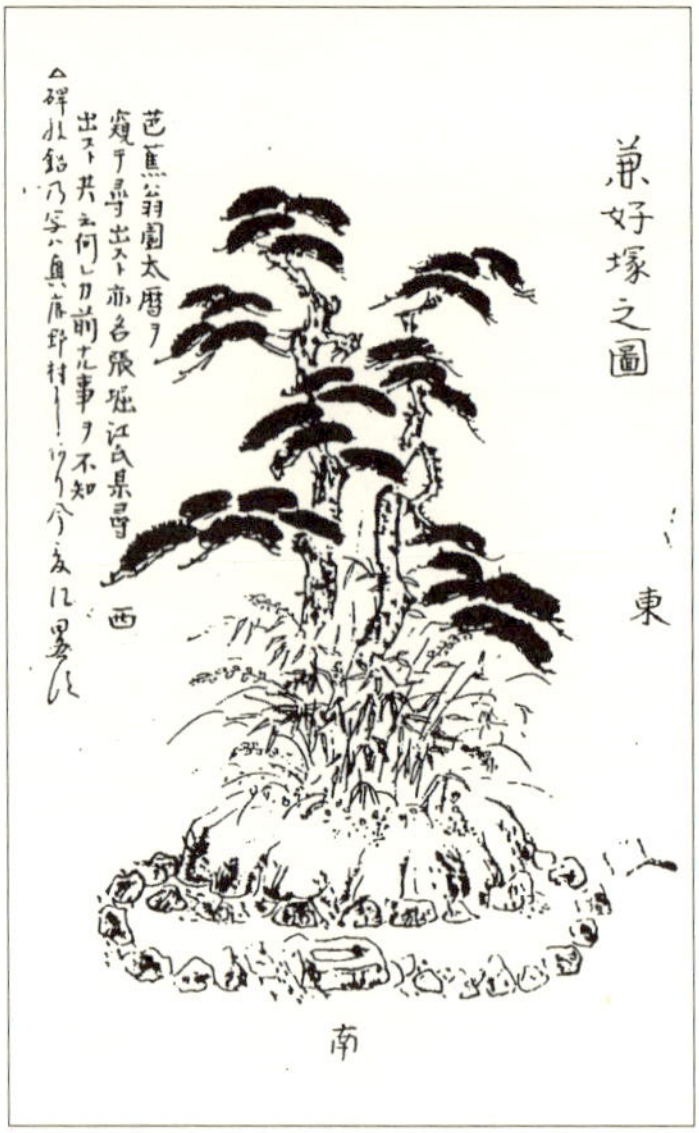

兼好塚図
『種生紀行』（刈谷市中央図書館蔵）より
左側で芭蕉筆の『園太暦』に触れている。

偽書『園太暦』に掲げられている項目は、それを書写した本や引用した刊本などによって多少異なる。主な内容を挙げると、以下のような兼好の事跡が書かれており、ほとんどの場合、年月日も明記している。もちろん現存する『園太暦』（洞院公賢の日記）そのものには、このような記述はない。

・延慶三年六月十四日、宮中の萩の戸での怪鳥《けちょう》退治（出家以前には宮中に仕えていた兼好が、狐の化けた怪鳥を退治して人々に賞賛されたこと）。
・伊賀守《いがのかみ》　橘　成忠《たちばなのなりただ》の娘小弁《こべん》との恋と、出家（兼好の出家の原因を悲恋としている。橘成忠も小弁も、伝未詳）。
・貞和四年二月二日、貴人たちへの『新古今和歌集』の講義（兼好の教養の卓越性と、文化的な地位の向上を描く）。
・貞和四年四月二十四日、頓阿とともに貧しい人々に粥をふるまう（今までになかった「救済者としての兼好」像を造型する）。

・観応元年二月十五日、伊賀での病没（かつて兼好と娘との仲を裂いた橘成忠の特別の計らいで晩年を伊賀で過ごし、宮中からの見舞いなども辞退して病没し、田井《たい》の庄すなわち種生の地に墓が築かれたとする）。

これらの内容は、文武両道にすぐれ、慈悲の心にも厚く、名利《みょうり》に捕われない清貧な人物として兼好を描き出すものである。明らかに、兼好イメージの上昇が図られている。また、兼好の没した年月日と場所を断定的に確定して書いているのも大きな特徴である。

『種生伝』とその絵巻

正徳二年（一七一二）に刊行された篠田厚敬の『種生伝』は、「近世兼好伝」の中で最も文芸的な作品で、一編の物語のように兼好の生涯を描いている。『種生伝』という題名は、偽書『園太暦』に記されている伊賀国での終焉地を踏まえての命名である。

この伝記が文学的な印象を与えるのは、兼好の和歌を多用し、偽書『園太暦』に書かれていた小弁との悲恋をまるで王朝物語のように描いているからである。『兼好諸国物語』でも和歌は書かれていたが、兼好の家集を重要な材料として使っている代表作が『種生伝』である。もし、前田家所蔵の兼好自撰家集が広く世の中に知られなかったら、江戸時代の兼好伝は成り立たなかったろう。それくらい、家集の発見と出版は重要であった。ただし、『種生伝』に引用されている兼好の和歌は、家集の表現とは細かな異同が非常に多く、その点がやや不審である。

ところで、『種生伝』の文芸性は、新たな創造も促した。『種生伝絵巻《しゅせいでんえまき》』の出現である。原本の存在

『兼好法師行状絵巻』（神奈川県立金沢文庫蔵）　怪鳥退治の場面。

は不明だが、現在少なくとも二つの模写が残っている。これらの模写は、絵も詞書《ことばがき》も一致している。一つは享和元年（一八〇一）に模写された東北大学附属図書館蔵『兼好法師物語絵巻』、もう一つは文化四年（一八〇七）に模写された神奈川県立金沢文庫蔵『兼好法師行状《ぎょうじょう》絵巻』である。どちらも『種生伝』という書名を含まないが、絵巻の詞書は『種生伝』によっており、明らかにこれを絵画化したものである。刊本『種生伝』にも、怪鳥退治の場面や終焉の地など挿絵が数枚入っているが、絵巻の絵は刊本の挿絵とは別の図柄で、合計十の場面を描く。

このような絵巻が制作されたのは、『種生伝』自体が物語的な文芸性に富んだ作品だったからである。しかしそれだけでなく、根底には兼好の生涯への人々の関心の高さがあったことが見て取れる。

南朝忠臣説

幕末になると兼好の人物像も、また新たな視点から描かれるようになる。天保八年（一八三七）に野々口隆正（大国隆正）が著した『兼好法師伝記考証』は、五巻・三十五段からなる。兼好の事跡を列挙して、それぞれに考証を付ける形式を取る。スタイルとしては『兼好諸国物語』と似ている。

この伝記の特徴は、兼好を南朝の忠臣とする点にある。兼好の悲恋とされてきた小弁との関係や、古来有名な『太平記』記載の「艶書代筆」も、南朝の忠臣としての計画的な偽装として解釈している。たとえば、小弁が中宮からの伝言を兼好に伝え、兼好はそれを東国に潜伏中の北畠顕家《きたばたけあきいえ》に伝えて南朝復興の挙兵を促したという筋立てである。兼好はいつのまにか、「南朝の密使」となってゆく。

『兼好法師伝記考証』は、従来の種々の兼好伝を踏襲しながらも、解釈面において今までに見られなかった「政治的人間」としての兼好像を打ち出している。幕末の尊皇思想が色濃く反映していると思われる。ただし、この説自体は野々口隆正の独創ではなく、備前岡山藩士・土肥経平《どひつねひら》の随筆『春湊浪話《しゅんそうろうわ》』（一七七五年自跋）に既に見られる説である。

『兼好法師伝記考証』の冒頭挿絵

近世兼好伝の限界

「近世兼好伝」は、総体的に見て荒唐無稽な創作と言ってよい。なぜなら、そこに取り入れられている偽書『園太暦』所載の記事は、兼好が怪鳥退治をしたとか、失恋して出家したとか、晩年は伊賀国に隠棲したとか、病に罹《かか》るや宮廷から特別に薬を下賜されたとか、二条良基《よしもと》がお忍びで伊賀まで見舞いに来たとか、まずありえないことばかりが書かれているからである。念が入ったことに、これらの記事は兼好と同時代の文人貴族・洞院公賢《とういんきんかた》の漢文日記『園太暦』の欠落箇所（現存しない年次の日記部分）の記事として捏造されているのである。

伝記作者たちは兼好に対する親近感のあまり、文武両道に秀で、清貧に徹した人物として、あるいは南朝の忠臣となって政治的な活躍をするヒーローとして造型した。近世の人々のさまざまな願望が、兼好に投影されている。

このような創作記事によって綴られた兼好伝を、史実に照らして不正確だと否定するのは簡単である。ただし、私がここで「近世兼好伝」には致命的な限界があると考えるのは、そういう観点からではない。「近世兼好伝」の限界は、徒然草に対する読み込みが不足しているからである。「近世兼好伝」の作者たちにとっての兼好は歌人であり、諸国を漂泊し、そして徒然草を書いた人物でしかない。だから兼好の伝記を書く時に、平板にさまざまな事項を列挙したのである。しかし、このような観点からは、兼好の真の自画像ともいうべき、肝心の徒然草の本質は決して照射されないだろう。

3　共感と反発のはざまで

文芸の中の兼好

とは言うものの、「近世兼好伝」が基本的に兼好という人物に対する強い共感から生まれたことは確かだった。ところが、江戸時代の中期以後に見られる兼好観は、さらに多様な展開を示す。兼好への共感と反発の双方が入り乱れるようになるのだ。それだけ兼好の存在が人々の関心を惹いたからでもあるし、誤解に誤解が重ねられたからでもある。しかし、このような過去の時代の兼好観や兼好像を検証したうえでこそ、今を生きる私たちの兼好に対する位置の取り方、つまり「スタンス」が確定できる。

さて、「近世兼好伝」で描き出された人物像は、一言でまとめればかなり理想化されていた。しかしながら、江戸時代の文芸の世界では、もっと卑俗で親しみ深い兼好像が創作されている。たとえば、延宝九年（一六八二）の近松門左衛門《ちかまつもんざえもん》作とされる浄瑠璃『つれづれ草』では、後宇多院の皇女菅《すが》の宮と侍従《じじゅう》の二人の女性から慕われた兼好が、彼女たちの執念から逃れるために出家する。その後、庵室を訪れた菅の宮に徒然草を伝授するというストーリー。作品の表現は徒然草によるところが多く、取り上げられている章段数は四十五段に及ぶ。引用は徒然草の冒頭部から第二十九段くらいまではほぼ逐段と言ってもよいくらいの頻度で、このあたりの部分がとりわけ人口に膾炙《かいしゃ》していたことを窺わせる。この作品での兼好は、女性に好かれる魅力的な男性である一方で、文学の道を極めた教養人として人々を教え諭《さと》している。

同じく近松門左衛門の浄瑠璃『兼好法師物見車《ものみぐるま》』は、宝永七年（一七一〇）以前の初演。『つれづれ草』に見られた啓蒙的で教訓的な影は薄れ、『太平記』の世界を借りた仇討《あだう》ちがテーマで、人間心理への洞察に優れる。話の前半は後宇多院の皇女卿《きょう》の宮に恋慕された兼好が、出家によってその愛執を断ち切る話。後半は高師直に娘を殺された又五郎の復讐譚である。「大名でも高家《かうけ》でも、娘の仇を取つてやる」という父親の悲痛な叫びに眼目がある。この点に注目するならば、作品の題名に兼好の名前を出してはいるものの、兼好の役割は作品内部では後退している。けれどもその点にかえって「文学的有名人」としての兼好のイメージの定着が垣間見られる。

元文二年（一七三七）に刊行された江島其磧《えじまきせき》の浮世草子『兼好一代記』では、遂に兼好は遊女に入れあげる遊蕩者として描かれるまでになる。興味本位の作品と言うしかない。

兼好批判の先駆け

先に林家三代の人々は、兼好の人間像を知的な読書人として見出したと述べた。彼らは儒学者として、徒然草に書かれている仏教や老荘思想には反発しつつも、兼好の人間性を全面的に否定したわけではなかった。けれども林家三代とほぼ同時代の儒者の中にも、兼好に対して厳しい態度を取る人物もいた。

近世初期の儒学者に永田善斎《ながたぜんさい》（一五九七～一六六四）がいる。彼が著した『膾余雑録《かいよざつろく》』五巻は諸書からの抜き書きとそれに対する論評からなる漢文随筆である。その中に兼好と徒然草に関する記事があり、注目される。これを読むと早くも林羅山から鵞峰にいたる初期儒学の同時代に、徒然草に対する辛辣な批判が書かれていることがわかる。しかも兼好画像のことも書かれており、そのことも合わせて重要な資料である。東京大学附属図書館蔵本により、読み下し文でその箇所を示そう。

世、皆兼好法師をよく世を遁ると称す。彼、聖賢の正路《せいろ》に由《よ》らず、惟《た》だ仏老の異教に循《したが》ふ。其《そ》の筆を弄するの跡を観るに、善く倭歌《わか》を詠じ、善く国字を綴るのみ。蓋《けだ》し所謂《いはゆる》、釈老の学を好みて、生死を逃れんと欲す者か。高師直、兼好をして艶書を作りて塩谷が妻を挑ましむ。何ぞ師直に党することの此《かく》の如《ごと》くなるや。世を遁ると謂《い》ふべからず。復《ま》た実に釈老を学ぶと謂《い》ふべからず。復た恬《てん》素《そ》に安んずと謂《い》ふべからず。往歳《わうさい》、友人、兼好が小影を寄せて賛を請《こ》ふ。今再び茲《ここ》に記す。

　隠淪《いんりん》猶《なほ》いまだ低昂《ていかう》を免れず
　花鳥風雲筆意長し
　惟《た》だ書燈《しよとう》の岑寂《しんじやく》を照らす有り
　一生仏老是《こ》れ膏肓《かうくわう》

永田善斎は、次のように述べているのだ。

「世間の人は兼好が隠遁したと言うが、彼は本当の意味で聖賢の道を辿った人間ではなく、仏教や老荘に従っただけである。兼好はただ単に和歌をうまく詠み、徒然草という和文を書いただけである。仏教や老荘によって生死を逃れようとしただけの人間だ。高師直は兼好に艶書を書かせて塩谷判官の妻を拐《かどわ》かそうとした。このような人間であるのだから、遁世したなどと言えようか。従って、彼が仏教や老荘も本当に学んだとは言えないし、すべてに恬淡《ていたん》としていたわけではない。かつて友人から兼好の画像に賛を頼まれたので、自分は次のような漢詩を詠んだ。すなわち、兼好は隠遁者として不十分であり、和歌や徒然草を書いて筆は立った。燈火の下で寂しく静かに書物を読んだが、結局は仏教と老荘に一生夢中になったのである、と」。

兼好の画像に賛を頼まれて書いた漢詩には「書燈」とあるので、おそらくこの画像の図柄は徒然草の第十三段を描いたものだったのだろう。けれども永田善斎は、兼好の読書は仏教や老荘を読むことに費やされただけで救いがたい人物だ、としか評価しなかった。

住吉具慶筆『徒然草図』第8段
（斎宮歴史博物館蔵）
空から墜落する久米仙人

今挙げた『膾余雑録』の兼好批判は、『広文庫《こうぶんこ》』のような明治時代の百科事典の「兼好法師」の項目にも引用されており、有名なものだったようだ。なぜこのような兼好批判が『膾余雑録』に記されているかは、この部分だけを切り出してもわからない。『膾余雑録』のこの前の記事を見てみる必要がある。この直前には、色欲の戒めが書かれている。

色の人を惑はすこと旧《ひさ》し。身毒《しんどく》（＝天竺）・赤県《せきけん》（＝中国）・仙釈《せんしやく》（＝殿上人）、豪士・勇夫、其《そ》の素行を多失す。事、枚挙するに遑《いとま》あらず。一、二を粗記す。久米の仙、一旦飛び郷枌《きやうふん》を過ぐ。浣女《くわんぢょ》（＝洗濯女）の脛《すね》の白きを視《み》て、忽《たちま》ちに染心《せんしん》を生じて即時に墜落す。（下略）

この部分は、書き出しからして徒然草の第八段「世の人の心惑はすこと、色欲には如《し》かず」によっている。実例の最初に久米の仙人のことを書いているのも、彼がこの段に出てくるからだろう。しかも、徒然草の第九段で「かの惑ひのひとつ止《や》めがたきのみぞ、老いたるも、若きも、智あるも、愚かなるも、変はる所なしと見ゆる」とある部分とも関連している。

このように徒然草からの引用を自著に書き留め、その記事からの連想で兼好のことを書いていったのだと思われる。従って、善斎にとって徒然草はそれほど批判すべき書物だったのではないのではないか。抜き書きする価値のある部分を含む書物なのだから、兼好のことをこれほど批判しなくともよさそうに思うのだが。恵空『徒然草参考』では、『膾余雑録』から「惟有書燈照岑寂」の箇所だけを引いて、善斎の批判はカットしている。

「近世兼好伝」が盛んになる頃とほぼ並行して、儒学者や国学者による兼好の人物評が多く書かれるようになる。ところがそれらの人物評は、『膾余雑録』と同様に、徒然草の中から恣意的に一部分を抽出して兼好の人物像を作り上げた。

彼らは、自分たちの精緻な儒学や国学の体系に基づいて、兼好の人間像を鋳型《いがた》に嵌《は》めて批判している。あるいは自分たちの学問研究の深遠さを自負するあまり、徒然草に書かれていることが中途半端であると批判している。

そのような批判は一見もっともらしく聞こえるが、多くの場合、彼らの側が硬直した判断基準に当て嵌めて述べているに過ぎない。いくつかの具体例を見てみよう。

田安宗武の兼好観

田安宗武《たやすむねたけ》（一七一五～七一）は、八代将軍徳川吉宗の次男である。宗武は賀茂《かもの》真《ま》淵《ぶち》門下の歌人・国学者でもあった。彼は『徒然草評論』という著書で徒然草の第百段までの各段を論評しているが、全体的に徒然草に対して厳しい評価である。彼は国学者であり、永田善斎のよう儒学者ではないので、反仏教の立場から批判しているわけではない。彼の批判は、「徒然草の書き方は焦点が定まっていない」という点にある。宗武は、次のように徒然草を批判している。

この草子は、もはら世に時めける人に、おのが才《ざえ》を知らすべきのよすがにや作りけむ。されど、あらはに言へば、また賢き方もありぬべき故《ゆゑ》にや、書き紛《まぎら》はしたる所もあり。また、人々の心に合はせむ料《れう》に、やうやうに書きなせる所もあ《ン》める。かかればこの草子の心、いとしも定まらざるなり。それを人の嘲りなむことを恐れて、早《はや》うみづから「ものぐるほしけれ」と言ひけめ。

宗武は、兼好が徒然草を執筆したのは、兼好が自分の才能を権力者に知らせるためだとしている。そして兼好は賢明な面もあったので、わざとぼかした書き方をしたり、人々の心に迎合した書き方になっている箇所もあると言う。「かかればこの草子の心、いとしも定まらざるなり」というのが宗武の徒然草観であった。そして、予想される人々の批判を先取りして、兼好は自分から「あやしうこそものぐるほしけれ」と序段に書いたのだと結論付けている。

彼の目には、徒然草は論点や焦点が定まっていないと見えたのだろう。しかし、その揺れ動きこそが徒然草の文学性を保証するものではないだろうか。宗武は、首尾一貫した価値観によって書かれた書物が陥りやすい硬直性に気づいていないのである。このような陥穽は、立場は異なるとは言え、儒学者にもそのまま当て嵌まる。徒然草をどのように捉え、兼好の人間像をどのように理解するかは、読者自身の文学観と密接に結び付いている。

室鳩巣の『駿台雑話』　室鳩巣《むろきゅうそう》（一六五八～一七三四）は、木下順庵《じゅんあん》（一六二一～九八）門下の朱子学者である。彼の晩年の談話体の随筆『駿台雑話《すんだいざつわ》』には、人物評が多数記載されている。その中に、兼好に対する人物評も詳しく書かれている。『駿台雑話』巻四に書かれている「つれづれ草」の項をかいつまんで記し、儒学者の兼好批判の一斑を見てみよう。

鳩巣は、訪ねてきた客人に徒然草をどう思うかと問われて、次のように答えている。

世に一種の侘人《わびびと》ありて兼好を慕ひ侍《はべ》る。それは彼が名利を厭《いと》ひ、閑寂を楽しむに同心するゆゑにて候《さうらふ》。翁《をう》は、それも確かには思ひ侍らず。『太平記』に、高師直が為に艶書を書きし事見えたり。其の後、伊賀守橘成忠が招きに仍《よ》りて、伊賀の国に赴《おもむ》きしが、そこにて成忠が娘に通ぜし事、『園太暦』に載せて、其《そ》の時の歌なども見えたり。是《ここ》にて知るべし。世に諂《へつ》らひ、色に耽《ふけ》り、隠逸を好み、名利を厭ふといへど、もとより隠者の操《みさほ》ある人にあらず。されば、徒然草も仏法に朶頤《だい》し、諄々《じゅんじゅん》として出離を説くかと見れば、女色《ぢよしよく》に垂涎《すいぜん》して淫奔《いんぽん》を語る。何《なに》の見識かあるべき。

つまり、世間には兼好が名誉や利欲を嫌い、静かな生活を楽しむ人物として慕う人々もいるようだが、実際は兼好はそのような人物ではないのだ、と室鳩巣は言う。鳩巣は、『太平記』や『園太暦』(実は偽書『園太暦』)を引いて、兼好が権力者や女性に節操がない人物であるとする。徒然草に書かれていることも、仏道を勧めるかと思えば恋愛のことを語り、見識がないと厳しく批判している。「近世兼好伝」が恋の情趣にも通じる人物としていることがかえって仇となった。それらの挿話は、兼好の人物像を否定する材料とされている。

先に紹介した江戸時代初期の永田善斎の兼好観と、似たり寄ったりである。ただし室鳩巣はこの後に続けて、けれども『源氏物語』や『伊勢物語』に比べたらまだ徒然草はましであるとも述べる。徒然草の中から、松下禅尼が障子の切り張りをして倹約を示した話などはよしとして、「さすが人物怜《れい》悧《り》なる故に、其《そ》の言ふ所、時とし道理に当たる事もあるにこそ」と付け加えてはいる。けれども、総じて言えば兼好に批判的である。儒学者の兼好観の典型と言ってよいだろう。

研究の進展

二章にわたって、経歴未詳だった兼好が、どのような人々によってどのように見出され、どのように描かれてきたかを辿ってみた。前章の最初に述べたように、兼好はほとんど白紙のような履歴書を携えて文学史に登場してきたのだった。それを思えば、現代にいたるまで途絶えることなく、兼好に関する伝記的事実が増補されてきたのは、うれしいことである。彼は決して忘れられることなく、むしろ存在感が高まってきている。

近代以後の兼好伝研究は、次の四点で大きく飛躍した。第一に「大徳寺文書」の発見によって、兼好が正和二年（一三一三）年には既に出家していたことがはっきりした。第二に、神奈川県立金沢文庫所蔵の古文書から兼好関係の史料が発見されて、関東と兼好の関わりがかなり明らかになってきた。第三に、兼好が堀川家の家司であったことがほぼ定説となり、兼好の生活圏が明確になってきた。第四に、歌壇史研究の進展により、歌人としての兼好の交友圏の輪郭が明確になってきた。これらの近代における兼好研究の進展については、次章以下の記述の中で随時紹介してゆきたい。

兼好の後ろ姿や横顔は、時代の経過とともに次第に明らかになりつつある。しかしながらそれでもなお、「兼好のエア・ポケット」が存在すると思わずにはいられない。

知られざる内面

兼好の履歴書には、まだ空白のままの部分がある。その空白とは何か。まず第一に、若き日の兼好がどのような人間であったかということ。第二に、兼好がどのような内面の遍歴を辿って、「人生の達人」と言われるような人間へと変化・成長していったかということ。

次章以後で、私はこの二点をできる限り明らかにしたいと思う。若き日の兼好の内面の動きは、幸いにも徒然草の冒頭部分や家集の和歌から窺うことができる。兼好の精神の変貌は、徒然草を章段に区切らず連続的に読み進める新しい読み方によって眼前に立ち現れてくる。

それらによって、今まで知られていなかった新しい兼好の姿が見えてくるであろう。外部の世界と自己の内面の双方を深く認識すると同時に、なお懐疑に満ちた人物の姿。そういう兼好の素顔を、正面から見据えたい。

第四章　兼好の青春

1　宮廷人としての日々

晩年の姿を離れて

これまで見てきたように、兼好の経歴や事跡は史実と創作が相俟《あいま》って伝わってきていた。ある時は歌人として、ある時はこの世の無常を説く出家者として、またある時は書物に親しむ知識人として捉えられてきた。その一方で、世間の裏表に通じた世俗的な人物と見られることもあった。時代の思潮や評者の立場によって、硬軟さまざまにイメージされてきた。だが、これらの人物像には、共通していることが一つある。それは画像や徒然草の挿絵に端的に現れているように、兼好と言えばいつも「出家した年配者」というイメージが定着している点である。

晩年には、足利尊氏・直義《ただよし》兄弟や高師直《こうのもろなお》など武士階級の新興権力者たちとも交際し、古典文学の書写・校合《きょうごう》なども行っていた兼好。彼が変転する時代潮流の中で、おのれの知識と教養をフルに発揮しながら生き抜いていったことは確かだろう。しかしこれらはあくまでも晩年に辿り着いた境地であって、このイメージをもって、兼好の全生涯の見取り図とすることはできない。むしろ、この境地にいたるまでの起伏に富んだ精神の遍歴をこそ、徒然草や彼の和歌から読み取るべきであろう。

兼好が三十歳頃までに出家していたことは、既に判明している。それにしても、それ以前の兼好はどのような幼年期や青年期を送っていたのか。そもそもなぜ、彼は出家することになったのだろうか。

兼好とその時代

兼好が生きた十三世紀の終わり頃から十四世紀の半ばまでは、政治や社会が大きく揺れ動いた時代だった。二度目の蒙古襲来（弘安の役）は、兼好が生まれる二年くらい前の出来事である。幕府が御家人の経済破綻を救済するために「永仁の徳政令」を行ったのは、兼好が十代の半ば頃のことである。兼好が生きた時代は、政治的には皇統が持明院統《じみょういんとう》と大覚寺統《だいかくじとう》に分裂して互いに対立し、交互に皇位に即《つ》くという「両統迭立《りょうとうてつりつ》」の時代であった。この「両統迭立」には鎌倉幕府が大きく関与し、都と東国との関係も一層重要なものとなっていた。

徒然草と家集にも、東国のことが登場する。兼好家集の詞書から、武蔵国金沢である時期を過ごしたことも知られている。彼の意識の中で東国がどのような存在であったか、直接詳しい記述は見られない。ただし徒然草を読んでゆくと、常に都と東国とを対比して捉えていたことがわかる。都人としての文化的な優位性を自覚しつつも、東国独自の価値観や物の見方や思考法などについて理解も示している。ただし、そのような見方は徒然草を書き進めるにつれて、次第に明確に示されてくるものである。最初から兼好が、都と東国のそれぞれの特質をはっきりと意識していたわけではない。

兼好が神官の家柄に生まれ育ったことは、徒然草にあまり反映していないように見えるが、深いところでは重要な役割を果たしている。

神官の家柄

徒然草の中で兼好がたびたび老荘思想に言及するのは、神道の家柄に育ったことが重要な要素として関わっているからである。この点については従来あまり注目されていなかった。ところが当時の神道界の状況を見渡してみると、鎌倉仏教の隆盛への対抗上から神道思想の著作が盛んに行われている。その際に、抽象的な論理展開や表現の基盤として老荘思想を援用することがしばしばある。兼好の兄弟である慈遍《じへん》が著した神道書『旧事本紀玄義《くじほんぎげんぎ》』にも、『老子』や『荘子』からの引用が見える。徒然草で老荘思想が随所に顔を出すのは、当時の神道思想の潮流とも関連する面がある。

神道の家柄で育った兼好がより広い世間に触れるようになるのは、堀川家に家司《けいし》として仕えたことに始まる。卜部家は、堀川家に仕えてきた家柄だった。兼好家集には堀川具守《ともはる》の一周忌に詠んだ歌（六十七番）がある。徒然草の第二百三十八段には具守の孫の具《とも》親《ちか》とのやりとりが書かれている。

貴族社会の中で

堀川家との繋がりから、さらに兼好が皇室へと繋がる道が開けた。というのも後宇多天皇と堀川具守の娘基子《きし》との間に、弘安八年（一二八五）に邦治《くにはる》親王（後の後二条天皇）が誕生したからである。兼好は、この二歳くらい年下の天皇のもとに蔵人《くろうど》として出仕した。後二条天皇が正安三年（一三〇一）に即位した時、兼好は推定で十九歳である。蔵人の任期は六年である。二条為世《ためよ》・為子《ためこ》の父娘に和歌の指導を受けていた後二条天皇は、この道に造詣が深い。兼好が和歌に親しむのも、おそらくはこの頃からと考えられる。

「家司」というのは、公卿の家の私的な職員のことであり、「蔵人」とは天皇の身辺雑事に携わる公的な官職である。二十代半ばまでの数年間に天皇や貴族の生活・教養に直接触れた体験は、貴族説話や、昔からのしきたりやその由来を記す有職故実《ゆうそくこじつ》章段となって徒然草に書き留められている。家司と蔵人を現代風に言えば、上司に仕える部下に相当する。兼好は決していきなり山の中で隠遁生活を送ったわけではなく、宮廷人としての社会体験を青年期に持っている。これに対して「和歌四天王」と呼ばれた他の三人、浄弁・頓阿・慶運には宮廷体験はない。

家司や蔵人の役割

ところで、家司や蔵人は文学作品の中でどのように描かれているのだろうか。いくつか実例を挙げてみたい。

『平家物語』巻二に、藤原実定《さねさだ》（後徳大寺実定《ごとくだいじ》）の窮地を救った家司の話が出てくる。。当時は平清盛の全盛時代だったので、名門貴族でありながら実定は出世できず、意気消沈して出家まで考えていた。ところが彼に仕えていた重兼《しげかね》という諸大夫《しょだいぶ》（家司のこと）が、「平清盛は人情にもろいところがあるから、清盛の信仰厚い厳島《いつくしま》神社に参籠《さんろう》して出世を願えば、きっと清盛が殊勝に思って取り立ててくれるでしょう」、と勧めたのである。それを聞いた実定が早速アドバイスを実行すると、重兼が言った通りに事が運んだのだった。重兼は落ち込んでいる実定に向かって、「あなたが出家したら、一族みんなが困ります」と言って彼の気持ちを翻えさせた。家司は、仕えている家のために雑事をこなすだけでなく、主家全体を円滑に運営し、さらには繁栄させるような役割まで担うことがある。この逸話は、期待される家司像を表している。

もう一つ、藤原実定に関するエピソードがある。『今物語《いまものがたり》』という中世の説話集に出ている話である。ある女性のもとを訪れ翌朝帰る場面で、実定は自分では歌を詠まずに、供奉《ぐぶ》していたある蔵人に代詠させた。その蔵人は咄嗟《とっさ》の機転で、相手の女性の代表作として知られる名歌を踏まえて歌を詠んだ。

家司や蔵人という存在は、当時の貴族社会において、上司や家の面目になるような機転や妙案を働かせて活躍してこそ、最大限に評価もされるし本人も生きがいを感じたことだろう。時代も立場も異なるが、有名な『枕草子』における清少納言の場合も中宮定子《ていし》に認められ、宮廷生活に生きがいを感じている。

『枕草子』ほど有名な作品ではないが、『源家長日記《みなもとのいえながにっき》』という中世の日記がある。家長が、『新古今和歌集』編纂の事務局長（和歌所開闔《わかどころかいこう》）として活躍する日々を描く日記である。源家長は下級貴族で、兼好とほぼ同じような身分と考えてよい。藤原定家や鴨長明たちが編纂作業に従事する様子も書かれている。だがこの日記の中で最も印象的なのは、後鳥羽院がいかにすぐれた帝王であり、お仕えする自分がいかに幸せであるか、さらには自分がいかに後鳥羽院に気に入られているか、という満足感が書かれていることである。

本当の居場所を求めて

ところが、兼好の場合はどうだろう。徒然草には、兼好が当時の貴族社会の中で活躍して注目を浴びたという話は、ほとんど書かれていない。徒然草も終わり近くなった第二百三十八段に、「自讃《じさん》七箇条」が書かれている。これらは記憶力のよさや観察力の鋭さなどをその場に居合わせた人々に誉められたことを自慢したもので、いずれも小さな自己満足に過ぎない。ただしこの中に、兼好が抜擢される可能性を秘めていた自讃が一つだけある。

後醍醐天皇がまだ皇太子（尊治《たかはる》親王）だった頃、ということは後二条天皇の崩御後のことである。ある日側近たちに皇太子が、「紫の、朱奪《あけうば》ふことを悪《にく》む」という語句が『論語』のどこに書かれているかを問うた。けれどもその場に居合わせた人々の誰一人、答えることができなかった。ちょうど堀川具親のところに用事があってやって来た兼好が、すぐにその言葉は『論語』の巻九のどこそこにありますと教えた。すると具親は「あな嬉《うれ》し」と言って、皇太子に教えに行ったという話である。これは、単に記憶力がよかったことを誇る話だろうか。むろん言葉の出典を覚えていたのは、確かに兼好の教養の深さの証しだろう。

しかしここで注意したいのは、尊治親王が知りたかった言葉がほかならぬ、「紫の、朱（を）奪ふことを悪む」であったことだ。「不当な者が正当な者の地位を脅かし、侵略する」という言葉を指し示した親王は、もしかしたら側近たちの政治意識を鋭く問うたのではないか。お前たちは、今のままでよいのか。武士たちによって皇室がないがしろにされていないか。もし現状をよしとしない者がいるならば、必ずや『論語』のこの言葉を骨身に沁みて覚えているはずだ。そこまでの深慮があっての下問と考えるのは、後醍醐天皇のその後の行動を知っている後世の人間の深読みに過ぎるだろうか。ところが突然の下問に対して、臣下たちは右往左往するばかり。それぞれが控え室に戻り、本を広げてあちこち捜してもなかなかわからない。そのような中で兼好だけが、この言葉が『論語』のどこにあるかをはっきりと知っていた。兼好もまた、この『論語』の言葉が持つ意味に無関心ではいられなかったからではないだろうか。

とは言え、その後の兼好の生き方と重ね合わせれば、もし後醍醐天皇から抜擢を打診されても、それに応《こた》えることはなかったろう。時期的に見てこの頃、彼は既に出家していたかもしれない。何よりも兼好は行動の人ではなく、あくまでも認識の人だった。もっとも、後世への徒然草の影響力を思えば、端正な文体でくっきりと刻み込んだ彼の認識は、静的なものというよりむしろ、人々の心を直接動かす力感に富むものとなったのであるが。

兼好は蔵人として天皇の側近くに仕えたが、彼の家柄では公卿にはなり得ない。高位の人物に寵愛され、大抜擢されるようなタイプでもなかった。神官の家柄に生まれて知的な雰囲気の中で育ち、宮廷社会も体験し、自分の将来の限界も見通すことができた兼好。貴族社会にいつまでも所属していることに対する懐疑が彼の心に兆してくるのは、容易に予想できることである。

折しも、後二条天皇が二十四歳の若さで崩御する。徳治三年（一三〇八）八月二十五日のことだった。おそらくこれを機に貴族社会から一旦離脱し、世の中や人間のあり方を見つめ直そうとしたことは、兼好にとって自然な選択だったのではないか。

2 家集から見えてくるもの

二十代の半ばで後二条天皇の崩御を体験した兼好。その後、皇統は大覚寺統から持明院統の花園天皇へと移ったので、世の中の変化も目の当たりにした。大徳寺文書の田地売券によれば、兼好は三十歳の頃は既に「兼好御房《けんこうごぼう》」と呼ばれる遁世者であった。その頃の心境を詠んだと思われる歌も、何首か家集に残っている。

歌の配列

『兼好法師集』は、詠まれた年代順に歌が配列されているわけではない。ところどころ年号が示されている歌が交じっていたり、詞書から大体の時期が推定できる場合もある。けれども、それらの年代は相前後《あい》していることが多い。たとえば二十三番に、「山里の住まひもやうやう年経《へ》ぬることを」という詞書を持つ歌があり、明らかに出家後と思われる。だがそれよりも後に位置する三十四番に、「世を背《そむ》かんと思ひ立ちし頃、秋の夕暮れに」という詞書の歌がある。このあたりは、兼好の実人生と歌の配列とが逆転している。

なぜ家集が、このように順不同の配列になっているのだろうか。一般の家集は、「部立《ぶだて》」と言って、内容ごとに四季の歌、恋の歌、哀傷の歌、その他の雑の歌などに分類して配列することが多い。それなのに、兼好の家集は部立されていない。従って、年代順でもなく部立もされていない『兼好法師集』は、一見するとまったく無頓着に思い付くままに歌を書き並べたようにも見える。けれども兼好の心の中では、独自の配列意識があるのではないだろうか。

よく読んでみると、前後の連想・連関によるゆるやかなまとまりがあり、それらが断続的に書き継がれているようなのだ。決して時系列で一直線に過去から現在までが繋がって書かれているわけではない。時間が前後しており、同じ時期の歌が離れ離れにあちこちに位置する。なぜ、そのような書き方になったのか。おそらくある時、心に浮かんできた一群の歌を書き、それを書くことによって呼び寄せられる歌をさらに書き継ぐ、という方法が採られているからではないか。

人間の心というものは、生起した時間の順序に従って、いろいろな事柄を連続的に思い出すとは限らない。ある時思い浮かんだ歌、そしてそれらとぜひ接続して書いておきたい歌を書く。すると、今度はまた違う心持ちになり、他の歌群を書き始める。するとそこでまた引き続いて筆に乗ってくる歌が出てくる……。そのような書き方をしていることから、家集の配列が一見脈絡がないように見えるのではないか。そう考えれば、兼好の家集で重要なのは、前後の繋がりではないだろうか。

翻って、徒然草のことを考える。まさにこの書き方が、徒然草の特徴だった。徒然草の場合は、そのことを序段で明言している。「心に移りゆくよしなしごとを、そこはかとなく書きつくれば」という執筆方法は、兼好家集の場合にもそのまま採用されていると考えてよい。このような方法こそが、兼好のスタイル（様式美）だった。

出家前後の葛藤

このような理解のもとに兼好の家集を詠んでみると、ある一群の歌が注目される。五十二番から五十七番までの一連の歌である。その中で五十二番から五十五番までは、出家後に修学院《しゅがくいん》に籠もって俗世を離れたことを詠んでいる。続く五十六番も桜の花を見て、俗世から離れた感慨を詠む。その次に位置する五十七番が、後二条天皇（後二条院とも称する）の追善《ついぜん》歌である。

修学院といふ所に、籠もり侍《はべ》りし頃

逃れても柴《しば》の仮庵《かりほ》の仮の世にいま幾程《いくほど》かのどけかるべき（五十二）

逃れ来《こ》し身にぞ知らるる憂《う》き世にも心にものの叶《かな》ふためしは（五十三）

身を隠す憂き世の外《ほか》はなけれども逃れしものは心なりけり（五十四）

いかにして慰むものぞ世の中を背《そむ》かで過ぐす人に問はばや（五十五）

花を見て

花の色は心のままになれにけり事繁《ことしげ》き世を厭《いと》ふしるしに（五十六）

後二条院の書かせ給へる歌の題のうらに、御経書かせ給はむとて、女院《にょゐん》より人々に詠ませられ侍りしに、「夢に逢ふ恋」を

うちとけてまどろむとしもなきものを逢ふと見つるや現《うつつ》なるらん（五十七）

出家して修学院に参籠していた頃の四首の歌のうち、五十二番ではまだ出家したことの意味を自分でも測りかねているような口吻《こうふん》がある。せっかく俗世を逃れて草庵暮らしをしているのに、その暮ら

しもこれからどれくらい平穏に過ごせるのだろうか、とやや懐疑的だからである。

けれどもそれに続く三首には、出家したことへの後悔や懐疑は影を潜め、これでよかったのだという落ち着きとゆとりが詠まれている。この辛《つら》い「憂き世」ではあるが、出家したことによって心が叶ったと言う五十三番の歌。「逃れ来《こ》し身にぞ知らるる」という歌い出しは、いかにも力強い。「身にぞ知らるる」という部分に強調の係り結びを使い、二句切れになっている。出家したからこそわかるのだ、という強い言い切りには、直前の歌にあった懐疑が消えている。五十四番の歌でも、自分が存在しているのは相変《あい》わらず「憂き世」だが、出家によって少なくとも心は俗世から逃れることができたと言う。「心なりけり」の「なりけり」という語法には、「何とまあ私の心だったのだ」という発見の驚きとともに、深い詠嘆のニュアンスがある。

修学院あたり（京都市左京区）

これらの歌から窺われる心の安定感が、俗世に留まったままでいる人々への問いかけを発する心の余裕となる。そこで、五十五番の歌が詠まれる。この歌が、兼好の勅撰集デビュー歌である。元応二年（一三二〇）成立の『続千載和歌集』巻第十八・雑歌下・二〇〇四番に、「兼好法師」として入集している。江戸時代には既にこの作者名の表記が注目されており、『続千載和歌集』成立以前に兼好が出家していたことが知られていた。『続千載和歌集』では三句目の「世の中を」が、「憂き世をも」という形で収められている。先に紹介した常楽寺蔵の土佐光成筆の兼好画像に添えられている歌でも「憂き世をも」となっているから、家集からではなく『続千載和歌集』から採択したのだろう。

五十二番から五十五番までの歌には、俗世間への決別と現状への満足、そして俗世の人々からの距離感が歌われている。出家当初の心境が、まるで小さな四個の硝子瓶《ガラスびん》の中にそれぞれ収まった心の欠片《かけら》のように燦《きら》めいている。五十六番も出離の感慨を桜花に託して詠んでいるので、直前の連作と繋がる歌であろう。「事繁《ことしげ》き世」を厭うとは具体的にどのような内容か不明だが、俗世間のさまざまな煩わしさから逃れた甲斐があったと、はっきりと自覚している心境である。

ところが五十七番の歌は、徳治三年（一三〇八）八月二十五日に没した後二条天皇追善の和歌である。当時兼好は二十六歳くらいだった。時間的には、出家当初の心境を詠んだ五十二番からの歌群の前に位置してしかるべきだろう。それなのになぜ、時間的に溯る五十七番歌が、ここに位置するのだろうか。

遠い日の思い

兼好が家集をまとめたのは、晩年の頃と言われている。出家当初の心境を詠んだ歌をこのあたりに並べて書き出しながら、自分が出家にいたったそもそものきっかけのことが自然と心に思い浮かび、そこから後二条天皇追善の歌をここに置いたのではないだろうか。何が直接の原因で兼好が出家したかは、わからない。あるいは本人にさえ明言はできないかもしれない。しかし、このあたりの歌の配列を眺めていると、家集編纂時の兼好の心の動きが見て取れる。やはり出家の遠因は、後二条天皇の崩御だったのではないだろうか。兼好が後二条天皇の蔵人として宮中に出仕したのは、天皇の生母が堀川基子《きし》（西華門院《せいかもんいん》）であり、彼が天皇の外戚《がいせき》である堀川家の家司だったからと考えられている。ところが、後二条天皇は二十四歳の若さで崩御した。この頃から兼好の心には、出家という人生の選択が次第にはっきりとした形をとってきたのだろう。だからこそ兼好は、出家当初の心情を歌った歌群を並べて書いているうちに、ふとその遠因となった後二条天皇の崩御とそれに続く追善和歌のことを思い出してここに位置付けたのではないだろうか。

後二条天皇
『天子摂関御影』（宮内庁三の丸尚蔵館蔵）より
繊細な雰囲気が漂う。

しかもこの追善歌は、女院、つまり西華門院の発案であり、兼好には「夢に逢ふ恋」が振り当てられたのである。これは偶然のことだろうか。追善歌の題としては、やや異様な題である。兼好は、亡くなった主君後二条天皇の追善に「夢に逢ふ恋」という題を割り当てられ、夢の中で恋人と逢う歌を詠んでいる。だ「あなたのことを思って夜も眠れません。だからあなたに逢ったのは決してふとまどろんだ夢の中などではなく、実際にあなたにお逢いしたということですね」。相手に念を押して、逢瀬の現実を確認する歌である。夢の中での逢瀬を、確固とした現実の出来事へと自分自身の心の中で転化する。これを可能としたのは、相手に対する強い執着心であろう。

今私はこのことを書き記しながら、兼好と後二条天皇の強い紐帯《ちゅうたい》を、遙か後世の松尾芭蕉と主君蟬吟《せんぎん》との人間関係にオーバーラップさせている。そのような読み方は間違っているだろうか。若き日の芭蕉は藤堂《とうどう》家に仕え、嫡男藤堂良忠《よしただ》（蟬吟）の親しい俳友であったと言う。しかし、二歳年上の蟬吟が二十五歳の若さで没し、芭蕉（当時は宗房《むねふさ》）の将来への夢は閉ざされた。身近に仕えた主君に先立たれた哀しみと、測り知れない喪失感。兼好が感じたのも、芭蕉と同様のものではなかったろうか。

女院も兼好の悲しみと喪失感を感じ取ったからこそ、彼に追善歌を詠ませたのだろう。そしてこれが、現在知られている兼好の最も古い歌である。つまりこれ以前に、兼好が歌人として活躍していたわけではなかったのだ。そのような、いまだ歌人とさえ言えないような青年に追善の歌を詠ませること自体に、堀川家出身の女院の深い思いを感じる。

後二条天皇が崩御して花園天皇の時代になると、後の後醍醐天皇が皇太子となった。後醍醐天皇の皇太子時代は十年続くが、その頃のある日の出来事、『論語』の言葉の出典探しについては先に触れた。この話は直ちに出典箇所を教えることができた自讃ではあるが、その背後にはかすかに苦い幻滅も隠されているようだ。兼好が指摘した出典は堀川具親を介して間接的に尊治親王（後の後醍醐天皇）に届いただけであり、『論語』の一句を通して親王と兼好の暗黙の了解が生み出されたという展開ではないからである。先にも書いたように、兼好には政治的に活躍する野心などもともとなかっただろう。それでもその場を立ち去る兼好の後ろ姿は、心が通じ合わないことへの一抹の寂しさに包まれていたのではないか。

誰もわが身を理解してくれないという思いほど、人を孤独にさせるものはない。そのような思いが、次第に積もり積もって出家を決意させたのだとしたら、翻って後二条天皇の崩御こそが兼好のその後の人生を決定づけた出来事ではなかったか。後二条天皇の崩御が自分に出家を明確に意識させ始めた出発点の出来事だったのだ、と兼好本人が思い返してひとときの感慨に耽《ふけ》った。そのことを家集の配列が暗示している。

憂き世の嘆き

『兼好法師集』には、徒然草よりももっと直截に兼好の心情が表れている。徒然草と共通する物の見方や感じ方ももちろん多いが、「和歌」のスタイルを取っているせいか、より痛切な響きに聞こえる。家集を繙《ひもと》くと、それらの歌があちこちにほとんど無造作に投げ出されているのを眼にすることになる。そもそも冒頭の一首からして、春・夏・秋と季節は巡っても、約束がいまだ果たされていないことの辛さを詠んだ歌である。

　春の頃より来《こ》むといふ人の、秋になるまで訪《と》はぬ

春も暮れ夏も過ぎぬるいつはりの憂《う》きは身にしむ秋の初風（一）

「頼もしげなること言ひて、立ち別るる人に」という詞書を持つ、「はかなしや命も人の言の葉《ことのは》も頼まれぬ世を頼む別れは」（三十八番）という歌もある。約束は果たされず何も頼みにならないと自覚するからには、この世の中が「憂き世」であると感じられるのも当然のことだろう。

習ひぞと思ひなしてや慰まむわが身一つに憂き世ならねば（三十七）

この世で辛い思いをしているのは自分だけではない、とせめて思うことによってかろうじてバランスを取っている心の危うさ。この歌などは、家集の中でももう一度、二百五十九番に重複して出てくる。そこでは詞書が「友だちの来て、世にありにくき事など語るを聞きて」となっている。いろいろな状況でふと心をよぎる兼好の実感が、この歌だったのだろう。それならばこれが、兼好の心のテーマ曲だったのだろうか。確かに自分だけが辛いのではないとする認識に力点を置いて鑑賞するならば、自分の体験を特権化しない徒然草の抑制された書きぶりとある意味では通底する。

それにしても、家集には「憂き世」を嘆く歌が多い。「心にもあらぬやうなることのみあれば」という詞書のもとに掲げられている八十一番から連続する三首も、出家してもなお現実世界から完全には遮断されていない辛さが滲む。

住めばまた憂き世なりけりよそながら思ひしままの山里もがな（八十一）

何とかく海人《あま》の捨舟《すてぶね》捨てながら憂き世を渡るわが身なるらん（八十二）
山里の垣穂《かきほ》の真葛《まくず》今さらに思ひ捨てにし世をば恨みじ（八十三）

八十一番の歌は、延文四年（一三五九）に成立した『新千載和歌集』巻第十八・雑歌下・二一〇六番に「兼好法師」の名で入集している。だがこの撰集が行われた頃、既に兼好はこの世にいなかったろう。狩野探幽筆の兼好画像に添えられていたのが、この歌だった。また、『吉野拾遺』では初句が「ここもまた」となって、しばらく滞在した木曾を去る時に詠んだ歌として説話化されていた。この八十一番の歌は、江戸時代の初期頃までは兼好の代表作のように扱われてきた。現実の満たされがたさへの明確な認識と、自己の存在を容れる理想の天地を希求する遙かな思いが、二つながら詠み込まれている。この歌を兼好の心の肖像として感じ取った人々の直感に、間違いはなかったろう。徒然草で展開される記述も、突き詰めればここに至るのだろうから。

それにしても八十二番の「海人の捨舟」に象徴されるような寄る辺《べ》なさは、他の歌からも感じられる。この思いもまた、兼好の心の真実の一端を窺わせている。

家集も終わり近くなった頃に現れる二首の歌の詠みぶりも、孤愁を帯びて一読忘れがたい。

思ひを陳《の》ぶ
数ならぬみののを山の一つ松ひとり覚めてもかひやなからん（二百四十三）

絶えぬるか身は浮舟《うきふね》の綱手縄《つなでなは》引く人もなき世を渡りつつ（二百四十四）

二百四十三番は、「数ならぬ身」と「美濃」の掛詞。世の中を辛く思い、「一つ松」のように自分一人の居場所も確定できず、一生を「浮舟」のように寄る辺なく過ごす心細さに戦《おのの》く。人生や他者に対して真摯に向き合おうとする人間の前に立ちはだかる、避けて通れない障壁。兼好はそれに、ここで直面している。その意味で兼好は、いつの世も変わらぬ等身大の人間だ。

けれども兼好は徒然草を書き残すことによって、和歌に詠まれたような心の動きや悲観的な人生観とはまた別の世界に自分自身を連れて行った。この点こそ、徒然草の中に読者が見出すべきものなのではなかろうか。

3 「徒然草連続読み」と若き日の兼好

章段区分は必要か

兼好は、徒然草の中で自分のことをほとんど語っていない。彼の興味は自分自身にはなく、世の中のことや人生のあり方だった。けれども、思いつくままに雑多な内容を書いたように見えて、実は徒然草の記述には、視野の拡大や物事の相対化など、兼好の精神の変貌が垣間見られる。だから、古文の授業で読むようにわかりやすく面白い段だけをピックアップして読んでも、徒然草の本質を理解したことにはならないし、兼好という人間の実像も浮かび上がってこない。

重要なのは徒然草からいくつかの段を抜き出して読むことではなく、連続的に読むことなのである。この読み方によって、兼好の思索のすべてを目にすることが可能となり、彼の人間像も明瞭に立ち現れてくる。

そもそも徒然草の古い写本には、ところどころに改行は見られるものの、現代の私たちが見慣れているような、序段から始まって第一段、第二段と続き、第二百四十三段をもって最終段とする章段番号などは付いていなかった。これらの番号は、江戸時代に付けられたものであって、決して兼好本人が付けたわけではない。確かに章段番号が付いていれば、たくさんの曲が詰まったディスクから聴きたい曲だけを拾い出して聴くように、すぐにその箇所を読むことができて便利である。注釈を付ける場合にも、あらかじめ短く内容が区切ってあれば、一段ごとに詳しく注が付けられる。

江戸時代以来の章段区分が現在までそのまま踏襲されているのは、作品自体の内容の区切れが明確だからでもある。もしも章段に区切っていない徒然草の本文全体を示されて、「内容ごとに区切りなさい」という試験問題が出されたとしても、人によって区切り方がそれほど大きく変わるようなことはまずないだろう。ほぼ全員が同じように章段分けすると予想される。徒然草という作品は、それくらい明確な書き方がなされている。

けれども前後の脈絡から切り離して、ある段をそこだけ独立して読んでも、徒然草に波打つ兼好の心の襞《ひだ》を捉えることはできないだろう。現在にいたるまで徒然草と言えば、一つ一つがごく短い章段の集まりであるという先入観が常識となっている。この文学常識をまず打ち破らねばならない。徒然草を章段に区切って読むのは、最初の注釈書『徒然草寿命院抄』で明記されている読み方であり、四百年来の定まった読み方ではある。しかしこの章段区分を取り払ってもっと自由に読んでゆくならば、そこからまず最初に姿を現してくるのは、自由な執筆が生み出す感興に身を任せている兼好の姿である。そのうちに、みずからの孤独に思いを致し、人生に行き暮れている俯きかげんの姿である。その彼が次第に視線を上げて、広く世の中をみつめるようになる。最後にはさまざまな精神の遍歴の末に遂に外界に出て行く後ろ姿を、私たちは見送ることになるだろう。

古注釈での章段の捉え方

徒然草は連続して読んで初めて、隠された真実が発見されると私は考えている。江戸時代の注釈書（古注釈）でも、ある程度は前後の章段の繫がりに注意を払っている。最初の注釈書『徒然草寿命院抄』は、早くもそのことに注意を喚起している。たとえば現行の第五十二段から第五十四段までの連続する三つの章段について、「以上三段ハ、皆仁和寺ノ事也。書出ヲ筆法ヲ、少シカヘテ書《かき》タリ」と注している。また、対話や座談の場での好ましい話し方について書いている第五十六段と、歌物語の歌がよくないのは残念なことだと述べる第五十七段について、第五十六段の注で「此下《このしも》ト此段ハ、人前ニテ物ガタリナドスベキタシナミヲ書《かき》タリ」と書いて、二つの段の内容をまとめて把握している。

これに対し二番目の注釈書である林羅山の『野槌』では、『寿命院抄』の注釈をほぼすべて取り込んでいるにもかかわらず、『寿命院抄』が指摘した前後の章段相互の関連についてはなぜか全く触れない。徒然草における各段の連続性への顧慮が見えないのだ。しかしこれが加藤盤斎《ばんさい》の注釈書『徒然草抄』になると、「来意《らいい》」という分析的な術語によって徒然草の各段の前後の関連性が方法論的に剔抉《てっけつ》される。『寿命院抄』の観点が復活したのだ。徒然草における連想や有機的接続に着目して解釈する姿勢は、近代の研究書や注釈書にも影響を与えている。

徒然草を連続的に読む姿勢を貫くこと。その際に章段番号が変わっても、内容が一変したなどと考えないこと。細分化されて点在する短い章段を、内容ごとに一まとめにして分類し直さないこと。これらのことを肝に銘じて、徒然草の本文を連続的に読み抜いてみようではないか。

「徒然草連続読み」の意義

章段間の関連に注意を払う読み方の萌芽は、昔からあったのである。従って私が「徒然草連続読み」を提唱するのも、決して事新しい観点ではない。だが、従来よりももっと強く連続性を重視した読み方を貫きたい。これまでは前後の数段のみの関連性を問題にすることはあっても、徒然草の全体にわたって統一的に連続して読む試みは積極的には行われてこなかった。むろんある時は論調が大きく変化し、またある時は思考が断絶さえしていることも認めたうえで、徒然草を連続読みすること。それによって、兼好の精神の「若さと成熟」が二つながら視野に収められる。兼好は決して最初から「人生の達人」だったのではない。むしろある意味では、未成熟で限定的な視野と価値観しか持たない時期もあった。けれどもその彼が、より柔軟で開かれた真に成熟した精神の持ち主へと、いかなる経緯を取りながら変貌を遂げたのか。「連続読み」であるからには、本来は徒然草の章段番号を完全に取り払って読んでゆくべきであろうが、ここでは説明の便宜上、現行の章段番号も付す。全体を論じるのは紙数の関係で不可能なので、序段から第四十一段までを巨視的に捉えたい。

春の日のつれづれなるままに——序段

既に第一章で、「つれづれ」という言葉について述べておいた。王朝時代には春の長雨と結びついて、なすこともない退屈な状態を表していたこと。兼好家集にも晩春の倦怠感を歌った歌があること。この二点に注目して、徒然草の序段が書かれた季節は春こそがふさわしいと推測した。そのことをもう一度思い出しつつ、兼好が机に向かって書き進めてゆくまさにその筆先から生まれる言葉を逐一追おう。そして、徒然草の生成に立ち会ってみよう。

まだ若い頃のある年の春、所在なさに飽き果てた兼好は、ふと歌を詠む。

ながむれば春雨降りて霞むなり今日はたいかに暮れがてにせむ（四十二）

かくしつついつを限りと白真弓《しらまゆみ》起き伏し過ぐす月日なるらん（四十三）

春雨の降る庭を眺めながら、いったい今日の日をどう過ごそうか、とやりきれない思いの若き日の兼好がいる。毎日毎日、こんなふうに過ごしていて、自分の人生はどうなってゆくのだろう。何かしなくては、と思いながらさしあたって何をする当てもない。何をしたらよいのかわからないままに一日を過ごす。このような状態は、しかしある意味で恵まれている境遇である。少なくとも日々の生活に齷齪《あくせく》して明日の食べ物にも困るようなら、こんな悠長なことは言っていられない。

樋口一葉は明治二十二年初春の雑記に、「つれづれならぬ身は、日ぐらし硯にも向かはず、おのが勤《つと》め労《らう》がはしく走りめぐりて、日もやうやう暮れぬとて、足机《あしづくえ》など取り出《い》だしつつ」と書いている。彼女の場合、日中は忙しいのでとても机に向かう暇などないのである。日暮らし硯に向かえるご身分が羨ましい、と兼好にちょっと皮肉を言っているのだ。一葉は今引用した部分に続けて、「雨」と一文字書く。それに続けて「春雨の降る夜など、人静まりて後、ひとり灯火《ともしび》のもとに文《ふみ》くりひろげて、いにしへの世も人のさまも、今に思ひ比べたるこそ、あやしく一つ国とも思はれず」という記述を書き残している。

ここでも一葉は、徒然草の第二十九段にある「人静まりて後」と第十三段の「ひとり灯火のもとに文を広げて」という表現を引用しながら書いている。これら一連の記述を読むと、樋口一葉にとっての徒然草の冒頭部分は、春の季節と分かちがたく結び付いていたことがわかる。歌塾「萩《はぎ》の舎《や》」仕込みの王朝文学の教養は、わずか十七歳の少女をして「つれづれ」の語感をしっかりと読み取らせたのである。

徒然草の執筆に取りかかろうとする頃の兼好は、本人の心のうちはともあれ、端《はた》から見れば結構なご身分の青年だった。そういう状況を前提として、徒然草の書き出しを読んでみよう。すると序段に引き続いて書かれている内容も、一種高等遊民的な、世の中の現実に対して何ら責任を負っていない、まだ年若い兼好の、その時点での本音がよく表れている記述であると言える。「現実に対して責任を負っていない青年の本音」が、「理想」の異名であることは言うまでもない。

徒然草の序段から始まって現行の第七段と呼ばれる記述のあたりまでは、ある春の日に雨の庭を眺めながら日頃からの自分の思いを書き付けていったものとして、私の目に浮かぶ。「今日はたいかに暮れがてにせむ」という歌を書いたその筆で、机の上に展《ひろ》げたままになっている紙に、夕暮れまで「つれづれなるままに、日暮らし硯に向かひて」という文章の続きを書き耽《ふけ》る。

これが、徒然草の最初の執筆状況の再現である。もちろんこれは、私の想像が描き出した光景である。「ながむれば」と「かくしつつ」の二首を最初に据えてから、それに続けて「つれづれなるままに、日暮らし硯に向かひて」と書き始められている徒然草の写本など、どこにもありはしないが……。

倦怠から生気へ

それにしても、「つれづれなるままに」という序段の季節感は、青葉が揺れる夏の日とも、蜩《ひぐらし》が鳴く秋の日とも、雪が降り積む冬の日とも思えないのだ。春以外の季節では、「つれづれ」という言葉の語感が生きてこない。なま暖かさからくるやるせないけだるさを感じながらも、何ものかを遥かに求めてやまぬ御《ぎょ》しがたいわが心。それが、心身両方に関わる「つれづれ」である。その季節感を樋口一葉はあやまたずに押さえたうえで、先に挙げたパロディ文を書いたのだった。

繰り返して言おう。心の底に本人さえも気づかぬほど微かな執筆意欲の蠢動《しゅんどう》が始まる瞬間が、春の季節以外では生きてこない。その蠢動のさまは、たとえばモーツァルトのオペラ『フィガロの結婚』の序曲の一番初めの、まるで小さな羽虫たちが一斉に翅《はね》を動かして空に飛び立つような、絃楽器の弓のごくごく細やかなすばやい動きを思い浮かべたら、最も近いだろう。この無比の清新さが、モーツァルトと兼好の身上である。徒然草を読んでいると、いつもモーツァルトが聴こえてくる。そのような読み方が、現代の私たちに許されている特権である。

今この場で生まれた瞬間のように思われる芸術（芸術家）の若々しさを、私たちは思い知らされる。それらとともに、私たちもまた若返る。精神の若返りこそが、成熟への正当な道を保証する。知らず知らずのうちに世の中の汚濁や常識や先入観にまみれている人間であっても、徒然草を読みモーツァルトを聴く時に自分自身の若さを取り戻し、成熟への道を歩み始めることができるのだ。

人は、否応なく年齢を重ねてゆく。しかし、年を重ねることがそのまま成熟につながるわけでないことは、誰しもが実感している。ではいったいどうしたら、本当に大人になれるのか。自分の力でもう一度精神の若さを取り戻したうえで、成熟への道を辿ることが大人になるということであろう。兼好にとっての徒然草とは、未成熟な精神を執筆行為によってみずからの眼前にはっきりと引きずり出し、そこから精神のスタート・ラインに立って人生をやり直すことだったと推測される。「書きつくれば、あやしうこそものぐるほしけれ」

住吉具慶筆『徒然草図』序段
（斎宮歴史博物館蔵）
くつろいだ姿の兼好。

というのは、まさにそういう意味である。この「ものぐるほしけれ」という言葉の内実は、決して重苦しい思いなどではなかろう。軽やかで新鮮な驚き、一言で言えば自分自身にも思いがけぬ「感興《かんきょう》」ということではないのか。執筆行為に向かった人間が、みずからの紡ぎ出す言葉によって生き生きした鼓動を感じる。そのような新鮮な感興が、ここには込められている。

肉体の若さは、誰もが決して取り戻すことはできないし、厳密な意味での「人生のやり直し」は不可能である。時間や過去を取り戻したり、新しく作り替えたり、塗り直したりすることはできない。しかしもう一度、心の中で新たに自分自身の想念と思考を全面的に再構築して、これからを生き直すことはできるのだ。そのことを私たちに教えてくれる作品が、ほかならぬ徒然草である。兼好という一人の、人間の精神の若さから成熟への明らかな変貌の過程を描き切ったのが、徒然草だと言ってもよい。

何事であれ、最初の一歩が肝心である。徒然草をどう読むか、徒然草の中にどんな兼好の姿を発見するかは、まず最初の「つれづれなるままに……ものぐるほしけれ」という一文の「読み」に懸かっている。この印象的な書き出しによって釣り出され、手繰り寄せられた次なる言葉は、どのような世界を兼好の目の前に瞬く間に作り上げたか。

人生の理想 ——第一段

江戸時代には、序段と現行の第一段をまとめて第一段とする本も多い。

「いでやこの世に生まれては、願はしかるべきことこそ多かンめれ」と書き始められた現行第一段の記述は、人間の理想について書き連ねたものである。この書き方自体が、言葉の連《つら》なりに即して記述を進める兼好のスタイルを忠実に表している。
さて兼好は、まず何から徒然草を具体的に書き始めたか。意外なことに、人生の願望からなのである。徒然草の後の方では、願望を持つことはいけない、と繰り返し否定しているにもかかわらず……。これが彼にとって最初に心に浮上した事柄だったのだろうか。ということは、ここで書かれているような願いがいつも気に掛かっていたのだろうか。

いでやこの世に生まれては、願はしかるべきことこそ多かめれ。御門《みかど》の御位《くらゐ》は、いともかしこし。竹《たけ》の園生《そのふ》の末葉《すゑば》まで、人間の種《たね》ならぬぞやんごとなき。

「この世に生まれて願うことは多いと見える」と書いて、いきなり天皇の位を「いともかしこし」、たいそう畏れ多い、と言うのも大胆である。普通ならせいぜい高い身分に生まれたいというのが精一杯の願望で、天皇や皇族（竹の園生）の身分を願うだろうか。けれどもここには、兼好が蔵人として身近に接した後二条天皇の姿が思い出されているかもしれない。そして、天皇・皇族・摂政・太政大臣・上流貴族というように、次第に位を下げてきて、大したこともない身分なのに自分だけが偉いと思っている人々に対して、「いと口惜《くちを》し」（実にくだらない）と批判している。これも兼好が宮廷体験の折々に感じた実感であろうか。それに続けて、法師の身分はちっとも羨ましくない、と清少納言の『枕草子』を引用したうえで、威張り散らすような世俗的な僧侶を否定している。

身分や容姿のことなどを問題にした後に、教養や内面性なども取り上げる。「地位や外見は生まれつきだが、学問や心遣《こころづか》いは後天的なものだから」と書いているのも、何かしらとても清新な思いがする。このあたりの書き方は、肯定したり否定したり、まさに心の中で揺れ動くさまざまな思いが筆の先から滴《したた》るようだ。

結局、願望としては、教養もあり、容姿や声もよく、酒も嗜《たしな》めて下戸《げこ》ではない、というのが、第一段に描かれた理想の人間像である。注意すべきは、ここで理想とされているのが貴族社会における男性のあり方であって、女性のことも貴族以外の人間のこともまだこの段階では兼好の視野に入っていないことである。

やがて、徒然草を書き進めるにつれて兼好の視野は次第に広がり、狭い貴族社会を越えてもっと広い世の中のあり方へと関心が変化し、東国の武士や名もなき人々が共感と親しみを込めて描かれるようになる。兼好はさまざまな人間を描きながら、自分自身の物の見方を変化させるという自己変革を遂げてゆく。「執筆による自己変革」が眼前に繰り広げられてゆくさまを連続読みによって辿ることが、生身の兼好の人間像を浮かび上がらせることになるゆえんである。

なぜ理想を追い求めるのか

徒然草で第一段からしばらく続けて書かれるのは、この世の理想と現実の角逐である。人生のあり方を巡っての理想や、もっと大きな問題意識として広く政治や社会のあり方についての理想が語られる。しかし理想を語るのは、取りも直さず現実が理想と懸け離れているという認識によるものであろう。このあたりを読むと、兼好が当時の世の中をどのように把握していたかという現実認識もわかる。加えて書き方自体の展開に注意すれば、まず理想そのものを書き連ねているうちに次第に現実の状況も明確に把握されてくるという兼好の思索の生成過程が、章段の進行とともに明らかになる。

徒然草の冒頭部には、この他にも政治家の理想像や、恋愛・友情の理想など、さまざまな分野にわたって理想論が書かれている。これらを読めば、いかに兼好が当時の社会や自分の周囲に違和感を感じ、満たされぬ思いでいたかがよくわかる。現状に満足していたら、誰がわざわざ理想など書くだろうか。

理想の政治——第二段

第二段は人生の理想から一転して、理想の政治について書いている。兼好は直接には国政に参画したり、影響力を発揮したりする立場にはなかった。しかし政治の理想として、為政者の高潔な人間性に期待している。贅沢や高慢を避け、人々のことを思いやって質素・倹約に努めるのが政治の理想である、と書く。それらの論拠として、平安時代の藤原師輔《もろすけ》（九〇八〜九六〇）の教訓書『九条右丞相遺誡《くじょううじょうしょうゆいかい》』や、順徳院《じゅんとくいん》（一一九七〜一二四二）の有職故実書『禁秘抄《きんぴしょう》』が引用されている。

このような貴重な書物に、兼好がどのようにして触れ得たのかはよくわからない。ただし兼好は蔵人だった。蔵人の役割として文書の管理もあったから、そのような勤務の折に目にしたのかもしれない。あるいは家集や徒然草の記述自体からもわかることだが、兼好は武蔵国金沢に行った体験がある。だから、金沢文庫に所蔵されている書物群を閲覧して得た知識だった可能性もある。金沢文庫は、北条実時《さねとき》（一二二四～七六）が創建した文庫で、和漢の貴重書を蔵していた。

それにしても第二段で、このような政治に関わる理想を問題にしているのは注目される。兼好と言えば、世捨て人のイメージが強い。だがそのような先入観に捉われずに、徒然草は読まねばならない。兼好が政治のあり方を書くのも、むしろ宮廷体験がまだ生々しい時期を思わせる。

理想の恋愛
——第三段

徒然草を書き始めたばかりの兼好が理想の政治に次いで問題としたのは、恋愛の理想である。最初に貴族社会での理想の人間像を書き、次に一転して政治のあり方、さらに一転して第三段では恋愛となる。話題の転換が、随分とめまぐるしく感じられる。だが平安時代には貴族が政治を行い、色好みが彼らの必須条件であった。それを思えば、このあたりの兼好の筆の流れはめまぐるしいどころか、むしろごく自然な展開だと言える。まさに、思念が連続しているのだ。

よろづにいみじくとも、色好まざらん男は、いとさうざうしく、玉の巵《さかづき》の当《そこ》なき心地ぞすべき。露霜に潮垂《しほた》れて、所定めず惑ひ歩き、親の諫め、世の謗《そし》りを慎《つつ》むに心の暇《いとま》なく、あふさきるさ《（あれやこれやと）》に思ひ乱れ、さるは、独《ひと》り寝《ね》がちに、まどろむ夜なきこそをかしけれ。さりとて、ひたすら戯《たは》れたる方《かた》にはあらで、女にたやすからず思はれんこそ、あらまほしかるべきわざなれ。

「よろづにいみじくとも」とは、すべてにわたってすばらしいとしても、という意味。ここで最初に書かれていた理想の貴族像が、もう一度兼好の心の中に呼び戻される。すなわち、身分も高く容貌もよく、詩歌・和歌・音楽といった教養に富み、有職故実などの宮廷のしきたりにも通じ、書道も巧みな男性。しかも宴会の席ではよい声で拍子を取り、酒も嗜める。一緒にいたらどんなに心が晴れ晴れとするか、と思わせる人間像である。

けれどもそんな理想的な男なのに、恋愛の情趣に無頓着だったら、すべてがぶちこわしだと言っているのである。なるほど、これが兼好の理想とする男性像なのか。なれるものならこのような男に生まれたかった、なりたかったというのが兼好の願望だったとするならば、兼好はそのような人間ではなかったということか。

住吉具慶筆『徒然草図』第3段
（斎宮歴史博物館蔵）
「住之江文庫」の印は，住吉家伝来の下絵などに捺されるもの。

「玉の卮の当なき」は独特の漢字の当て方だが、この言葉は古代中国のアンソロジー『文選《もんぜん》』によっている。しかも一種の漢語辞書と言うべき『韻府《いんぷ》』にあることは、最古の注釈書『寿命院抄』で指摘されている。この言葉は、兼好の読書体験によって得られたものである。そう言えば、夜歩きして女のもとへ通うのを親に諫められたり、世間の指弾を受けてまで恋する男の姿は、おそらく『源氏物語』などの王朝文学を読んで仕入れた知識によって書いているのであろう。兼好自身の恋愛体験のことを思い合わせて書いているのではない。「女に軽々しく思われるような男ではいけない」などと書く男が、恋愛に耽溺するとは思えない。

兼好の恋

そもそも、兼好が恋などするだろうか。ところが、家集を読むと、若き日の兼好に恋愛体験があったことがわかる。ただし、このような恋歌を贈られた相手の女性が、ますます兼好を厭う気持ちが強まるような、そんな歌である。相手に自分の気持ちを伝えようとするよりも、自分自身に向かって自分の心理状態を明晰に分析するような歌だからである。このような歌は、恋の相手の女性に贈るべき歌ではない。あくまでも自分の心に仕舞っておくべき自問自答の言葉である。それがまだ、この時点での兼好にはわかっていない。

人にものを言ひ初《そ》めて
通ふべき心ならねば言の葉をさぞともわかで人や聞くらむ（四十七）
つらくなりゆく人に
今さらに変はる契りと思ふまではかなく人を頼みけるかな（四十八）

この二首に籠められた自問自答こそ、徒然草全編を貫く通奏低音と言ってよい。言葉を通して、人と人は心を通い合わせることができるのか。他人を頼むことは出来るのか。この二点を巡って、徒然草は精妙な数々の変奏曲を奏でるのである。

この世の頼みがたさと、人の心の頼みがたさ。これは、先にも触れたように家集の中で繰り返し出てくるキーワードだった。「憂き世の定めがたさ」こそは、兼好が骨身に沁みて感じたことなのであった。これらに注目するならば、「人生の達人」という兼好イメージは、あくまでも後世の読者たちが思い描いた表層のイメージにすぎない。

王朝貴族たちの生き方
――第四段から第六段まで

第四段・第五段・第六段は連続的に読んで、一括《ひとくく》りにまとめよう。すると、王朝貴族たちの生き方を記して、そこに人生の理想を見出しているグループだと解釈できる。このような話題が誘発されたのは、第三段がまるで『源氏物語』の恋愛場面のような書き方をしていたところからの自然な展開であると推測される。たとえば宇治十帖の主人公・薫大将《かおるだいしょう》などの行跡が、まさに「後《のち》の世のこと、心に忘れず、仏の道うとからぬ、心にくし」（第四段の全文）であった。そこからさらに、短絡的に出家するのではなく、ひっそりと世間から忘れられたように暮らすのを理想とする生き方が紡ぎ出される。

不幸に愁《うれ》へに沈める人の、頭《かしら》おろしなどふつつかに思ひ取りたるにはあらで、あるかなきかに門鎖《かどさ》し込めて、待つこともなく明《あ》かし暮らしたる、さる方《かた》にあらまほし。顕基中納言《あきもとのちゅうなごん》の言ひけん、配所の月、罪なくて見んこと、さも覚えぬべし。（第五段）

世間から離れてひっそりと暮らす理想像として、兼好は平安時代の源顕基（一〇〇〇～四七）の名前を思い出した。そこから兼好の心には、さらなる展開が開けてくる。仏教説話集『発心集』によれば、そのように脱俗的だった顕基でさえも息子の将来が気に掛かり、出家した後でも当時の最高権力者藤原頼通《よりみち》に「息子はふつつか者です」と語って、暗に「息子をよろしく頼みます」と言ったそうである。その話をおそらく、兼好も思い出したのだろう。あれほど俗世から離れていた顕基でさえ、子どもへの恩愛の念は断ち切れなかったのだ。子孫というものは、本当に必要なのだろうか。なくても構わないのではないか……。そのような心の動きから、「わが身のやんごとなからんにも、まして、数ならざらんにも、子といふもの、なくてありなん」（第六段）という感情が誘導されてくる。しかもそこで例に挙げている人々は、ほとんどが王朝時代の貴族である。

　恋愛のこと、仏道のこと、子孫不要のこと、というように記述内容は次第に変化している。しかし大きく捉えるならば、王朝貴族たちの生き方に理想を求めている点で、一連の流れの中にある。そこには、第一段で人生の理想を掲げていたものの、実際は人間全般のことではなく貴族社会の内部での理想像でしかなかったことの余韻が、ずっと尾を引いている。

最初の達成 ——第七段

　第七段は、最初の総決算的な内容となっている。兼好はもう一度、人生をどう生きるべきかを考える。世の中の理想を求めて書き出された徒然草は、基本的には『源氏物語』に代表されるような王朝時代の美意識と価値観を根底としながら、自在な連想と展開によって一つながりのものとして連続的に書き綴られている。「貴族社会での男の生き方」というかなり限定的な視界の中ではあるが。

しかしよくよく読んでみると、第七段は生き方の理想が貴族社会に限定されない書き方となっている。ここで早くも徒然草に特有な「普遍性の獲得」の萌芽が見られることにも注目しておこう。このように、貴族社会に焦点を当てて書き出した筆が、いつのまにか世間一般の生き方の理想像へと展開するさまは、兼好自身にも思いがけない感興を起こさせたのではないか。

この第七段は、冒頭部における一つのピークとなるような、内容・表現ともにすぐれた最初の達成である。なおかつ、ここには徒然草の重要な通奏低音の一つとされる無常観も前面に出ている。この段の全文を掲げよう。

あだし野の露消ゆる時なく、鳥部山《とりべやま》の煙《けぶり》立ち去らでのみ住み果つる習ひならば、いかにもののあはれもなからん。世は定めなきこそ、いみじけれ。

命あるものを見るに、人ばかり久しきはなし。かげろふの夕べを待ち、夏の蟬の春秋《はるあき》を知らぬもあるぞかし。つくづくと一年《ひととせ》を暮らすほどだにも、こよなうのどけしや。飽かず惜しと思はば、千《ち》年《とせ》を過ぐすとも、一夜《ひとよ》の夢の心地こそせめ。住み果てぬ世に醜き姿を待ち得て、何かはせん。命長ければ辱《はぢ》多し。長くとも、四十《よそぢ》に足らぬほどにて死なんこそ、めやすかるべけれ。

そのほど過ぎぬれば、容貌《かたち》を恥づる心もなく、人に出《い》で交《まじ》らはんことを思ひ、夕べの陽《ひ》に子孫を愛して、栄《さか》ゆく末を見んまでの命をあらまし、ひたすら世を貪《むさぼ》る心のみ深く、もののあはれも知らずなりゆくなん、あさましき。

特に注目したいのは、兼好が自分独自の物の見方を早くも提示している点である。すなわち、世間の常識では「人間の命ははかないものだ」となっている。ところが、「いや、ほかの生き物と比べると、人間ほど長生きするものはない」と言っているのだ。この段全体に色濃く流れているのは、確かに「世は定めなきこそ、いみじけれ」という詠嘆的な無常観ではあるが、生物相互の寿命の比較を持ち出して冷静に人生の長さを書いている兼好の目は透徹している。この透徹した洞察力は、彼の優れた資質である。

化野念仏寺（京都市右京区嵯峨）

俗世間に汚れないうちに命終《みょうじゅう》の時を迎えたいなどという このあたりの価値観には、いかにも若者が持つ潔癖感が表れていて、本当はほほえましくさえ感じる。『源氏物語』宇治十帖の薫も、口癖のようにしていた。しかし江戸時代の儒学者林羅山も国学者本居宣長もこの箇所に対して過剰に反応し、兼好の考え方を真っ向から否定した。「人間の自然な感情に反している」、「長生きして、子孫が繁栄することこそ人間の幸福である」、などと言って。

現代でも、羅山や宣長のように感じる人は多いだろう。けれども、自分がまだごく若い時を振り返ってみよう。結婚して子どもを持つこと、そして何よりも自分が年老いて「住み果てぬ世に醜き姿」を曝《さら》すことに対して、一時的にせよ拒否感を持ったことがないだろうか。兼好も、まさにそのような精神の潔癖さから、この文章を書いているのだと思われる。

もちろん、この部分を兼好が何歳の時に書いたかはわからない。しかし、実年齢とは必ずしも一致しない、一種の青春性があるはずだ。俗世の汚濁に染まることを拒否し、自分の心の中でよしとする理想のままに生涯を過ごしたいと願う、理想主義的な青年兼好の姿が浮かび上がる。それが、この段の眼目であろう。

兼好にそのような生き方の是非を鋭く突きつけることになる因幡《いなば》の娘のエピソードが書かれるのは、だいぶ執筆も進んだ第四十段になってからである。

女性の魅力——第八段と第九段

第七段までを「連続読み」してみると、徒然草の書き出しの部分には、理想主義的な価値観と美意識が一連のものとして書かれていた。このような兼好の精神構造が、今後どのように次第に変貌を遂げてゆくか。徒然草には、それが如実に示されている。徒然草こそは、兼好のパイデイア（精神の記録）である。

第七段に続く二つの段は、どちらも抗しがたい女性の魅力について述べている。現行のテキストのように二段に分割せずに、一まとめに扱う方がよいのではないだろうか。先に私は、江戸時代以来踏襲されている章段の区切り方は、ほぼ衆目の一致するところであろうと述べた。けれども仔細に見てゆくと、現行の章段区分を多少変えた方がより一層内容のまとまりがはっきりする箇所もあるように思う。ここなどもその一例であろう。

さて、女性の魅力の抗しがたさについて書かれたこのあたりから、兼好の書き方に微妙な変化が見られるようになる。今まで「あらまほし」という理想を中心に書いてきた兼好に、徐々に現実と向き合う姿勢が出てくるからである。第八段と第九段の要所を引用する。

> 世の人の心惑はすこと、色欲には如《し》かず。人の心は、愚かなるものかな。（以下略）（第八段）
>
> まことに愛著《あいぢやく》の道、その根《ね》深く、源《みなもと》遠し。六塵《ろくぢん》の楽欲《げうよく》多しといへども、みな厭離《えんり》しつべし。その中に、ただかの惑ひの一つ止《や》めがたきのみぞ、老いたるも、若きも、智あるも、愚かなるも、変はる所なしと見ゆる。（中略）みづから戒めて、恐るべく、慎《つつし》むべきは、この惑ひなり。（第九段）

これらの発言からは、第三段で書かれていた王朝物語風の情趣に満ちた美しい恋愛賛美は消えている。女性に対する即物的で現実的な、それでいて一種の「恐れ」の感覚も見え隠れする。恋愛を戒めて、教訓を垂れる姿ではない。人間の心がいかに「外界」、すなわち、自分ならぬ異性に反応しやすいか。それを弱さとして自覚している兼好の率直な肉声が聞こえてくるような段である。

現実への重心の移動
——第十段と第十一段

これまで理想を主とし現実を従としてきた兼好が、第八段と第九段では両者の拮抗を書き、次の第十段からは微妙にスタンスをずらす。現実を主とし、理想を従とするようになるのだ。書き方の変化は、そのまま認識の変化でもあろう。

　第十段と第十一段はどちらも住まいに関する話題であるが、ここも現行の章段区分は再考を要する。少なくとも意識の上で、この二段は連続して読むのがよい。たとえ二つの段に区切るとしても、一対となる事例が二種類並んで書かれているので、その対照に注意を払って現行の区切り方を変更した方がよい。その方がより一層、兼好の思索の展開が明確になるだろうから。

　つまり、兼好の認識に即した読み方としては、第十段の途中まで、兼好の趣味にかなう古風で落ち着いた住まいと、成金趣味のごてごてした住まいを対比している部分を、第一の事例として読むのがよい。ここは、外観を見ただけですぐにその善し悪しがわかる住まいを対比している。その末尾の言葉、「大方《おほかた》は、家居《いへゐ》にこそ、ことざまは推し量らるれ」が、一つの結論である。ところがこのような結論に留まることなく、兼好の思索はさらにまた違った観点を登場させる。

住吉具慶筆『徒然草図』第10段
（斎宮歴史博物館蔵）
屋根の上部に縄が張られている。

　現行の第十段の後半に書かれている「鳶」の話と、第十一段の山里の庵の話は、どちらも住まいの外見を一瞥しただけで住人の人間性を即断することの危険性を書いている。まず最初に、後徳大寺の大臣が寝殿の屋根に縄を張って鳶を止まらせまいとしているのを西行が見て、大臣の狭量さに失望した話を挙げている。それに引き続いて、兼好自身の伝聞として、烏《からす》が池の蛙を捕るのを悲しんで烏除《よ》けの縄を屋根に張ったという話を聞いたことを書き、後徳大寺家も何か理由があったのではないかと思いを巡らしたことを書く（ここまでが第十段の後半）。次には兼好の実際の体験談として、ある山里で理想的な草庵を見つけたが、裏手に回ってみたら蜜柑《みかん》の木に厳重な囲いがしてあり、俗臭を感じ取ったというエピソードが書かれている（これが第十一段）。

住まいの外観から直ちにそこに住む人の人間性がわかる場合もあれば、一歩踏み込んでみなければわからない場合もある。一筋縄ではゆかぬ現実を、徐々に認識してゆく思考の広がりと柔軟性が見て取れる。

理想の友はどこにいるのか
――第十二段から第十三段へ

理想の住まいとも見えた草庵の実態に触れて味わった第十一段の失望感が、次なる記述を手繰り寄せる。「心に移りゆくよしなしごとを、そこはかとなく書きつくれば」という序段の言葉通りの書きぶりである。現実に対する失望感は、次に引き続いて書かれる友人論にも、すっぽりと大きく覆い被さっている。

同じ心ならん人としめやかに物語して、をかしきことも、世のはかなきことも、うらなく言ひ慰まんこそうれしかるべきに、さる人あるまじければ……。（第十二段）

このように書き出されるこの段は、自分と同じ心を持ち、さまざまなことを互いに話し合っても何の違和感もなく、しっくりと心が重なるような友人はいない、という絶望的な思いが述べられている。だからこそ、続いて「ひとり灯火《ともしび》のもとに文を広げて、見ぬ世の人を友とするぞ、こよなう慰むわざなる」（第十三段）という、書物の世界への沈潜が語られるのだ。このように前段との繋がりを重視して徒然草は読むべきであって、兼好はただ単に読書の楽しみを書いているわけではない。書物の中にいる「見ぬ世の友」は、兼好にとってかけがえのない切実な存在なのである。

ところで、書物の中に心を通わすことのできる友を見出すとは、具体的にはどういうことなのだろうか。つまり、兼好が書物の中に入り込み、往時の人々と友になることなのか。逆に、兼好が今いる場所に過去の聖賢たちが立ち現れるのか、ということである。江戸時代の儒学者たちは、『論語』や『孟子』の聖賢の世界に向かって自分が移動するという意識があったので、先に紹介した林鳳岡の「吉田兼好」という漢詩でも、「当世身成前世身」（当世の身は前世の身と成れり）と書いていた。

住吉具慶筆『徒然草図』第13段
（斎宮歴史博物館蔵）
読書姿が，珍しく後方から描かれている。

けれども「ひとり灯火のもとに文を広げて」という書きぶりから察すると、兼好自身は現在という時間や現実の居場所から動かないのではないか。けれども書物を広げるや、その中から聖賢たちが兼好のところにやってくる。そういう光景が思い浮かぶ。徒然草の他の部分を読んでも、自分が時空を越えるよりも、むしろ時空を自分のところにまで引き寄せる傾向が兼好には強いように思われる。翻って、現代の徒然草の読者たちはどう感じるだろうか。自分が徒然草の中に入って行って、兼好と親しくなったと感じる場合もあるだろう。逆に兼好が現代に蘇って、私たちの傍らにいると思うこともあるだろう。

いずれにしても、この段で書かれている「見ぬ世の人を友とする」という、書物を通しての時空を越えた心の交流は感動的である。そして「見ぬ世の友」という成句となり、現代にいたるまで人々の心を捉える言葉となった。

表現母胎としての書物の世界——第十三段を読む

第十三段は兼好の愛読書を知るうえで、また第三章で触れた「兼好画像」の基本型を提供したという意味で、二重に重要な段である。ここで改めて、全文を掲げておこう。

> ひとり灯火《ともしび》のもとに文《ふみ》を広げて、見ぬ世の人を友とするぞ、こよなう慰むわざなる。
> 文は、文選《もんぜん》のあはれなる巻々《まきまき》。白氏文集《はくしもんじふ》。老子《らうし》の言葉。南華《なんくわ》の篇《へん》（＝『荘子』）。この国の博士《はかせ》どもの書ける物も、古《いにしへ》のは、あはれなること多かり。

現在身近にいる人間には、心から共感し合い、うち解けて何事でもしみじみと語り合える友がいない。ところが、書物の世界には、友と呼べる人間がいる。ここで注意しなければならないのは、兼好が挙げている書物には、物語が入っていない点である。徒然草の第十三段は、『枕草子』に「文は、文集。文選。新賦《しんぶ》。史記《しき》。五帝本紀。願文《ぐわんもん》。表《へう》。博士《はかせ》の申文《まうしぶみ》」とあることとの関連が指摘されている。しかし『枕草子』には、「文は」の他に「物語は」という段が近接して書かれている。それなのに兼好は、物語に関しては直接触れていない。清少納言は、「文は」および「物語は」という表題のもとに、作品名を列挙している。それに対して兼好は、作品よりも作者に重点を置いている。だからこそ、作品の内容ではなく、それを書いた作者に心が向かっている。従って兼好にとっての「見ぬ世の友」とは、物語の登場人物などではありえなかった。たとえば白楽天のような詩人であり、老子や荘子といった思想家であり、平安時代の学者たちなのであった。

和歌への思い——第十四段

生前は二条派の歌人として活躍した兼好であったが、徒然草で和歌について正面から書いている段はあまりない。しいて言えば、第十四段くらいである。「和歌こそ、なほをかしきものなれ」と始まってはいるが、論調としては昔の歌の方が今の歌よりもすぐれていたという当代批判である。

「この頃の歌は、一節《ひとふし》をかしく言ひ叶へたりと見ゆるはあれど、古き歌どものやうに、いかにぞや、言葉の外《ほか》に、あはれに気色《けしき》覚ゆるはなし」とか、「歌の道のみ、古《いにしへ》に変はらぬなど言ふこともあれど、いさや。今も詠み合へる同じ言葉《ことば》・歌枕も、昔の人の詠めるは、さらに同じものにあらず」と述べている。この段は、和歌のあり方を論じているのではない。前段の末尾に「古のは、あはれなること多かり」と書いたことからの連想で、漢詩文だけでなく和歌も事情は同じだと言いたいのだろう。なお、この段には、『新古今和歌集』のある歌の是非に関して、『源家長日記』が引用されている。以前に兼好が「蔵人」として宮廷で鳴かず飛ばずだったことと対照的に、家長が嬉々として働いたことを指摘しておいた。後鳥羽院に寵愛されて活躍する家長の誇らしげな姿を、日記を通して兼好は知っていただろう。それにつけても兼好は、わが身の孤独や寄る辺なさを実感したのではないだろうか。

もう一点、この第十四段で注目しておきたいのは、「歌の道のみ、古に変はらぬなど言ふこともあれど、いさや」の部分である。和歌の世界は不変だという一般論に対して、兼好は「いさや」（さあ、どんなものだろうか）と疑義を差し挟んでいる。そう言えば第七段でも、人生ははかないという一般論に対して、「命あるものを見るに、人ばかり久しきはなし」という自分独自の見解を堂々と述べていた。こうして、徒然草を書き進めながら、ぽつりぽつりと彼は独自の物の見方や考え方を披瀝し始める。

非日常の世界へ――第十五段から第十七段

このように徒然草の流れを辿ると、徒然草の出発点がよくわかってくる。「をかしきことも、世のはかなきことも、うらなく」話し合える友人が身近にいない孤独な兼好（第十二段）が、「心に移りゆくよしなしごと」（序段）を綴り始めたのだった。その最初に書かれたことが理想の数々だったことは、現実では満たされない彼の思いがどれほど強かったかを如実に示している。人生も政治も恋愛も、こうあってほしいと願うものから懸け離れている。書物の中に理想を求めれば、確かにその中にはすばらしい世界がある。そうだとしても、なおさら現実とのギャップに心が沈まざるをえない。満たされぬ現実から一時的にでも逃れて、心洗われる思いに浸ることとできないのだろうか。

現行の第十五段から第十七段までの一連の記述は、今までにない新たな方向性を指し示している点で重要である。「いづくにもあれ、しばし旅立ちたるこそ、目覚《めさ》むる心地すれ」（第十五段の書き出し部分）という旅先での清新な感動。「神楽《かぐら》こそ、なまめかしく、おもしろけれ。おほかた、物の音《ね》には、笛、篳篥《ひちりき》。常に聞きたきは、琵琶《びは》、和琴《わごん》」（第十六段の全文）、「山寺にかき籠《こ》もりて、仏に仕《つか》うまつるこそ、つれづれもなく、心の濁りも清まる心地すれ」（第十七段の全文）という書き方には、今までにないような爽快さや満足感が溢れている。

これらはどれも、普段の日常生活から離れた場所で体験できる、精神的な解放感を書いている。旅はもちろんのこと、神楽を見物したり、楽器の音色に心を和まされたり、山寺に参籠したりすることによって、心身ともにリフレッシュできる。山寺の参籠も、ここでは仏道者としての真剣な思い詰めたものではなく、あくまでも「心の濁りも清まる心地」をさせるものとして捉えられている。

これらの体験はすべてすがすがしく、心が清められる感覚に満ちている。俗世の濁りに対して敏感に反発していた第七段とも通底している。そしてここにもやはり、兼好の青春性が感じられる。

質素な暮らしへの共感——第十八段

次に書かれているのは、中国の賢者たちの生き方への共感である。一見話題が大きく転換したように思えるが、直前にすがすがしさへの志向が書かれていたことを承けての、自然な連想であり展開だと読める。

中国古代の賢人・許由《きょゆう》はほとんど何も所有物を持たずに暮らしており、水を飲む時も手で掬《すく》って飲んでいた。それを見かねた人が「なりひさご」（瓢箪）を与えたが、木の枝に懸けておいたところ風に吹かれて鳴ったのが煩わしいと言って、捨ててしまったという話。「いかばかり心のうち涼しかりけん」と書かれている。孫晨《そんしん》は藁一束《わらひとたば》を寝具がわりにして、夜はそれに臥《ふ》し、朝になると片付けたという話。二人とも、物欲に捉われない簡素な暮らしを実践した。どちらも有名ではあるが、二人をワン・セットにして取り上げたところが、兼好の独自性である。幅広い読書体験の中から、よく似たエピソードとしてまとめたのだろう。二人ずつ賢人を紹介する『蒙求《もうぎゅう》』のスタイルとも近い。

ここ以外にも、質素で簡素な暮らしを理想とする考え方が徒然草には書かれている。兼好は、それが形を持つ金品や調度品《ちょうどひん》である場合はもちろんのこと、物体ではない抽象的な思想や物の見方、さらには恋愛なども含めて、自分の心が何ものかに執着したり捉われたりすることに対して、強い拒否反応があるようだ。そんなところも、彼に世間の枠組みから離脱する生き方を取らせたのではないかと推測される。

古典脱出の試み——第十九段

兼好にとってかけがえのない書物の世界は、徒然草にどのように反映しているだろうか。徒然草は、初めの方には古歌や漢籍や仏典などに出典を持つ表現が多い。だから、徒然草の注釈書は前半部分に詳しい語釈が付く傾向が強い。古典文学の場合は、優れた先賢の名文・名句を摂取しながら書くのが基本的な姿勢であるから、徒然草が「出典を持つ言葉」を多数用いたのは、むしろ当然のことであろう。そのような書き方の一つの到達点が現行の第十九段と呼ばれる段である。この段は江戸時代からやはり注目されており、「四季の段」などと呼ばれていた。「折節《をりふし》の移り変はるこそ、ものごとにあはれなれ」と始まる第十九段には、四季の微妙な変化とそれを鋭敏に感じ取る精妙な心の働きが書かれている。季節の変化は誰もが日頃実感することだが、第十九段ではそれを表現に定着させるにあたり、『古今和歌集』や『枕草子』や『源氏物語』などの王朝文学に多くを負っている。ところが兼好自身が、そのような古典引用の書き方に対して懐疑的になり自己反省している点が、この段の一つの見所である。

兼好はこの段を書き進めるにつれて、今自分が書いていることは、もう既に『枕草子』や『源氏物語』に書き古されていると気づいた。この発見は、重要である。というのは、まさにこれが序段で「書きつくれば、あやしうこそものぐるほしけれ」とあったこととの内実だからである。すべては、実際に自分の手で紙に書き付けてみなければわからない。心の中に次々と湧き上がり、渦巻くさまざまな「思い」というものの実態は。

「六月《みなづき》の頃、あやしき家に夕顔の白く見えて」とか、「野分《のわき》の朝《あした》こそ、をかしけれ」といった季節感を書き付けてみると、それはまさに『枕草子』の世界であり、『源氏物語』の世界（夕顔巻・野分巻）だった。春・夏・秋と季節の変化を書き、特に夏からは灌仏《かんぶつ》（四月）、五月、六月、七夕（七月）、と毎月ごとに書き進める。それらがすでに言い古されたものであるとは、ここまで書いてきたからこそ気づいたのである。執筆行為がもたらす自己発見と言ったら、大袈裟に過ぎるだろうか。けれどもこのような自己発見とそれに連動する自己変革こそは、徒然草の執筆が兼好にもたらした最大の収穫なのである。徒然草から人生の教訓を読み取るのは、後世の読者の読み方でしかない。特に江戸時代に盛んだった「徒然草教訓読み」からは、生成し変化する兼好の精神を捉えきることは困難だろう。

兼好は自分の書いたものを、改めてみずからの目の前に直視する。冬の季節の描写は先行文学からの引用ではなく、自分自身の宮仕え体験に基づいて歳末から新年にかけての宮廷行事を書いている。また先行文学には見られない自然描写、たとえば寒さのために遣水《やりみず》から水蒸気が立ち上る情景などを盛り込んでいる。兼好はこのあたり、意識して古典文学の世界からの脱却を試み始めている。

第十九段はこうして、四季折々の変化を書き了える。最後に新年の早朝の都大路《みやこおおじ》の清新ですがすがしい光景を持ってくることによって、また再び一年が廻《めぐ》ってきたことを強く読者に印象づける。季節に託された時間の循環性を際立たせるという、一つの文学的な達成を成し遂げたのである。そして、一連の記述の中で「引用」をめぐる表現様式を転換させていたことにも注目しよう。先に第七段が最初の到達点だと述べたが、第二の到達点は明らかにこの第十九段である。

他者への共感——第二十段と第二十一段

「徒然草連続読み」によって第十九段までの展開を辿ると、理想主義的で観念的だった兼好の思考が、次第に現実と理想を対置する方向性を帯びてきたことが読み取れた。そのような認識の変化とともに、表現のスタイルが次第に自由になるさまも読み取れる。書物の中の知識に捉われなくなってゆくのだ。

第二十段と第二十一段は自然界のすばらしさを書く点で、直前の第十九段と密接に繋がる。ただし空や月や露のすばらしさを、兼好が直接に聞いた三人の言葉を中心に据えて書いている所に新しい展開がある。現実に対する違和感や孤独感が色濃く漂っていた徒然草の書き出しの部分と、明らかに違ってきている。兼好が自分の直接の体験の中から発見した、そして共感できる「現実の人間」を描いている点に注目したい。他者への共感に触発されたかのように、兼好も自分が感じる風や水のすばらしさを書き記す。「人遠《ひとどほ》く、水草《みづくさ》清き所にさまよひ歩きたるばかり、心慰むことはあらじ」という第二十一段の末尾の文章には、第十五段以来流れている清新美への賞賛が表れている。

まだ兼好がその場で人々と直接に語り合う場面展開にはなっていないものの、他者の発言への共感から自分の気持ちも書き記している。まるで兼好と人々が同じ場所で対話しているかのような書き方である。第十九段でも初夏の季感について、「世のあはれも、人の恋しさも」増さるというある人の発言を書いて、「げに、さるものなれ」（本当にそういうものだったのだなあ）と共感している。ここもそのような書き方の、さらなる展開とも受け取れる。ただし兼好と他者との対話が実際に書かれるのは、第四十一段まで待たなくてはならない。

しかし兼好は、古典となっている書物から聖賢の言葉を引用するだけでなく、現実の身の周りにいる人々の発言にも耳を傾けることができるようになっている。これは、一つの大きな心の変化ではなかろうか。

悲しみの連珠――第二十二段から第二十九段まで

こうして徒然草の文章をずっと辿ってくると、兼好の精神の変貌が急速に遂げられているのを実感する。しかしこのまま一直線に変化し切ってしまわないところがまた、徒然草の妙味である。それだけ正確に、そして正直に、心の不思議さを書き留めているのだろう。

「何事も、古き世のみぞ慕はしき」と始まる現行の第二十二段からの一連の章段は、一言で言うならば「往昔《おうせき》を偲《しの》ぶ」ために書かれている。

衰へたる末の世とはいへど、なほ九重《ここのへ》の神さびたるありさまこそ、世づかず、めでたきものなり。（第二十三段）

斎王《さいわう》の、野宮《ののみや》におはしますありさまこそ、やさしく面白きことの限りとは覚えしか。（第二十四段）

よく似た表現のリフレインは、まるでクラヴサンの古雅なる響きのようでもあるし、金銀の箔が暗く沈む一対の絵を見るようでもある。兼好の蔵人時代の体験と深く結び付いているのであろう。「飛鳥川《あすかがは》の淵瀬《ふちせ》、常ならぬ世にしあれば」という和歌的な書き出しで、繁栄を誇った法成寺《ほうじょうじ》の廃墟を描く第二十五段。第二十六段では、「風も吹きあへず移ろふ、人の心の花に」と和歌的な表現で人の心の移ろいやすさを描く。それに続いて「昔見し妹《いも》が垣根は荒れにけりつばなまじりの菫《すみれ》のみして」という古歌を引きながら、今はもう廃園となってしまった昔の恋人の住まいの寂しい情景に心を寄り添わせもする。自分と懸け離れた存在である権力の象徴が廃墟となるばかりではない。自分にとってかけがえのなかった人の心も移ろい、その住まいまで廃園となってしまうのだ……。

押し止《とど》めようもない荒廃への省察は、途切れることなくさらに続く。第二十七段では、時勢の変化に伴ってすっかり変わってしまうことを、天皇の交替に見出す。退位して新院となったお方の所には誰も参らず、散り敷く桜の花びらを掃き清める者とてない。
時の移ろいが引き起こした廃墟と廃園の情景という観点で、第二十五段と第二十六段は密接に繋がる。そして第二十六段に内在していた人の心の変化からの連想で、第二十七段の政権交替後の人心の変化へと繋がる。そのことが第二十八段ではさらなる展開を見せる。天皇が父母の喪に服する諒闇《りょうあん》の年の、しんとした静かな寂しさが思い起こされるのだ。
そして、愁いに翳《かげ》る心の水面《みなも》に、波紋を拡げてゆく涙の連なりのような第二十九段。次に、その全文を掲げよう。

静かに思へば、よろづに過ぎにし方《かた》の恋しさのみぞ、せんかたなき。人静まりて後、長き夜のすさびに、何となき具足《ぐそく》取りしたため、残し置かじと思ふ反古《ほうご》など破《や》り捨つる中に、亡《な》き人の手習ひ、絵描《か》きすさびたる、見出《い》でたるこそ、ただその折《をり》の心地すれ。この頃ある人の文《ふみ》だに、久しくなりて、いかなる折、いつの年なりけんと思ふは、あはれなるぞかし。手馴れし具足なども、心もなくて変はらず久しき、いと悲し。

往《ゆ》きて帰らぬ過去の恋しさは、今は亡き人の手跡や絵を取り出して見る時に、耐えがたいほどの強い思いで蘇る。現に生きている人でさえ、その人との仲が疎遠になって、ああこんな手紙をもらったこともあったのに、いったいそれはいつの日のどんな時のことだったやら、と遠い昔に心が馳せてゆく。形見の道具などは、逝ってしまった人とは違い、いつまでも変わることなく在り続けるのが、かえって悲しい。

兼好の出発点を見誤らぬために

心をよぎるさまざまな想念が、言葉を与えられて書き記されるにつれて、さらに次なる想念をおのずと呼び覚ます。呼び覚まされた微かな捉えどころもないささやかな想念を、それが消えてしまわぬうちに、そっとまた手繰り寄せ、優しい薄絹のような言葉を与えてゆく。第二十二段から第二十九段までに描かれた、心の照り翳りの、何というこまやかな動きであることか。その動きを叙する文章の、何と繊麗で細緻であることか。

徒然草を連続読みするとは、書かれている内容の荒筋を辿ることではない。選び取られ、綴り合わされてゆく一つ一つの言葉が、どのような心模様をその裏側にひそやかに織り込めているかを、見落とさずに注意深く読むことなのである。

そのような読み方をしてゆくならば、第二十九段あたりまでの一連の記述は、兼好がいかに孤独で理想主義的で悲観的であったかをよく示す部分である。ここからはとても「わけ知りの隠者」とか「人生の達人」というイメージは生じてこない。たとえ兼好が遂には人生の達人となったとしても、出発点においては孤独で悲観的であったことをしっかりと見据えておく必要があろう。

人間をめぐる省察――第三十段から第三十七段まで

これまでは悲哀に満ちた書き方がかなり長く続いていたが、現行の第三十段のあたりからは、兼好の透徹した人間観察の冴えが次第に発揮されるようになる。心にわだかまっていた寂しさや悲しみを、執筆行為によって外部に押し出したことによって、新しい視界が開けてきたのだろうか。

「人の亡き跡《あと》ばかり、悲しきはなし」という書き出しで、時間の経過に伴って墓所が苔むし、落葉に埋もれ、遂には鋤《す》き返されて跡形もなくなるまでが、まるで高速度撮影の映像のように一気に描かれる。冷徹とさえ言える筆致は、これまでにはなかったものだ。それに続くのは、今は亡き人々の忘れがたい言動（第三十一段から第三十三段）であり、人間の振る舞いの善し悪しについての論評（第三十五段から第三十七段）である。その中に一つだけ、武蔵国金沢の海岸で見つけた甲香《かいこう》という貝についての考証が差し挟まれる第三十四段が、やや異質である。

なお第三十段から第三十二段にかけては、兼好独自の「時間論」とも言うべき記述が展開されている。徒然草の到達点の重要なキー・ポイントとして、改めて第五章で取り上げたい。

4　変貌する精神

精神の危機――第三十八段を読むに当たって

今まで見てきたように、徒然草を書き進めるに従って兼好の物の見方や価値観、美意識は刻々と変化してきた。またある場合には、再び元に戻るという自在な精神の運動を示した。けれどもこれから見てゆく第三十八段から第四十一段にかけての一連の章段は、今までにないような最大の転換点である。ここには変貌する精神のダイナミズムがあますところなく描かれている。

第三十八段は本当に、「人生の達人」による精神の高みから発せられた説諭《せつゆ》なのだろうか。第四十段の栗しか食べなかった娘の話は、本当に単なる珍談奇談なのだろうか。賀茂《かも》の競べ馬を見物しに行った兼好が人々に感心された話は、本当に自慢話なのだろうか。これらの諸段を、単独に取り出して読むならば、そのように読むことも可能かもしれない。けれども、徒然草の冒頭から順に連続読みしてきた今、もはやこれらの段の表層に表れている内容だけを捉えて満足することはできない。ここには、必ずや兼好の心の真実のありようが隠されているはずだからである。

第三十八段には、兼好の精神の危機がはっきりと表れている。ところが従来の解釈では、この段は兼好の透徹した人生観として高く評価されてきた。しかしながらここで、兼好は決して揺るぎない曇りなき眼で世間の人々を批判しているのではない。そうではなく書物からの知識の限界性が露呈し、人生いかに生きるべきかがわからなくなってしまった八方ふさがりの状況に、彼は立たされているのである。

徒然草の冒頭部から窺われる兼好は、この世の理想と現実の越えがたいギャップに悩み、自分自身の置かれた貴族社会での位置付けに息苦しさを感じる一人の孤独な青年である。その苦悩が書物の中に理想を見出し、すぐれた表現力を獲得させるという成果を兼好にもたらした。ところがその成果が、今度は限りなく彼の精神の呪縛となってくるのである。そのことに、まだ本人は気づいていない。その顚倒したありさまを描き出しているのが、第三十八段である。

人生の目標の検証
――第三十八段の本文

第三十八段は、兼好の心の深淵を垣間見せてくれる重要な段である。少し長くなるが全文を引用しよう。兼好が立たされた絶体絶命の断崖絶壁の尖端に、私たちも一緒に立って、目眩《めくるめ》く人生の深淵を覗き込む必要があるからだ。詳しい解説は、後述する。ともかく、兼好の追い詰められた心境を、原文から読み取ろうではないか。

名利《みやうり》に使はれて、閑《しづ》かなる暇《いとま》なく、一生を苦しむるこそ、愚かなれ。

財《たから》多ければ、身を守るに貧《まど》し。害を買ひ、累《わづらひ》を招く媒《なかだち》なり。身の後《のち》には、金《こがね》をして北斗《ほくと》を拄《ささ》ふとも、人のためにぞ煩《わづら》はるべき。愚かなる人の目を喜ばしむる楽しみ、またあぢきなし。大きなる車、肥えたる馬、金玉《きんぎよく》の飾りも、心あらん人は、うたて愚かなりとぞ見るべき。金は山に棄て、玉は淵に投ぐべし。利に惑ふは、すぐれて愚かなる人なり。

埋《うづ》もれぬ名を長き世に残さんこそ、あらまほしかるべけれ。位《くらい》高く、やんごとなきをしも、すぐれたる人とやは言ふべき。愚かに拙《つたな》き人も、家に生まれ、時に逢へば、高き位に昇り、奢《おごり》を極《きは》むるもあり。いみじかりし賢人・聖人、みづから賤しき位に居《を》り、時に逢はずして止《や》みぬる、また多し。ひとへに、高き官《つかさ》・位を望むも、次に愚かなり。

智恵と心とこそ、世にすぐれたる誉れも残さまほしきを、つらつら思へば、誉れを愛するは、人の聞きを喜ぶなり。誉むる人、譏《そし》る人、ともに世に留まらず。伝へ聞かん人、またまたすみやかに去るべし。誰《たれ》をか恥ぢ、誰にか知られんことを願はん。誉れはまた譏《そし》りの本《もと》なり。身の後《のち》の名、残りてさらに益なし。これを願ふも、次に愚かなり。

ただし、強ひて智恵を求め、賢《けん》を願ふ人のために言はば、智恵出《い》でては偽りあり。才能は、煩悩の増長《ぞうちやう》せるなり。伝へて聞き、学びて知るは、まことの智にあらず。いかなるをか智といふべき。可・不可は一条なり。いかなるをか、善と言ふ。まことの人は、智もなく、徳もなく、功もなく、名もなし。誰か知り、誰か伝へん。これ徳を隠し、愚を守るにはあらず。もとより、賢愚・得失の境《さかひ》に居《を》らざればなり。

迷ひの心を持ちて、名利の要《えう》を求むるに、かくのごとし。万事は皆非なり。言ふに足らず。願ふに足らず。

二人の兼好による対話劇――第三十八段の緊迫感

人生の目標の一つ一つを取り上げて、それらが真実の目標たりうるかを検証しているのが、この第三十八段である。本文に「強ひて智を求め、賢を願ふ人のために言はば」とあるからといって、兼好が演壇に登り、聴衆に向かって演説しているわけではない。舞台には、兼好ともう一人の兼好の二人だけが向き合っている。客席は真っ暗で、観客がいるのかどうかもわからない。何よりもこの二人の兼好は、お互いの存在しか視野に入っていない。そして、緊張感に満ちた「対話劇」が開幕する……。

一人の兼好が、相手に向かって呼びかける。「人生の目標とは何か。何を目標として、人生を生きてゆけばよいのか」。

すると一人が答える。「名誉欲や財産欲に捕われて、一生を過ごすのは愚かしいことだ」。もう一人が、食い下がる。「そうだろうか。財産が虚しいと言うのなら、その証拠を示してくれ」。するともう一人の兼好が、『文選《もんぜん》』や『白氏文集《はくしもんじゅう》』などを典拠として、理路整然と答える。「財多ければ、身を守るに貧し」から「利に惑ふは、すぐれて愚かなる人なり」までは、財産の虚しさを証明する言葉である。

すると、また一人が問いかける。「財産の虚しさは、よくわかった。では高位高官になって、名声に包まれる人生ならどうだろう」。その答えが、「埋もれぬ名を」から「次に愚かなり」までの部分である。ここでも、『文選』から得た知識によって、高い身分が否定される。

すると、さらにもう一度、問いかけが発される。「立身出世の虚しさも、よくわかった。それなら人生の目標として、智恵と心がすぐれているという人格に対する賞賛を勝ち得る、というのはどうだろう。これなら、実に立派な人生の目標であって、これまでのもののように、やすやすとは否定できまい」。

ところがこれらの目標さえも、その虚しさが証明されてしまう。「智恵と心とこそ」から「これを願ふも、次に愚かなり」までが、その論拠と答えである。そして、最後に老荘思想によって、人生の目標のすべての虚しさが明らかにされ、「万事は皆非なり。言ふに足らず。願ふに足らず」と、最終宣告が下されるのである。

徒然草の第三十八段は実に力の籠もった名文であり、兼好は持てる知識を総動員して書いている。対句表現の目立つ漢文調の文体に、中国の古典からの引用が鏤められている。この段の以前は、全体的に和歌や王朝物語のような和文脈で書かれていたので、この段の文体の転調がなおさら強い印象を読者にもたらす。

文体だけでなく、内容もすぐれて論理的である。人生の目標を否定する根拠が明確に示されており、説得力がある。この段を私は「二人の兼好による対話劇」と想定してみたが、ここで次々と挙げられては否定されてゆく人生の目標や心の寄る辺とすべき価値観は、そもそも兼好自身が提起したものであった。たとえば、財産や高位高官という身分なども、最初から兼好が問題にしていなかったならば、ここでわざわざ言及されることもなかったのである。あの芭蕉でさえ、『幻住庵記《げんじゅうあんき》』の中で「ある時は仕官《しくわん》懸命の地を羨《うらや》み、一たびは仏籬《ぶつり》祖室《そしつ》の扉《とぼそ》に入らんとせしも」と書いているではないか。だから、それらを一々取り上げているからには、兼好もあるいはこれらのものに心を動かされた過去があったのだろう。

だからこそ、この段の展開は、これらの人生目標の無価値性を誰よりも自分自身に対して納得させる展開になっている。第三十八段は一読すると格調高い文体なので、自信をもって兼好が世俗の人々に教訓を垂れているような印象を受けるかも知れない。だがこれを書いた時の兼好は、そのような余裕のある精神状況ではない。それどころか、いったい何を人生の目標とすべきかわからなくなって、「精神の袋小路」に陥っているのだ。

世間の人々が現実社会の中で求める目標や価値観は、兼好が身に付けている広く深い知識と教養によって、やすやすと否定されてしまう。しかしすべてを否定し去った後に、兼好が踏み出すべき第一歩は、いったいどこに存在するのか。しかも「伝へて聞き、学びて知るは、まことの智にあらず」とはっきり書いているにもかかわらず、ここで兼好が世間の価値観を否定する根拠とした言葉は、すべて兼好が文字通り「伝へて聞き、学びて知」った言葉や思想ではないか。これが矛盾でなくて何であろう。

兼好はどこへ行くのか

兼好は第三十八段で、断崖にみずからを追いやった。彼はこれから、どうしようとするのか。このまま深い谷底を見詰め続けるのか。それとも身を翻して、どこかに行こうとするのか。

万事は皆非なり。言ふに足らず。願ふに足らず。

兼好が身に付けてきた書物からの知識と教養は、遂にこのような荒涼たる精神の荒野に彼を連れてきてしまった。すべてを否定する境地からすれば、もはや徒然草をこれ以上書き続けることもまた、無価値なものとなる。何を考え、何を書いても、すべては虚しい。徒然草をここで擱筆《かくひつ》してもおかしくはないほど、兼好は断崖絶壁に立たされている。

結果的には、ここで徒然草が中断することはなかった。徒然草は荒野ではなく、その後の日本文学の肥沃な土壌として、生き生きと蘇った。第三十九段以後の徒然草が書かれたことによって、どれほど豊饒な文学風景が私たちの目の前に広がったことだろう。

第三十八段までの徒然草は、その内容を大きく捉えるならば、兼好が求めた理想の数々が書かれてきた。ところが、世の中の矛盾、たとえば身分制度や、私利私欲にまみれた人々のありさまを否定してきた兼好の生き方自体が、ここで根底から問われている。理想主義的で、他者との隔絶に悩む兼好の純粋な青春性。ここから兼好は、どのように脱出したのだろうか。徒然草をさらに読み進めることによって、新たな地平がいかにして切り開かれていったかという精神のドラマを、追体験したい。

執筆の中断と再開

徒然草の執筆時期は、兼好が三十代の半ば過ぎ頃から四十代の終わり頃にかけてであったろうというのが、大方の研究者の推定になっている。徒然草に書かれている内容、登場する人物の官位などからの推定である。そしてさらに、徒然草の第三十二段と第三十三段のあたりに執筆の断絶を見て、このあたりで一年もしくは十年くらいの執筆の中断があったのではないかとする説もある。

この説の最も強力な主張は、安良岡康作氏によってなされた。それ以前の諸説を勘案し改良した結果として、提唱されたものである。安良岡説によれば、このような区分、すなわち第三十二段までの徒然草「第一部」とそれ以後の「第二部」の最も大きな差異は、無常観の変質にあると言う。第一部では詠嘆的だった無常観が、第二部になると自覚的になる、と言うのだ。確かに、詠嘆的無常観から自覚的無常観に変化するというこの説は、妥当ではあると思う。だが無常観の質の変化に、徒然草の作品解釈の力点を置きすぎていないだろうか。

なるほど無常観は徒然草を貫く大きな関心のテーマであるが、無常観をもってして徒然草の全体像を把握できるだろうか。第三十二段あたりを境目とすることも不可能ではないかもしれないが、それよりももっと大きな境界、あえて言うならば徒然草全体の中でも最大の転換点となっているのが、第三十八段ではないか。

おそらく兼好は第三十二段ではなく、この第三十八段でこそ、一旦執筆を中断したはずである。その中断した期間を計測することは困難であるが、少なくとも執筆行為に対する懐疑と逡巡、そしてそれに伴う精神的な断絶はあったのではないか。あれほどまでに自分自身の考え方や価値観を根底から検証し直して、これ以上このまま徒然草を書き進めることなどできようか。しかもそれまでの自分の理想主義的な、言ってみれば自分の外部に理想のモデルを求めるような生き方までを否定し去ったのだから。

けれども徒然草は、結果的には第三十八段以後も書き続けられた。それでは一旦中断した執筆が、どのように再開されたのだろうか。

緊張と緩和——第三十九段

第三十八段がこれまでの徒然草の叙述の中でも最も緊迫度の高い文体と論理の展開によって書かれていたことに注目したうえで、次の第三十九段を読んでみる。すると、全く違った世界が豁然《かつぜん》と開けていることに気づかされる。あれほどまでに理想を求めて張りつめていた兼好の心が、力を抜いて脱力状態になっているかのようなのである。

ある人、法然上人《ほふねんしやうにん》に、「念仏の時、睡《ねぶり》に侵《をか》されて、行《ぎやう》を怠り侍《はべ》ること、いかがしてこの障《さは》りを止《や》め侍らん」と申しければ、「目の覚めたらんほど、念仏し給へ」と答へられたりける、いと尊《たふと》かりけり。また、「往生《わうじやう》は一定《いちぢやう》と思へば一定、不定《ふぢやう》と思へば不定なり」と言はれけり。これも尊し。また、「疑ひながらも念仏すれば、往生す」とも言はれけり。これもまた尊し。

第三十八段は兼好ともう一人の兼好との対話劇のようだと述べたが、この段もまさに「ある人」と法然の対話劇である。おそらく兼好もまた、「ある人」のように生真面目な悩みを心に抱いてこれまで生きてきたのだ。ところが「ある人」への法然の答えは、思いがけないほど柔軟性に富むものだった。眠ければ眠くない時に念仏しなさい、という法然の言葉は、文字通り目の覚めるように鮮やかな回答だ。生真面目であればあるほど視野が限られ、心が硬直しがちになる。そうではないもっと新たな世界が存在することを、法然の簡潔な言葉が教えてくれる。

ただし法然の伝記や彼に関する説話などにも、この段とぴったり一致するエピソードは出てこないようである。いったい兼好がどこから、この話を仕入れたのかはわからない。けれどもどこかしら、ほのかなユーモアが漂うこの話を兼好が書き留めたことが、何よりも重要なのだろう。この段以後の徒然草には、ユーモラスな話が目に見えて増えてくる。兼好の中で、何かが少しずつ変わってきている……。

因幡国の娘
——第四十段

室町時代に歌人正徹によって徒然草が見出されて以来、どれほどの人々がこの作品を読んできたか数え切れない。だがその中で誰一人、小林秀雄ほど第四十段に注目した読者はいなかった。小林は昭和十七年に書いたエッセイ「徒然草」でこの段を全文引用し、「これは珍談ではない。徒然なる心がどんなに沢山な事を感じ、どんなに沢山な事を言わずに我慢したか」と書いた。けれどもこの小林の貴重な発言は、その後の徒然草研究の中で正当に取り上げられることはなかった。「何を言わんとしているか、わからない」とか「評論家の思いつきの発言だろう」くらいにしか、捉えられてこなかったからである。

しかし今まで本書で述べてきたような兼好像に照らし合わせるならば、小林の慧眼が鋭く見抜いたように、第四十段は兼好の内面を垣間見せるきわめて重要な段となる。まず、その全文を読んでみよう。非常に短い、説話風の段である。

因幡国《いなばのくに》に、何《なに》の入道とかや言ふ者の娘、容貌《かたち》よしと聞きて、人あまた言ひわたりけれども、この娘ただ栗《くり》をのみ食ひて、さらに米《よね》の類《たぐひ》を食はざりければ、「かかる異様《ことやう》の者、人に見ゆべきにあらず」とて、親許さざりけり。

これはおそらく、兼好が誰かから聞いた話だろう。何人もの人々が集まっている談笑の場だったような気がする。この話の紹介者は、たとえば因幡国に下向して、現地で聞き込んできた変わった話の一つとして、都の人々に披露したのかもしれない。この段と関連付けるわけではないが、兼好家集に登場する斎藤基任《もととう》は、因幡国に下向して出家したという。因幡国と言えば当時都から遠く離れた土地であり、そこに住む「入道」と「変わり者の美しい娘」という取り合わせは、その場に居合わせた人々の興味をほんの一時、掻き立てたであろう。

美しい深窓の娘に次々と求婚者が現れるのは、どこかしら『竹取物語』を思わせるし、都から離れた土地に住む入道と娘の話としては、『源氏物語』の明石入道《あかしにゅうどう》と明石の君を連想させる。あるいは、父親が娘の結婚を許さないというのは、同じ『源氏物語』の宇治十帖の世界も彷彿させる。ほんの短い段なのに、王朝物語的な雰囲気がたちこめている。

栗しか食べないという娘の極端な偏食には、どこかしらおかしみも漂うのだろうか。博覧強記の儒学者林羅山は、この段の注釈として米を食べずに豆ばかりを食べていた「豆婆《まめばば》」の例を挙げている。羅山はまた、ある娘は五穀を食べずに木の実しか食べなかったが、彼女の場合は結婚しているという実例を挙げている。

しかしこの第四十段は、類似する物語を指摘したり、現実の実例を挙げて済ませられる段ではない。あるいはまた、他の江戸時代の注釈書のように、娘を嫁がせなかった父親の判断は間違いだとしたり、逆に、いや立派であるとしたりして、子を持つ親の態度の教訓として読んで済ませられる段でもない。もっと兼好自身の心の深淵に触れる読み方が必要ではないか。第四十段までの兼好の心のあり方を踏まえながら、この段を新たに読み解いてみよう。

ある日、心をよぎったものは

兼好がいつどこでこの話を聞いたかは、わからない。その場では皆と一緒に、一時の座談の面白い話だと思っただけかもしれない。けれども彼の心の中には、この風変わりな娘がひっそりと棲《す》みついていた……。

机の上には、硯と筆、そして「万事は皆非なり。言ふに足らず。願ふに足らず」と書いて、しばらく中断していた冊子が広げられている。最近、ふと思い付いてそのあとに法然の話を書いてはみたが、またしばらくそのままになっていたものだ。その冊子をそっとあちこち読み直している兼好の姿が目に浮かぶ。

その時どうしたはずみか、兼好の心の中を、ずっと忘れていた因幡国の娘がよぎる。都を遠く離れた因幡国で、未婚のままでいる美しい娘。娘は父親の庇護のもと、さしあたって何の心配もなく、好きな栗だけを食べて暮らしている。おそらくその娘の美しさは、年齢相応に成熟しつつある美しさではなく、童女のような美しさなのではないか。とてもこんな「異様《ことよう》の者」を結婚させることなどできない、と父親も思っていたという。一体あの娘は、その後どうなったのであろうか。波風立たぬ平穏な、しかし退屈な毎日を過ごしているのだろうか。そして、何の汚れもない童女のままの姿で、年老いていったのだろうか。

かくしつついつを限りと白真弓《しらまゆみ》起き伏し過ぐす月日なるらん

住吉具慶筆『徒然草画帖』第40段（東京国立博物館蔵）
娘はかなり若く見える。

これは、かつて自分自身のことを詠んだ歌だ。しかし、この歌はあの娘にも当てはまる……。自分と彼女は全く違う境遇だ。だがどこかしら、自分たちには微《かす》かに響き合うものがある。それが何なのか、まだわからない。しかし、共通する何かがあるようなのだ。

絵画に描かれた第四十段

住吉具慶《ぐけい》は、徒然草を一度ならず描いている。本書では、新出ということに鑑みて、主として斎宮歴史博物館所蔵の『徒然草図』から図版を掲載しているが、具慶が描いた徒然草として有名なのは東京国立博物館所蔵の『徒然草画帖』の方だろう。ここでは第四十段を描いたそれぞれの場面を掲げて、とくと比べてみよう。

『画帖』の娘は、まさに童女のような愛らしさである。それと比べると『徒然草図』の娘は、もうすっかり大人の女のように見えないだろうか。それでも幸いなことに相変わらず父は健在で、娘のことを少し心配そうに客人に話しているし、娘は相《あい》も変わらず栗を食べている。周りにかしずく女性たちも、何らこの状況への疑問も感じていない模様で、むしろ楽しげに栗を剝いたりしている。いかにも平穏な家庭の姿ではある。しかし、この状態が永遠に続くだろうか。そして娘のあり方は、このままでよいのだろうか。

異様の者

栗しか食べないという娘の極端な嗜好は、もしかしたら彼女の心のサインなのかもしれない。このような解釈は、おかしいだろうか。しかしそれなら、この段を親の取るべき態度への教訓としたり、絵画に描く時に楽しげなふっくらとした娘として描くのもまた、ある特定の解釈でしかないのだ。

現代を生きる私たちが徒然草のそこここに現代性を見出すことは、むしろ自然なことである。それを抑制する必要はない。いつの時代であっても、作品を本当に読むということは、かけがえのない自分自身の全身でその作品世界を生き直すことである。そうであるならば、江戸時代の人々が徒然草から日常生活への教訓性を引き出したことも、その時代の解釈として尊重しよう。しかし、その解釈をそのまま現代人が踏襲する必然性はない。私には画才がないから、この場面を描くことはできない。けれどももし画才に恵まれていたならば、

住吉具慶筆『徒然草図』第40段
（斎宮歴史博物館蔵）
娘は大人びている。

この娘の姿を悩ましげに俯《うつむ》き加減で、体つきも痩せた姿で描くだろう。

栗しか受け付けない娘の肉体は、彼女の精神のあり方とどこかで繋がっていよう。おそらくこの娘の精神は、何物かによって外部と決定的に隔てられている。彼女は、肉体においては栗を通してだけ外部と繋がり、心は父親とだけ繋がるという、ごく細い経路しか持たない。外部の世界から隔絶した静かな生活。それを、娘自身が望んでいる。結婚するとかしないというのは、一つの象徴にすぎない。娘の置かれた状況を人間関係からの隔絶と捉えるならば、この因幡の娘には新たな人間関係を結んで新しい世界に進んで入ってゆくことへの強いためらいが読み取れる。外部の世界と隔てられていても、娘の心には平穏な現状を選択する気持ちが潜んでいる。そして、それはそのまま当時の兼好の姿でもあったのだ。

兼好もまた、一人の「異様の者」だった。

子孫など不要であると断言していた兼好（第六段）。「住み果てぬ世に醜き姿を待ち得て、何かはせん。命長ければ辱《はぢ》多し。長くとも、四十《よそぢ》に足らぬほどにて死なんこそ、めやすかるべけれ」（第七段）と書いて、老醜に対して生理的とも言うべき反発を感じていた兼好。現実のどこにも心の友がいなくて、孤独だった兼好（第十二段）。世間の人々の私利私欲、立身出世志向、そしてすぐれた智恵や才能さえも否定して（第三十八段）、次なる一歩を踏み出せないでいる兼好。

因幡の娘は、栗だけを生きる糧としていた。それなら兼好は、何を糧として生きていたのか。兼好の生きる糧、それが「理想」だった。しかし栗しか食べない娘が「異様の者」として周囲から孤絶していたように、「理想」だけを糧としている兼好の生き方もまた孤独なものだった。この危機的な心象風景を描く第四十段に引き続いて、第四十一段が書き記されたことを見逃してはならない。この第四十一段こそは、兼好の孤絶からの脱出劇として読むべききわめて重要な段であり、決して単なる自慢話や笑話ではないのだ。

兼好にとっての出家の意味

しかし、第四十一段を読み解く前に、ここで少し立ち止まって確認しておきたいことがある。兼好における出家の意味である。兼好は出家したのだから、「孤独からの脱出」どころか、さらなる孤絶の境涯をみずから求めて山奥に入っていったのではないか、という疑問である。しかしそこが、兼好と仏道一筋の出家者の違うところだ。そもそも仏道一筋の出家者ならば、徒然草のような作品を書いたり、歌会《かかい》に出席したり、『源氏物語』などの古典の書写をするだろうか。兼好が出家したのは、俗世間を離れて俗事に煩わされることなく自分自身を見つめ直すためだったと考えられる。それはそのまま、徒然草の執筆を意味していた。そして徒然草の執筆が、兼好をもう一度現実に連れ戻したのである。

兼好は徒然草を執筆し了《お》えた後、二十年の長きにわたって、もはや徒然草のような散文作品を書かなかった。これが、学界の定説である。なぜ兼好は、さらなる作品を書かなかったのだろう。彼ほどの学識と表現力を持つ人間が、二十年間も何も書かずにいられるのだろうか。このような素朴な疑問が出てくるのは、もっともなことである。しかし「人間兼好」の真実に即して考えるならば、このことは謎ではない。彼にとっては、もはや書く必要もなければ必然性もなかったのだ。徒然草はあくまで自分自身のためのものであり、この作品の執筆を通して自己変革を成し遂げた兼好にとっては、それ以上の執筆行為の必然性は消失したのだ。このことを、私たちははっきり見据えなくてはならない。

徒然草に感動するあまり、もっと兼好の書き残した作品を読みたかったというのは後世の読者の身勝手な思いでしかない。兼好は、徒然草を誰かに読ませたくて書いたわけではない。自分自身に読ませたかっただけなのだ。そのように考えることは、徒然草を愛読する者にとっては、何かしら兼好から突き放されたような気がして辛い。けれども、兼好の真実から目を逸らしてはならない。そうして、これがそのまま、徒然草の執筆目的は何かという問いへの答えにもなるはずである。

兼好は何のために徒然草を書いたのか

徒然草の完成度と充実感から推測して、単に自分自身のためにではなく、たとえば身近な友人に見せるため、あるいは身分の高い人物、皇族や貴族、和歌の師匠などといった人々に献呈するために書いたのではないかという説は、以前からある。また現代人が徒然草を一読した感想として、そのような思いに捉われることもあるだろう。けれどもその可能性は非常に低い。はっきり言えばありえないと私は考える。

偶然のことだが、つい最近森鷗外の『かのやうに』を読んでいて、次のような箇所に行き当たった。

秀麿《ひでまろ》は平生《へいぜい》丁度《ちやうど》その時思つてゐる事を、人に話して見たり、手紙で言つて遣《や》つて見たりするが、それをその人に是非《ぜひ》十分飲み込ませようともせず、人を自説に転ぜさせよう、服させようともしない。それよりは話す間《あひだ》、手紙を書く間に、自分で自分の思想をはつきりさせて見て、そこに満足を感じる。そして自分の思想は、又新しい刺戟《しげき》を受けて、別な方面へ移つて行く。だからあの時子《し》爵《しやく》が精《くは》しい返事を遣《や》つたところで、秀麿はもう同じ問題の上で、お父うさん（＝子爵）の満足するやうな事を言つてはよこさなかつたかも知れない。

ここでは他人と話したり、手紙を書くとあるから、今述べた徒然草の状況と厳密には同じとは言えない。しかし、「自分で自分の思想をはつきりさせて見て、そこに満足を感じる。そして自分の思想は、又新しい刺戟を受けて、別な方面へ移つて行く」という心の状態は、まさに徒然草を執筆する兼好の姿である。この文章は、徒然草の中でなぜ次々に多彩な話題が展開するのかという謎を解くヒントになるだろう。

賀茂の競べ馬 ——第四十一段

徒然草の第四十一段は、賀茂の競《くら》べ馬《うま》の会場での出来事を書いている。木に登って居眠りをしている僧を人々が見て「愚かしいことだ」と批判したのを、「見物している我々も彼と同様に愚かしい」と言って兼好がたしなめた話である。

近世の注釈書では、死の到来を忘れてはならないという教訓として解釈された。近代では、兼好がその場で適切な発言をして皆に感心されたのを自慢して書いた話としたり、そんなもっともらしい発言をしたのに、よい場所を譲ってもらって見物した兼好の行動を言行不一致としたり、あるいはそこにかえって兼好の人間味を感じたりと、さまざまに解釈されてきた。次に、その全文を示そう。

五月五日《さつきいつか》、賀茂の競べ馬を見侍《はべ》りしに、車の前に雑人《ざふにん》立ち隔てて見えざりしかば、おのおの下《お》りて、埒《らち》の際《きは》に寄りたれど、殊《こと》に人多く立ち込みて、分け入りぬべきやうもなし。

かかる折《をり》に、向かひなる楝《あふち》の木に、法師の登りて、木の股《また》に突《つ》い居《ゐ》て、物見るあり。取り付きながらいたう睡《ねぶ》りて、落ちぬべき時に目を覚ますこと、度々《たびたび》なり。

これを見る人、あざけりあさみて、「世の痴《し》れ者《もの》かな。かく危《あや》ふき枝の上にて、安き心ありて眠るらんよ」と言ふに、わが心にふと思ひしままに、「われらが生死《しやうじ》の到来《たうらい》、ただ今にもやあらん。それを忘れて物見て日を暮らす、愚かなることは、なほ増さりたるものを」と言ひたれば、前なる人ども、「まことに、さにこそ候《さうら》ひけれ。もつとも愚かに候」と言ひて、皆、後《うしろ》を見返りて、「ここへ入《い》らせ給へ」とて、所を去りて呼び入れ侍りにき。

かほどの理《ことわり》、誰《たれ》かは思ひ寄らざらんなれども、折からの思ひかけぬ心地して、胸に当たりけるにや。人、木石《ぼくせき》にあらねば、時にとりて物に感ずることなきにあらず。

兼好の発言が描いた波紋

五月五日に上賀茂神社で行われる競べ馬を見物しようと、兼好が牛車《ぎっしゃ》に乗って出掛けてゆく。到着してみると、既に牛車の前には人々がびっしりと立ち塞《ふさ》がっている。とても牛車が入り込む隙間はない。しかたなしに車から下りて、馬場の柵のところまで進もうとするが、そのあたりは特に混雑していてそれもできない。

その時ふと向こうの楝《おうち》の木の上を見ると、一人の僧が木の股に腰を下ろして見物している。ところが彼は、しっかりと木にしがみついてはいるのだが、居眠りをして落ちそうになっては目を覚ます、ということを何度も繰り返しているのである。

人々がこの様子を見て「何と愚かなことよ」とひどく軽蔑するので、兼好は心に思ったままに、「私たちだって、いつ死がやってくるのかわからない。それがたった今かも知れないのに、こんな見物をして大事な時間を潰しているではないか。愚かしさということなら、私たちの方が上だろうに」と口にしたのである。

この発言が、思いもよらぬ一言となった。今まで兼好の前に、まるで厚い壁のように立ち塞がっていた人々が、一斉に振り返って兼好の方を振り向いたのである。その瞬間に兼好の生きる世界が変わったことを、私たちは決して見逃すまい。

賀茂の競べ馬 奈良絵本『つれづれ草』（名古屋市蓬左文庫蔵）より
左上の見物席の僧が兼好か。

通い合う言葉と心

序段以来の記述の流れを、思い出してほしい。これまでの兼好は、自分の理想と現実のギャップを主として書いてきた。そこでは兼好自身が感動した聖賢の言葉が書かれることはあっても、兼好が発した言葉が誰かの心を動かすことはなかった。それどころか、周囲を見回しても心を通い合わせる友人もなく、兼好は孤独だった。家集に目を転じても同様だった。

世の中の秋田刈るまでなりぬれば露もわが身も置きどころなし（四十六）

通ふべき心ならねば言の葉をさぞともわかで人や聞くらむ（四十七）

なぜ自分は、この世に身の置きどころもないくらい孤独で孤立しているのだろうか。なぜ自分が語る言葉は、相手の心に通じないのか。非常に聡明であればあるほど、現実の矛盾や汚濁、他者の愚かさや醜さに気づいてしまう人間がいる。彼にとっては、現実よりも書物の世界の方が、より一層身近で親密な心安らぐ場所であった。

しかしあの因幡の娘のように、現実と隔てられた世界にいつまでも留まっていてよいのだろうか。そのように考え始めた兼好の心に、ある日の賀茂の競べ馬での出来事が蘇ってくる。この日の体験こそは、言葉によって自分が生身の人間とのコミュニケーションを成立させた、記念すべき日だった。大切なのは、この出来事がいつだったのか、そしてその時に兼好が何歳だったのかということではない。このことを今思い出して、徒然草のこの位置に書き記したことなのである。

人生の扉を開く鍵

第四十一段で、もしも兼好が人々のせっかくの申し出を断り、踵《きびす》を返してこの場から立ち去ったならば、再びかたくなな自分の殻の中に逆戻りするところだった。しかし兼好は人々が開けてくれた場所に入って、名も知らぬ、おそらくは身分も高くはない庶民たちと一緒になって、賀茂の競べ馬を楽しんだのである。この行動を、「よい席を空けてもらってちゃっかり見物して、いい気なものだ」としか読めないとしたら、それで徒然草を読んだことになるだろうか。

思えば兼好は、精神の危機に直面していた。第三十八段に端的に表れていたように、兼好が書物から獲得した知識によって、この現実世界のどんな価値も不毛であることが立証された。ほかならぬ兼好自身が、その事実を突きつけられた。観念的で理想主義的な文学青年の限界が、ここに露呈したのである。ここで兼好は精神の袋小路に陥って、ほとんど脱出不可能な所まで来ていた。あるいは、断崖絶壁の切崖《きりぎし》に立たされていた。そこから脱出し無事に生還できたのは、第四十一段で見知らぬ人々とのコミュニケーションを達成したからであった。

兼好がふと漏らした率直な言葉は、いわば「開け、ゴマ」という呪文だった。人の心を動かす生きた言葉は、決しておとぎ話の世界のものではない。この現実世界を開く言葉なのである。徒然草が現代にいたるまで、なぜ読み継がれてきたのか。徒然草はなぜ読者の心を開く言葉の宝庫なのか。それは兼好が自分自身の孤独と誠実に向き合い、世の中のあり方に深く悩み、精神の危機を体験したことを尊い代償として、徒然草に新たな世界を切り開き、生きた言葉を書き記し続けたからである。

書物の中から人の中へ

そのように序段以来の記述の流れに沿って読むならば、徒然草は気楽な気晴らしの「随筆」などではない。傷つきやすく柔らかな心を持った、知的で読書好きな孤独な青年兼好。彼が書物の中の理想の世界から、いかにして「人の中」へと一歩を踏み出したか。それが徒然草の第一段から第四十一段までに描かれている心象風景だった。

書物の世界から持ち帰った知識と教養という宝物は、知らず知らずのうちに兼好を出口なしの密室に封じ込める皮肉な結果に陥れていた。そこからの脱出は、今まで彼の視界に入っていなかった名もなき世間の人々との言葉の交流が突破口となった。

書物の世界に書かれた言葉がいかに真実の叡智に満ちた言葉であっても、それだけではこの現実世界を生きてゆくことはできない。現実の生身の人間との対話が、ぜひとも必要なのだ。

なぜこの世は憂き世で、心を通わせる恋人も友人もなく、自分は孤独なのか。それらの一切に答える出口は、実はありふれた目の前の日常の中に潜んでいたのである。ただ、その事実に兼好が気づかなかっただけだ。チルチルとミチルは、青い鳥を捜して苦難の旅に出た。そして帰宅してふと見れば、自分の家の鳥籠の中に青い鳥は入っていたのだ。それなら何もわざわざ苦労などせずに、最初から自分の家の中を捜せばよかったではないか、という論理は成り立たない。なぜなら苦難の旅の暁《あかつき》に真実を見る目を獲得したのであって、家にそのまま居続けたのでは決して青い鳥は見えてこなかっただろう。

繰り返して言おう。「兼好の青春性」という言葉は、彼の実年齢のことを言っているのではない。いまだ現実としっかり向き合うことなく観念の世界だけに生きる、精神的に未成熟な、しかし潜在的によき資質を持った一人の人間の心模様という意味である。そのような人間がどのようにして自己発見し自己改革を成し遂げてゆくかという、精神の変貌過程が正確に記録された書物。それが徒然草である。

徒然草の冒頭部には、片々たる歴史史料からは窺いも知れない若き日の兼好の姿が隠されていた。若き日の兼好と出会った今、次章では、兼好を叡智に満ちた人間へと変化・成長せしめた表現行為そのものを、「批評家の誕生」という観点から見てみよう。それは、徒然草の文学的な達成を正当に測定する作業ともなろう。

第五章　批評家誕生

1　文芸批評家としての兼好

研究はどこまで進んできたか

近代、とりわけ昭和期に入ってからの兼好研究と徒然草研究の成果は、めざましい。伝記研究では、風巻景次郎《かざまきけいじろう》によって、兼好が堀川家の家司《けいし》であることが明らかにされた。『金沢文庫古文書』の書状の中から兼好と武蔵国金沢との関わりが注目され、林瑞栄《はやしみずえ》は、東国に精神の基盤を置く人物として兼好を捉えた。成立研究においては、橘純一・西尾実・安良岡康作の諸氏によって、徒然草が兼好の五十歳前後に執筆されたことや、第三十二段までを第一部とすることなどが提唱された。ただし、「事実の考証によるもの」(『新訂徒然草』岩波文庫の解説)とする「第一部」の認定については、異論があることを前章で明らかにしたつもりである。また歌人兼好の活動は、井上宗雄・福田秀一《ふくだひでいち》・齋藤彰《さいとうあきら》の諸氏の研究によって大きく進展した。

これらの研究成果は、安良岡康作の大著『徒然草全注釈　上・下』（角川書店）をはじめとして、木《き》藤才蔵《どうさいぞう》校注『徒然草』（新潮日本古典集成）、三木紀人《みきすみと》全訳注『徒然草（一）～（四）』（講談社学術文庫）、久保田淳校注『徒然草』（新日本古典文学大系・岩波書店）、永積安明《ながずみやすあき》校注・訳『徒然草』（新編日本古典文学全集・小学館）、稲田利徳《いなだとしのり》訳注『徒然草』（貴重本刊行会）に詳しい。これらの諸書は広く一般に読まれているから、兼好と徒然草の輪郭も既にかなりのことが知られているだろう。

達人への変貌

これら諸先学の研究によって、兼好と徒然草の捉え方はある意味で飽和状態に達している。そのような状況にあって、新たな観点を打ち出し、それが今後共感をもって受け入れられてゆくことは可能であろうか。私は第四十一段までを徒然草の一つのまとまりとみなし、「連続読み」の必要性を提唱した。そしてそこから読み取れる内面のゆらぎや迷いを、若き日の兼好の「青春性」として結晶させ、特化して描いた。この試みは、あるいはすぐには賛同してもらえないかもしれない。江戸時代の初期以来の根強い兼好イメージとかけ離れているからである。

けれどもこれまで知られていなかった兼好の素顔が、連続読みによって現れ出てきたという手応えは感じている。理想を糧として現実の汚濁を拒否し、世の中に対して違和感や悲哀を感じていた兼好。次第に外界を認識して受け入れるように、精神世界を変貌させた兼好。かつては「露もわが身も置きどころなし」と嘆いた人間が、自分の精神の居場所をみずからの手によって作り上げてゆく。その過程を読み解くことが、徒然草の醍醐味だろう。

賀茂の競べ馬の会場で兼好に背を向けていた人々は、場所を空けて彼を招き入れた。同じように兼好も徒然草を書いてゆくうちに、心の扉を開いて外界を招き入れる。だから、それまでの記述には見られなかった名もなき人々の言動が、ある時は賞賛の念をもって、またある時はユーモラスに描かれるようになる。

最初の頃は、読む者も息を潜め、耳を澄まして聞き取らねばならぬような繊細さが表現の前面に出ていた。ところが次第に、力強く自信あふれる筆致で兼好の主張が記されるようになる。また物事を両面から見るようになり、相対的な見方が顕著になってくる。こういったダイナミックな精神の変貌が、兼好本人さえもそれと気づかぬうちに成し遂げられた。「徒然草連続読み」は、兼好の内面で繰り広げられた変貌のドラマをえぐり出すために積極的に採用すべき有効な読み方であると私は考えている。

自己の内面を現実と磨《す》り合わせることによって、次第に磨き上げたのが兼好という人間だった。それを思えば、若き日の彼の内面がいかにナイーブで傷つきやすいものであったとしても、本質的に彼の資質はざらざらとした荒々しい現実にも堪えうる強靭さも持っていたと考えられる。徒然草の執筆を通して、新たな現実認識を獲得し、外界との折り合いも付け、他者の価値を正当に認識した兼好。翻って自分自身の心の深淵を覗き込み、自分の正体もある程度知ることができ、「人生の達人」へと変貌を遂げてゆく兼好。

このような結論は、徒然草の最終段までを詳しく連続読みしたうえで述べるべきことであろう。だがそれを行うことは紙数の都合上不可能であるし、また「評伝」という本書の主旨とも少しく異なることになる。

批評家としての兼好

連続読みによる徒然草全文の評釈は、いつの日にか実現させたい夢として取っておくことにしよう。本章では、文学者としての兼好の姿を、「批評」の観点から浮かび上がらせたい。「人生の達人」というお馴染《なじ》みのラベルに、もっと詳しい成分表示を付け加えたいのである。「批評家兼好」の内実を見極めれば、人間兼好の文学者としての達成を見届けることができる。また「批評とは何か」という根源的な問いかけに対する解答も得られよう。

小林秀雄は、エッセイ「徒然草」で繰り返し「批評家」という言葉を使っていた。曰《いわ》く、「兼好の家集は、徒然草について何事も教えない。逆である。彼は批評家であって、詩人ではない」。曰く、「徒然草が書かれたという事は、新しい形式の随筆文学が書かれたという様な事ではない。純粋で鋭敏な点で、空前の批評家の魂が出現した文学史上の大きな事件なのである」。

このような直感的な捉え方の是非を、検証しなくてはならない。まず行われるべきは、徒然草の独自性を明確にし、批評という概念の輪郭を新たに摑み直すことである。そのうえで兼好のことを、「批評家」と改めて呼ぶことである。この世には最初から、「批評」や「批評家」というものが存在しているわけではない。それらの言葉がたとえ既に定義されて文学常識となっているとしても、それをそのまま当て嵌《は》めてはならないだろう。兼好と徒然草に即して、考えてみたいのである。徒然草が書かれた時、それまでになかったどのような文学の地平が切り開かれたのか。兼好によって見出されたものが、その後の文学場面でどのような影響力を発揮してゆくのか。これらのことを具体的に把握する行為が、批評の本質を摑むことになる。それが、小林秀雄の慧眼に応える唯一の道ではないだろうか。

兼好の方法

徒然草における批評の方法を考えるにあたって、あらかじめ特徴的なものをいくつか列挙しておこう。まず第一に、徒然草には先行作品、たとえば『枕草子』や和歌に対する独自の視点や解釈が見られる。第二に、『聖徳太子伝暦《でんりゃく》』や『一言芳談《いちごんほうだん》』『堀河百首《ほりかわひゃくしゅ》』など、当時よく知られた説話や歌書からの抜き書きが見られる。第三に、世間の常識と異なる価値観や美意識が提示されている。第四に、無常観をも包摂するような卓越した時間論が示されている。

このうちの第一と第二の特徴については、兼好による「文芸批評」として把握することが可能である。第三と第四の特徴は、文学作品を対象とするだけでなく、時間論・人生論など、より広い意味での「文明批評」だと考えられる。徒然草における批評はこのように二つに大別されるので、分けて考える必要があろう。

徒然草は後世、教訓書のように読まれた。教訓は、日常生活における直接的な有効性や成果と直結している。つまり、あらかじめ決められた結論に向かう既定の進路を指し示すのが教訓である。そうではなく、呪縛されることのない自由で自在な精神の運動こそが、批評なのだ。批評としての徒然草に多彩な話題が出現するのは自然であり、道なき道を辿る精神の冒険としての批評を体現しているのが徒然草なのである。このことは、既に何度も引用した序段の「つれづれなるままに、日暮らし硯に向かひて、心に移りゆくよしなしごとをそこはかとなく書きつくれば、あやしうこそものぐるほしけれ」という文章に端的に表れている。

書くことによって、次々と言葉が紡ぎ出される不思議さ。心の中にあった時には、いまだその実態を自分でも摑み切れていなかったおのれの思索の実態が、言葉という明確な衣装を纏って目の前に立ち現れることへの驚き。ここには、執筆行為の本質が明確に自覚されている。もう一人の自分である「自己」の独白に耳を傾け、ある場合には自己と対話する愉悦。この序段の一文は、徒然草の最後まで兼好の心の中で繰り返し呟《つぶや》かれた言葉なのではないか。

『枕草子』の発見

存在は、他者によって認識されて初めて定位される。誰の目にも取り立ててすばらしく映じなかったものを、その手触りや重み、色彩や輝き、さらには匂い立つ香気までを確固とした存在として実感する人間が出現して初めて、ある作品が息を吹き返す。無数の作品がひっそりと置かれているほの暗い「文学史」という名の書架にあって、徒然草百年の眠りを覚ましたのが正徹だった。同様のことは、兼好にも当てはまる。兼好は、『枕草子』の発見者だった。この作品の独自性を明確に把握し、みずからの著作である徒然草の中に『枕草子』の文体を取り込んだのが兼好だった。

現代でこそ『源氏物語』と並び称される『枕草子』であるが、『枕草子』についての論評は兼好以前には少ない。鎌倉時代の初めに書かれた著者不明の物語論『無名草子』は、手紙のすばらしさを述べた箇所で、『枕草子』にも既にこのことが書かれている、と言及している。『無名草子』はまた、清少納言や中宮定子の人物像を書いた箇所で『枕草子』の内容に具体的に触れるが、宮中生活の出来事としてしか注目されていない。

『無名草子』より少し後の時代に書かれた教訓説話集『十訓抄《じっきんしょう》』にも、『枕草子』について書かれている。そこでは人間の振る舞い方の教訓として、引用されている。『無名草子』と『十訓抄』での『枕草子』への言及の仕方は一見異なるように見えるが、どちらも『枕草子』を宮廷の出来事を記した作品として捉えている点で共通している。だが『無名草子』と『十訓抄』のどちらも、現代人が『枕草子』と聞いてすぐに思い浮かぶ鋭敏で繊細な美意識や、「うつくしきもの」「心にくきもの」「花は」「虫は」などと表題を掲げる「物尽くし」の特異な文体には触れていない。

これに対して兼好は、『枕草子』を宮廷生活の記録として見ていない。法師は他人から見ると「木《き》の端《はし》のやうに思はるるよ」と辛辣な見方を示した部分を引用したり（第一段）、繊細な季節感に注目したり（第十九段）、「賤しげなるもの」（第七十二段）「家にありたき木は」（第百三十九段）などと「物尽くし」的に列挙する文体を模写したりする。これらからわかるように、兼好は『枕草子』の記述スタイルに注目し

住吉具慶筆『徒然草図』第72段
（斎宮歴史博物館蔵）
家具・植木・子孫が多いのは賤しげだとする段。しかし絵は楽しげ。

ているのである。その後の長い文学史の中で、『枕草子』は独自の文体と美意識によって書かれたユニークな作品であるという見方が定説になってゆく。兼好は、そのような見方を切り開いた最初の発見者である。

さらに兼好は徒然草の第十九段で、「言ひ続くれば、みな『源氏物語』『枕草子』などに言古《ことふ》りにたれど」と書いた。『枕草子』と『源氏物語』をワン・セットにして捉えているのだ。現代では王朝時代の散文作品と言えば、『源氏物語』と『枕草子』が双璧のようにして有名になっている。この二つの作品を、兼好も一まとまりに把握している。『徒然草寿命院抄』は、徒然草が「清少納言枕草紙ヲ模《も》シ、多クハ源氏物語ノ詞《ことば》ヲ用《もち》ユ」と指摘して、先行する『枕草子』と『源氏物語』の存在に注意を喚起している。そもそもこの二つの作品を数ある日本の古典文学の中から選び出し、みずからの執筆に深く反映させたのが徒然草なのであった。

『無名草子』にも女性による創作活動を称揚して、「紫式部が『源氏』を作り、清少納言が『枕草子』を書き集めたるより、前に申しつる物語ども、多くは女のしわざに侍らずや」という箇所があり、この二作品を女性の手になる作品の筆頭のように挙げているので、必ずしも兼好独自の見方とは言えないかもしれない。けれども、後世に対する徒然草の大きな影響力を思えば、『源氏物語』と『枕草子』が王朝時代の代表作であるとする文学常識を明確化した立役者が兼好であったとは明言できる。

『源氏物語』の読み方

『枕草子』に対して兼好は、それまでにはなかったような新しい読み方を指し示すことができた。そうであるからには、『源氏物語』に対しても新しい独自の捉え方をしているのではないかと予想される。兼好以前に、『源氏物語』はどのように捉えられていたか。

現在でも有名なのが、「源氏見ざる歌詠みは、遺恨《いこん》のことなり」という藤原俊成《しゅんぜい》の言葉である。ここに端的に表れているのが、『源氏物語』は歌人にとっての必読書であるという規定である。兼好は徒然草の中に『源氏物語』からの引用を書き記したし、直接に『源氏物語』の書名を出してもいる。しかし、荒木尚氏《あらきひさし》の「歌人としての兼好論序説――兼好自撰家集を中心として」という論文によれば、『源氏物語』を踏まえた和歌は少ないという。兼好は歌人の必読書としてではなく、まるで研究者のように『源氏物語』の表現を注意深く読んだ。たとえば和歌について書いた第十四段で、紀貫之の和歌の一節が原歌では「ものならなくに」であるのに、『源氏物語』の総角《あげまき》巻では「ものとはなしに」となっていることに注意を喚起している。なお徒然草には、『源氏物語』の登場人物に対する論評は書かれていない。兼好は、『無名草子』のような大雑把な印象批評を嫌ったのだろう。

兼好の『源氏物語』観は、徒然草に『源氏物語』のどのような場面に対する言及が見られるかで、ある程度窺うことができる。兼好が繰り返し言及するのは『源氏物語』の特定の巻が多く、それらは夕顔巻や蓬生《よもぎう》巻に集中している。この二つは、それ以後の文学史の中でもとりわけ好まれた巻である。島内景二『文豪の古典力――漱石・鷗外は源氏を読んだか』（文春新書）によれば、夏目漱石も森鷗外も樋口一葉も、なぜか夕顔巻や蓬生巻を好んで摂取して、小説を書いたり短歌を詠んだりしている。このような点でも、徒然草は後世の『源氏物語』観を先取りしている。

抽出という名の批評

徒然草における文芸批評的な側面として、独自の観点からある作品の一部分を抽出して抜き書きしていることが挙げられる。これもまた、徒然草に特徴的な批評の方法であろう。不思議なことに、引用された作品そのもの自体は忘れられても、徒然草に抽出された事実によって長く命脈を保った例がある。作品の一部を抽出することは、あまりに当たり前すぎて「批評の方法」などと考えるのは大袈裟かもしれない。しかし徒然草での引用が、後世の文学に与えた波紋は大きい。「列挙」あるいは「抽出」という行為の重要性が、再認識される。

徒然草の第二十六段で、兼好は『堀河百首』の中から、「昔見し妹《いも》が垣根は荒れにけりつばなまじりの菫《すみれ》のみして」という一首を引用している。この歌は長く人々の心に、忘れがたい印象を残すことになった。蕪村が「妹《いも》が垣根三味線草《さみせんぐさ》の花咲きぬ」という句を詠んだのは、『堀河百首』に収められた千六百首の中から、蕪村自身が先の一首に目を留めたからではあるまい。蕪村の句には、徒然草を題材とするものが多く見出される。おそらくこの句も、徒然草を読んで知った『堀河百首』の歌を本歌としたと考えた方が実情に適している。もし徒然草に引用されていなかったならば、廃園の情景を歌って痛切なこの歌が、これほど長く文学史の中で生き続けることもなかっただろう。蕪村の「三《さ》味線草《みせんぐさ》」は「寂《さみ》し」を掛けている。徒然草の第二十六段にも、「寂しき気色《けしき》、さること侍《はべ》りけん」とある。

膨大な読書体験の中から、一読忘れがたい名文・名句を切り出して徒然草に織り込めた兼好の批評眼が、さらに後世の人々の琴線に触れる。このように時空を越えて生き続ける伝達力と感化力こそ、批評の力であろう。徒然草の中に引用された作品が、そのことによって個性を際立たせて長く人々の心に残った例として、もう一つ『一言芳談』を挙げたい。

『一言芳談』の魅力と輝き

徒然草の第九十八段は、「尊《たふと》き聖《ひじり》の言ひ置きけることを書き付けて、『一言芳談』とかや名付けたる草子を見侍りしに、心に合ひて覚えしことども」という書き出しで、五箇条を抜き書きしている。徒然草の中でも、このような段は珍しい。ところが兼好が抜き出したのは、必ずしも『一言芳談』の中心思想を述べた箇所ではない。念仏の勧めと生を厭《いと》えという教えこそ、『一言芳談』の主題である。ところが兼好は、そのような言葉を引用しない。第九十八段に引用されているのは、次のような箇所である。

一　しやせまし、せずやあらましと思ふことは、おほやうは、せぬはよきなり。

一　後世《ごせ》を思はん者は、糂汰瓶《じんだがめ》一つも持つまじきことなり。持経《ぢきやう》・本尊に至るまで、よき物を持つ、由《よし》なきことなり。

一　遁世者《とんせいしや》は、無きに事欠《ことか》けぬやうを計らひて過ぐる、最上のやうにてあるなり。

一　上﨟《じやうらふ》は下﨟《げらふ》になり、智者は愚者になり、徳人は貧になり、能ある人は無能になるべきなり。

一　仏道を願ふといふは、別《べち》のことなし。暇《いとま》ある身になりて、世のことを心にかけぬを、第一の道とす。

このほかもありしことども、覚えず。

兼好は百五十条あまりからなる『一言芳談』の中で、たったこれだけしか心に残らなかった、とはっきり書いている。しかもその引用は恣意に満ちたもので、原文を座右に置いて書き写したとは到底思えないほど、『一言芳談』の本文と字句が異なっている。原文ではそれぞれが誰の発言かは、人名がしっかり書かれている。だが兼好は、それらをすべて省いている。字句の異同としては、たとえば第五番目で「世のことを心にかけぬ」とある部分は、原文では「余のことを心にかけぬ」である。たまたま兼好が目にした『一言芳談』の表記が「余」ではなく、「世」だったのかもしれない。しかし、ここが「余」であるか「世」であるかは、解釈面で大違いである。

「余のこと」なら、仏道一筋にほかのことは一切心に懸けずにという意味になる。こうであってこそ、『一言芳談』全編のトーンに合致する。それが兼好のように「世のこと」だとすると、俗世間のことを心に懸けずに閑暇に過ごすという意味になる。一心不乱の仏道修行ではなく、どことなくゆったりとした自由な心持ちになる。ちなみに、徒然草の七十余本の本文を詳細に校合した高乗勲《こうじょういさお》『徒然草の研究』の「校本篇」にも、ここを「余の」とする徒然草はなく、ほとんどが「世の」である。「よの」と平仮名書きするものは、二本存在しているだけである。

そのような点に注目して、兼好が抜き出した五箇条を再度眺めてみよう。するとこれらは、すべて束縛されない精神の自由を述べたものとして抽出しているのではないかと考えられる。しようかしまいかと迷うようなことは、せずにいるのがよい、という第一番目。所持品に束縛されない生き方をよしとする第二番目。物の欠如を気に懸けぬ生き方を説く第三番目。何事であれ、マイナスの状態をよしとする第四番目。ちなみに「上﨟」「下﨟」とは、出家年数の多寡《たか》を意味する。「徳人」は富者のこと。経験年数であれ、賢愚であれ、貧富であれ、それらの少ない状態であることの気安さをよしとする姿勢である。そして最後に、俗世に関わらぬ閑暇な生活を仏道の理想とする第五番目。

このような境地が徒然草に抜き書きされた時、時代を越えてこれらの言葉、そして『一言芳談』という書物が後世の人々の心を打つことになる。もし兼好が徒然草の中で『一言芳談』の言葉を引用しなかったら、この峻厳な仏教書の命脈は中世においてしか保たれなかったかもしれない。

兼好の『一言芳談』理解を、決して不正確で恣意的であるとは思うまい。この作品に時代を越える普遍的な輝きを与えたのが兼好であったことにこそ注目すべきだろう。それがつまりは、「批評」という行為である。書かれていることをそのまま無批判に引用するだけなら、それは批評とは言えない。引用者の独自の思索がどこかに反映されて、初めて批評となる。『一言芳談』を読み、心に刻印された形で書き留めることが、この書物の内包する新たな可能性を浮上させる。それによって、この作品が長く文学的な命脈を保つことができたのである。

芭蕉と『一言芳談』

芭蕉に次のような句がある。『一言芳談』の一節を和らげて用いつつ、兼好の肖像に書き添えた「賛」である。

庵《いほり》に懸けむとて、句空が描《か》かせける兼好の絵に
秋の色ぬかみそつぼもなかりけり

縹渺《ひょうびょう》とした、何とも言えぬよい句である。先述したように兼好の画像は、読書姿か執筆姿がほとんどである。ここで芭蕉が「ぬかみそつぼもなかりけり」と詠んでいるところをみると、この句空《くくう》所蔵の画像には兼好の姿だけで、灯火も書物も硯も筆も何も描かれていない絵だったのだろう。その絵を見て芭蕉は徒然草の第九十八段の一節を思い浮かべて、これこそ兼好の境地であり、それはそのまま句空の生き方でもあると賞賛したのである。「糂汰瓶《じんだがめ》一つも持つまじきことなり」という一節が、いかにインパクトのある一読忘れがたいものであったかということである。

しかも、寂蓮の「寂しさはその色としもなかりけり槇立つ山の秋の夕暮れ」や、藤原定家の「見渡せば花も紅葉もなかりけり浦の苫屋《とまや》の秋の夕暮れ」という和歌までが響いている。

生き続ける『一言芳談』

兼好によって存在が広く知られるようになった『一言芳談』の命脈は、芭蕉の句の中で蘇っただけではなかった。江戸時代に『一言芳談』の注釈研究が行われるようになったのも、徒然草経由であろう。『標註一言芳談抄《ひょうちゅういちごんほうだんしょう》』（一六八八年成立）という注釈書の中には、徒然草との類似箇所が多く指摘されているし、兼好の和歌がたびたび引用されているからである。

さらにこの注釈書が昭和十六年三月に、森下二郎校訂『標註一言芳談抄』として岩波文庫から刊行されたことの意義は大きかった。おそらくはこの本が小林秀雄の目に触れたので、彼が昭和十七年六月の『文學界』に「無常といふ事」を発表することになったと思われる。小林はこのエッセイの冒頭で『一言芳談』を引用しながら、この世の無常を近代人の目で捉え直した。これは兼好による『一言芳談』の普遍化によって、もたらされたものである。

もし兼好が『一言芳談』を念仏者たちの峻厳な生き方を書いた書物としてしか捉えていなかったら、あるいは徒然草に引用していなかったなら、元禄時代や昭和期のような、中世の時代から大きく変化した社会の中でも『一言芳談』が読み継がれてゆくことはなかったろう。

文芸批評としての徒然草

『枕草子』と『一言芳談』の二つの作品を例に取って、いかに兼好がこれらの作品を独自の視点から読んでいたかに注目してみた。それぞれの作品の本質を、兼好は自分自身の読み方を示すことによって新たに読み替えた。しかもその読み方が、後世に強い影響力を与えた。そのように強力で清新な読み方を示すことができた点で、兼好は「文芸批評家」と言えるのではないだろうか。徒然草の中で重要なのは、兼好が何を書いたかもさることながら、何をどのように読んだかが明確に示されていることである。

兼好は林家三代の人々が看破したように、まさしく「読書人」だった。真の読書人は、読者から執筆者へといつかは離陸してゆく。読書と思索が無限に響映して、読むことが書くことになり、書くことがさらなる読書へとつながってゆく。けれども林家の人々が得ていた社会的な地位や、親族・友人同士が手を携えての強固な紐帯と比べて、兼好がいかに寄る辺ない存在であったかを忘れまい。兼好にとっては、徒然草だけが彼の存在証明だった。

2　批評の言葉の燦めき

兼好が『枕草子』や『一言芳談』をいかに独自の視点から読んだか、そしてその読み方が後世の読み方にどんな影響を及ぼしたかについて述べてきた。ここで少し目を転じて、ある作品の引用と抽出によって、人間の姿に生き生きとした独自の光を当てている部分を取り上げてみよう。これは、先行する作品からの独自の抽出という点では、今まで見てきた『枕草子』や『一言芳談』の捉え方とも繋がる。と同時に、人間像のスケッチという点では、後述するようなさまざまな人々を描く段とも繋がる。つまり、二重性を帯びている。

人間を描くということ

兼好は徒然草の中でほとんど自分のことは書かないが、一読忘れがたい個性的な人間を何人も描いた。けれども他者を描くことが、そのまま言葉による自画像を描く行為となる場合もある。その端的な例として、これは近代の事例ではあるが、中島敦による森鷗外論が挙げられる。中島は鷗外の耽美的な側面に光を当てることによって、清新な鷗外像を描き出すことに成功した。それを読むと、まるで陽光に燦めく新緑の池水が乱反射するようにして、鷗外像の中に敦の自画像もおのずと浮かび上がる仕組みになっている。まことにすぐれた論考であるが、これが中島敦の卒業論文だった。

兼好もまた、徒然草の中に有名無名の人間を数多く描いた。それらはほんの数行のごく短いラフなスケッチに過ぎないものがほとんどである。だがそれらの描写を通して、兼好自身の姿も浮かび上がってくる。

聖徳太子の孤独

兼好が生きた時代は、聖徳太子信仰が盛んな時代であった。説話集や歌学書には聖徳太子の超人的な挿話、たとえば馬に乗って空を翔けめぐったとか、夢殿《ゆめどの》に籠《こ》もって魂を抜け出させて中国まで出掛けたことなどが書き記されている。兼好も当然それらを知っていただろうが、徒然草の第六段で『聖徳太子伝暦』からごく短い一節を引用しているに過ぎない。この第六段は、「わが身のやんごとなからんにも、まして、数ならざらんにも、子といふものなくてありなん」と書き出される子孫不要論である。江戸時代の儒学者や国学者たちがとりわけ猛反発したことでも知られる。兼好は平安時代の上流貴族たちの一部に見られた子孫不要論を事例として挙げながら、その最後に聖徳太子の言葉を引用して締め括る。

聖徳太子の、御墓をかねて築《つ》かせ給ひける時も、「ここを切れ。かしこを断て。子孫あらせじと思ふなり」と侍りけるとかや。

ここで引用されている聖徳太子の言葉が、漢文体の『聖徳太子伝暦』から読み下した引用文であることは、『徒然草寿命院抄』や『野槌』で早くから指摘されている。『聖徳太子伝暦』は十世紀頃の成立とされ、聖徳太子伝説の集大成ともいえる詳しい文献である。そこに描かれている太子の詳細な伝記は、出生時からすでに超人的な奇蹟と秘蹟に満ちている。しかし兼好は、徒然草の他の箇所でもそれらの聖徳太子伝説には一切触れず、第六段にこの「子孫不要」の部分だけを引用したのである。この記事は、『聖徳太子伝暦』の推古天皇二十六年冬十二月の条に書かれている。

徒然草における兼好の関心は、「子孫あらせじ」という聖徳太子の一言に懸かっている。「孤」としての「個」への共感こそが、長大で詳細な聖徳太子の漢文伝記の中からこの箇所のみを掬《すく》い上げたのだ。何という素早い一掬いだろう。兼好の目に映った聖徳太子は、数々の奇蹟を行った偉人ではない。超能力を持つ超人的な存在であることや、日本仏教の大恩人という枠組みをはずされて、寄る辺ない一人の非力な存在としての人間の風貌を曝している。そのような存在として、兼好が聖徳太子を捉えたということにほかならない。

語る言葉のリアリティ

徒然草の第六段は、詳細な聖徳太子の伝記の中からたった一言を抽出したばかりである。だがそこに、いかんともしがたい死という現実に向き合う、孤独な一人の人間の輪郭をくっきりと描き出した。兼好以前に『聖徳太子伝暦』のこの箇所に注目している文献は管見に入っていないし、兼好以後も取り立てて注目されることはなかった。近年になってこの箇所は、陵墓《りょうぼ》に関する「陰宅風水《いんたくふうすい》」が行われていた史料の例として注目されることもあるらしいが、それは兼好の抽出意図とは直接には関わらない。

『聖徳太子伝暦』から抽出して独自に描き出された聖徳太子像は、『枕草子』や『一言芳談』がその後の読み方に影響を与えたのと比べると、後世への顕著な影響を見出し得ない。その点では、影響力がやや弱いと言わざるを得ない。しかし兼好は、独自の視点から聖徳太子の事跡を捉えている。徒然草の他の箇所でも、兼好はこのようにある人物の心に残る発言を独自に書き留めている。それが後世に影響力を及ぼしている事例を、いくつも見つけることができる。

兼好は徒然草に、有名無名の数多くの人々を登場させた。それらの人々が語るたった一言を抽出することによって、その人物の人間性を象徴させることに成功している。

松下禅尼の言葉

徒然草の第百八十四段は、鎌倉幕府の執権である北条時頼《ときより》（一二二七〜六三）の母・松下《まつした》禅《ぜん》尼《に》が障子《しょうじ》の破れた部分だけを切り貼《ば》りした話である。松下禅尼の兄がそれを見て「そんなことは、誰かほかの人間にやらせましょう」と言うと、「私ほど上手にできる人はいないでしょうから」とやんわり断る。それでも兄は引き下がらず、「切り貼りは見苦しいので、全部張り替えましょう」と言う。それに対して禅尼が、「息子に倹約の大切さを教えるためです」と彼女の真意を明かす。このやりとりは、臨場感に溢れている。まるで兼好がその場に居合わせたかと思わせるほどであるが、実際には兼好が生まれる三十年以上も前の出来事である。

住吉具慶筆『徒然草図』第184段
（斎宮歴史博物館蔵）
本文に登場しない女性たちも描かれる。

兼好がこの話をいつ誰から聞いたか

は不明だが、話の最初から倹約を教えるために障子の切り貼りをした話として書くのではなく、松下禅尼と兄との言葉のやりとりの中から次第に彼女の真意がわかってくる実に巧みな展開である。この段の眼目は、兼好が禅尼のことを「天下を保つほどの人を子にて持たれける、まことに直人《ただびと》にはあらざりけるとぞ」と述べた結びの部分にあるのではない。「他の人にやらせましょう」と言った兄に対して、禅尼が「その男、尼が細工《さいく》によも勝《まさ》り侍らじ」と語った、その一言の方にあるだろう。自分に対する誇りを秘めたこのような発言が書き留められた時、この話は単なる教訓話であることを越えた。そして生き生きとした生身の人間の息づかいを、時代を越えて再現してくれる。

ところで無住《むじゅう》が著した『雑談集《ぞうだんしゅう》』（一三〇五年頃成立）にも、松下禅尼のエピソードが語られている。ただしそこでは彼女は仏道に熱心で、自分の身の周りに召し使う女性たちもみな仏道に帰依している人々であったと書かれる。この記述からは生真面目な人間性は伝わってくるものの、徒然草に描かれた魅力的な記述とは比ぶべくもない。

松下禅尼の障子の切り貼りの話は、徒然草以前の記録や文学作品からは見出せないエピソードである。しかしこの話は徒然草によって有名になったので、後世にはさまざまに言及されるようになる。たとえば川柳にも、次のような句がある。

セウジより大事を尼の御教訓
切リ貼リに禅尼天下の矩《のり》をとき

九代目は破レ障子にして仕廻《しま》ひ

最初の句は「セウジ」に、「小事」と「障子」を懸けている。さらには「生死」も利《き》かせているかもしれない。二句目の「矩をとき」は、「規範を説く」意味と「障子を切り貼りするための糊を溶く」意味を懸ける。三句目は、兼好に「聖人の心に通へり」とまで高く評価された賢母松下禅尼の教えも空しく、北条氏が九代目の高時の時代に滅亡したことを詠んでいる。

双六上手の言葉

松下禅尼は執権の母という高い地位にあった女性だが、徒然草に書かれた無名の人々の言葉もまたそれに劣らぬ輝きを放ち、徒然草の魅力の一角を占めている。

徒然草の第百十段は、短い章段である。全文を引用してみよう。

双六《すぐろく》の上手《じやうず》と言ひし人に、その手立《てだ》てを問ひ侍りしかば、「勝たんと打つべからず。負けじと打つべきなり。いづれの手か疾《と》く負けぬべきと案じて、その手を使はずして、一目《ひとめ》なりとも遅く負くべき手につくべし」と言ふ。

道を知れる教へ、身を治め、国を保たん道も、また然《しか》なり。

この双六の名人が、いったい誰なのかは全くわからない。文字通り、無名の人である。ところがそのような人物の発言を、兼好は印象深く書き留めた、「双六の上手と言ひし人に、その手立てを問ひ侍りしかば」、とある。「言ひし人」「侍りしかば」の部分に自分が体験した過去を表す助動詞「き」が使われているので、兼好がこの人物に直接質問したことがわかる。なぜ兼好が、そのような問いかけを発したのかはわからない。兼好もまた、双六の勝負に関心が強かったのだろうか。彼は「少しでも遅く負ける手を使え」という双六名人の言葉を、「道を知れる教へ」と高く評価した。

この段は意外にも、江戸時代初期の博多の豪商島井《しまい》宗室《そうしつ》（一五三九～一六一五）の遺訓にも引用されている（「嶋井」とも書く）。『島井宗室遺訓』は最古の町人家訓と言われるもので、聖徳太子の『憲法十七条』にならって十七箇条からなる。慶長十五年（一六一〇）一月十五日付けで養嗣子の徳左衛門《とくざえもんの》尉信吉《じょうのぶよし》に宛てた自筆の遺訓である。

その結語の部分に、「徒然草に、双六上手の手立てに『勝たんと打つべからず、負けじと打つべし』と書き置き候。（中略）双六上手の手立て、思ひ合せ候へ」とあり、徒然草の第百十段からの引用文が見える。

家訓の結語と言えば、最も重要なまとめの部分である。そこにわざわざ徒然草を引用して、子孫への教訓として残したのである。いかに宗室がこの言葉に感動したかがわかる。この言葉自体は兼好の言葉ではなく、双六名人の言葉である。しかしもし、この言葉を兼好が徒然草に書き留めなかったら、島井宗室がこれを家訓の結語に引用することもなかったろう。この言葉には、強いインパクトがあった。

なお双六名人の直前の第百九段も、無名の「木登り名人」の発言の中に真実の輝きを見出している。

島井宗室肖像（個人蔵）

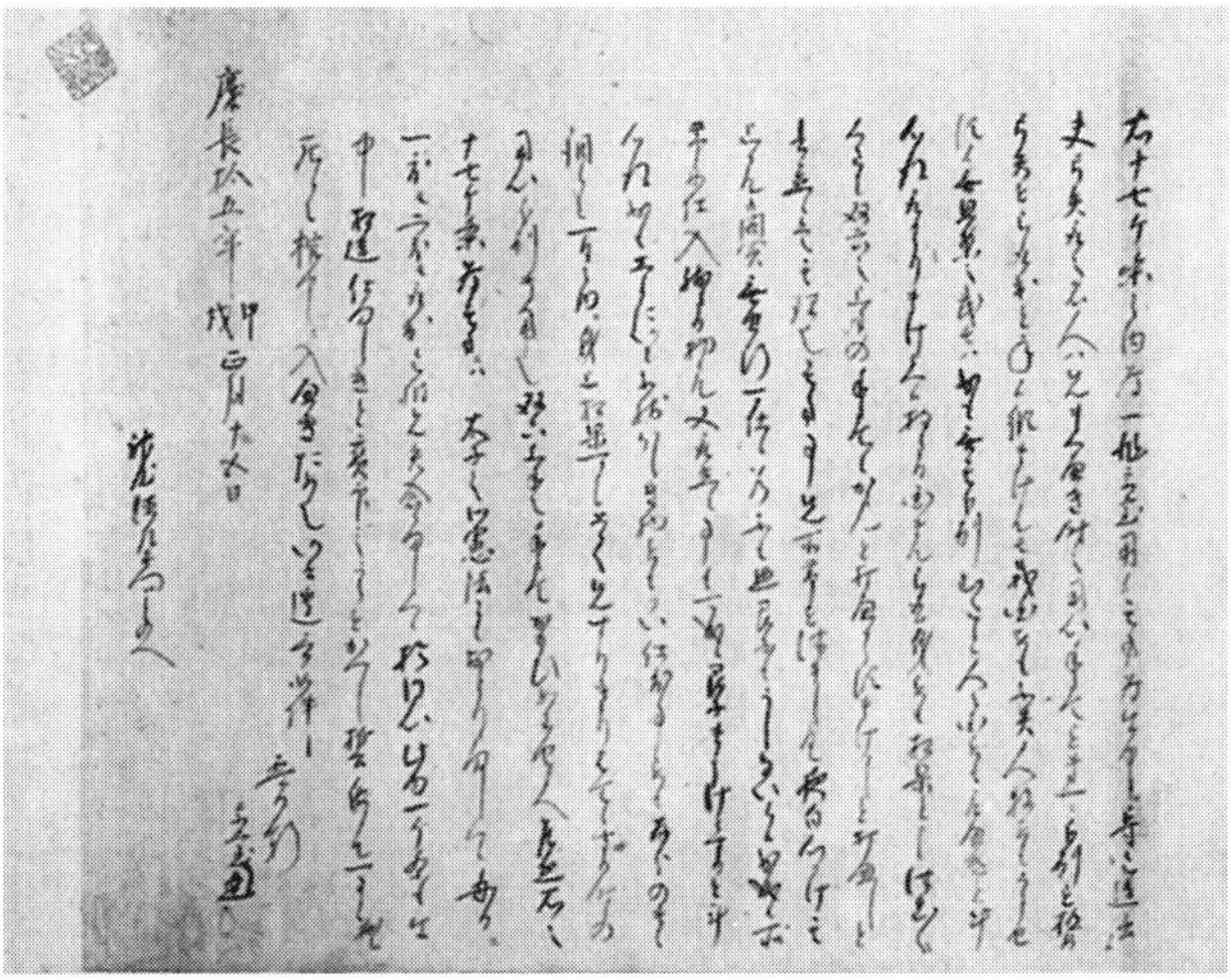

『島井宗室遺訓』（個人蔵）

高い木の上でなく地面に近くなってから、「注意せよ」と声を掛けた木登り名人の言葉もまた、兼好によって「聖人の戒めにかなへり」と賞賛された。そしてこの言葉も、現代にいたるまでさまざまな場面で人々の心をよぎる名言となっている。

大福長者の言葉

徒然草の第二百十七段には、ある大福長者《だいふくちょうじゃ》（大金持ち）の金銭観が書き留められている。彼が語る「蓄財の哲学」とでも言うべき談話を、兼好は実際にその場に居合わせて興味深く聞いた。この名前もわからない大金持ちの男は、禁欲的な価値観によって蓄財に成功した。その極意を、聞き入る人々に伝授する。彼が最初に「貧しくては生ける甲斐《かひ》なし。富めるをのみ人とす」などと語り出す時には、血も涙もない冷血漢かと思わせるが、彼が語る言葉に耳を傾けるうちに、自分が生涯を賭けて会得した金銭哲学に立脚した自信に満ちた発言であることがわかる。そして彼が何とも言えぬユニークで魅力的な人物に思えてくるのも、兼好の筆の力であろう。大福長者の発言の一部を示してみよう。

徳《（富を蓄えよう）》をつかんと思はば、すべからく、まづその心遣《こころづか》ひを修行すべし。その心と言ふは、他のことにあらず。人間常住《にんげんじやうぢゆう》の思ひに住《ぢゆう》して、仮にも無常を観ずることなかれ。これ第一の用心なり。

次に、万事の用《よう》を叶《かな》ふべからず。人の世にある、自他につけて所願無量《しよぐわんむりやう》なり。欲に従ひて志を遂げんと思はば、百万の銭《ぜに》ありといふとも、しばらくも住すべからず。所願は止《や》む時なし。財《たから》は尽くる期《ご》あり。限りある財を持ちて、限りなき願ひに従ふこと、得《う》べからず。所願心に兆《きざ》すことあらば、我を滅ぼすべき悪念来れり《あくねんきたれり》と固く慎《つつし》み恐れて、小要《せうえう》をもなすべからず。

これはもう、金銭哲学というよりも、立派な人生哲学ではないだろうか。この世の無常が強く意識されていた中世の時代にあって、大福長者は堂々と「人間常住の思ひに住して、仮にも無常を観ずることなかれ」と言い放つ。「人間は無限の欲望を持つけれども、その人が所有する財産は有限である。だから、欲望にまかせて金銭を使ってはならない」。大福長者が語るこの言葉は、人間の欲望の限りなさと人間存在の有限性という、人生の秘密に触れている。

この段はよほど面白かったと見えて、江戸時代には大福長者の言葉をほぼそのまま三十一文字に仕立て直した教訓歌が詠まれた。

長者山《ちやうじややま》望まば千代《ちよ》と心得て仮《かり》にも無常を観ずべからず
金銀《きんぎん》は神や仏よ主君と畏《おそ》れ貴《たふと》み使ふべからず
（『為愚痴《いぐち》物語』）

しかしこのような教訓歌になってしまっては、文学の香りは失せ果ててしまう。一方、兼好がヴィヴィッドに書き記した徒然草での大福長者の発言からは、新しい価値観を生きる人間の潑剌とした息吹がじかに伝わってくる。

徒然草で紹介されるのは、多くの場合、たった一度だけ登場する人々の発した言葉である。その言葉の主は、双六や木登りの名人だったり、大金持ちだったりする。ある時は誰かからの伝聞だったり、またある時は兼好自身がその人物から直接聞いた話だったりというように、状況はまちまちである。しかし兼好の表現力と表現スタイルによって、人々の言葉が徒然草に定着した。魅力的な人間が発する印象的な言葉は、徒然草に書き留められたことで時代と場所を越えて生き続ける。

徒然草の清新さはどこからくるのか

徒然草は何度繰り返し読んでも、いつも新鮮に感じる。なぜなのだろうか。徒然草の筆法のどのような点が、いつ読んでもこの作品を新鮮であると思わせるのか。

その秘密を解く鍵の一つは、次のような書き方によるのではないだろうか。中学や高校の教科書でよく登場する段の一つを掲げよう。第四十五段「榎木の僧正」である。

公世《きんよ》の二位の兄人《せうと》に、良覚《りやうがく》僧正《そうじやう》と聞こえしは、極めて腹悪しき人《（怒りっぽい人）》なりけり。坊《ばう》の傍《かたは》らに、大きなる榎木《えのき》のありければ、人、「榎木の僧正」とぞ言ひける。この名しかるべからずとて、かの木を伐《き》られにけり。その根のありければ、「切杭《きりくひ》の僧正」と言ひけり。いよいよ腹立ちて、切杭を掘り捨てたりければ、その跡《あと》大きなる堀にてありければ、「堀池《ほりけ》の僧正」とぞ言ひける。

徒然草の原文は、これだけである。ところが徒然草のこの段を引用した『榻鴫暁筆《とうでんぎょうひつ》』（十五世紀中頃成立）という書物は、この段の末尾に本来はなかった一文を付け加えている。曰く、「人の口は、さがなきものなり」。この一言が、徒然草の行文の生命力を打ち消していないだろうか。この感想とも結論とも言えるような一文によって、今まであれほど生き生きと周囲の人々に対応していた良覚僧正の心の動きが、突然止まってしまう。

兼好がこの話を書き留めたのは、世間の人の口さがなさを批判するためではない。良覚僧正の行動に象徴されるような、外界に対応せずにはいられない人間の心のあり方に興味を感じたためである。だからこそ読者はこの話の結末までよく知っているにもかかわらず、何度この段を読んでも良覚僧正と周りの人々の心の動きを、彼らと一緒になって楽しめるのである。それなのに「人の口は、さがなきものなり」と結論付けられてしまっては、この話はただの口の悪さの実例の一つに成り下がってしまう。

住吉具慶筆『徒然草図』第45段
（斎宮歴史博物館蔵）
榎木の僧正の表情は険しい。

もちろん徒然草には、格言的な感想を付け加えて教訓性を明示している段もある。その顕著な例は、参詣のお目当てである石清水八幡宮《いわしみずはちまんぐう》が男山《おとこやま》の山上にあると知らずに、麓《ふもと》の末社だけしか参詣しなかった仁和寺《にんなじ》の法師の失

石清水八幡宮（京都府八幡市）

敗談を書いた第五十二段であろう。「少しのことにも、先達はあらまほしきことなり」という結論が最後に記されている。この場合は法師の人間性に兼好の関心があったのではなく、彼の行動とその結果に興味が集中していたためだろう。

しかしそれらと違って、兼好がみずからの感想やまとめを書かない段には、それ相応の理由があるはずだ。寸言を書けば、記述したものの生命、すなわちそこに登場する人間の生命力が途切れてしまう。清新さが失われることを惜しむ。それが兼好の書き方であることに、注意を払うべきであろう。

これらの段は、明らかに教訓を書くのが目的ではない。先に取り上げた第四十段の因幡国に暮らす栗ばかり食べていた娘の話でも、兼好は何も感想を付け加えてはいない。そのことによって、この娘は単なる珍談の標本ではなく、血の通った一人の生身の人間として現代まで生き続けている。

3　時間認識としての無常観

自由な展開をもたらす断章スタイル

徒然草を連続読みしてゆくと、兼好の精神の変貌がよくわかる。それにしても、何と短いサイクルで次々と話題が変わってゆくことか。ある事柄について、長く書き続けてゆくことはまずない。一区切りつけられるような内容の単位は、最大の場合であっても字数にして千字を越えることは少ない。それどころか、百字・二百字くらいのものが多い。短い記述が、徒然草の独自のスタイルである。

このスタイルによって、実にさまざまな話題を取り上げることが可能となった。オスカー・ワイルドの『芸術家としての批評家』第二部の冒頭。話者のギルバートが「会話ってものはあらゆることに触れるべきだが、なにごとにも集中すべきじゃないのだ」（西村孝次訳）と言って、それ以前の話題をなおも続けようとする友人を遮《さえぎ》る場面がある。徒然草の記述もまた、それと似ている。あらゆることに触れながら、あたかも何事にも集中しないかのように、次々と思い浮かぶ想念を書き付けてゆく。断章形式による記述が、徒然草の生命であろう。

このことは、『方丈記』と比較すると明確になってくる。『方丈記』は日本の文学史上きわめて達成度の高い住居論であり、鴨長明は住まいについて論じ尽くして、遂には理想的と思えた方丈の庵での生活の是非にまで思索が及んだ。しかし彼が論じ尽くしたのはあくまでも自分自身にとっての住まいであり、住まいそのものが孕む多様なあり方についてではなかった。長明とまったく無縁の豪奢な大邸宅にも、住居の典型は見出されるはずだ。『方丈記』がそれらを切り捨てることによって純度が高い住居論となったとしても、鴨長明の住まいへの視野は限られたものであると言わざるをえない。一方の徒然草は、特定の章段で長々と住まいを論じ尽くさない。同じテーマがあちこちに顔を出す断章的な記述スタイルを取ることにより、かえってさまざまな角度から言及することが可能となる。徒然草に書かれている住居に着目すると、「住まい百科」の様相さえ呈している。

一つの事柄について集中的に考え抜くことが、思索に一貫した方向性をもたらし、思索を深めることは確かだろう。だがややもすれば、思考が鋳型《いがた》に嵌《は》められてしまう陥穽《かんせい》が待ち受けている。鋳型に嵌められない兼好の思念は、奔放に繰り広げられる。徒然草の矛盾とは、よく言われることである。しかし翻って考えれば、矛盾なき心というものがあるのだろうか。むしろ、一見矛盾するようなことであっても、ある事柄についてさまざまな観点から思索を巡らし、矛盾を恐れずにかつて書き記した感慨とはまた異なる感慨を述べていることにこそ、徒然草の清新な魅力があると捉えるべきである。思索や想念は、生き生きと常に動いてやまぬ生命体である。それらを固定せず、自由に羽ばたかせること。丁寧に羽を伸ばされ、ピンで留められてガラスケースに収められた標本はどんなに端正であろうとも、動いてやまぬ生命の魅力には及ばないだろう。

たとえば徒然草の第六段では、「子といふもの、なくてありなん」と子孫不要論を書いているのに、第百四十二段では「子ゆゑにこそ、よろづのあはれは思ひ知らるれ」という武士の言葉に共感を示している。あるいは、「えならぬ匂ひには、必ず心ときめきするものなり」とか「まことに手足・膚《はだへ》などの清らに肥《こ》え、脂《あぶら》づきたらんは、外《ほか》の色ならねば」などと、抗しがたい女性の魅力を書く（第八段）かと思えば、「女の性《しやう》は、みな僻《ひが》めり」（第百七段）と女性一般を厳しく非難する。けれども段を隔てて書かれているので、矛盾撞着と感じるよりも、その時々の率直な思いの表白として読むことができる。

時間への関心

徒然草の無常観も、一箇所でまとめて論じ尽くされておらず、場所を隔てて散見される。兼好は、中世の無常観として正面切って論じるのではなく、独自の時間認識の表れとしてあちらこちらで無常ということと向き合う。

兼好も確かに徒然草の初めの方では、当時の一般常識としての無常観に則って筆を進めているように思われる。しかし何度もこの問題に思索を巡らすうちに、兼好は無常観とは時間というものの一つの表れであることに思いいたる。時間とは、さまざまに形を変えて人間の目の前に立ち現れる。そのような時間の動態を兼好はすばやく摑み取り、表現に定着させた。それが、徒然草における時間認識の多彩な展開をもたらした。時間の本質を巡る思索は、断章形式によってこそ実態をよりダイナミックに把握することができる。徒然草は無常観を一貫して追究する書物ではなく、「心に移りゆくよしなしごとを、そこはかとなく」書いたものである。さまざまな事象の中に揺らめき点滅する時間認識の一部分として無常観を捉えた方が、兼好の心のあり方に寄り添うことになろう。

さて、兼好が捉えた時間は三態ある。この三態の時間をそれぞれ描き分けたこと自体が、徒然草の大きな文学的達成だと認められる。文学作品の中で時間というものに関してこれほどまでに思索を巡らし、時間の持つさまざまな側面を的確に捉えて表現に定着させた人間が、兼好を措いて今までに存在したたであろうか。

時間の三態

兼好によって見出された時間とは何か。それは時間が三つの相貌を持つことの発見であった。兼好がまず着目したのは、時間が季節の衣装を纏《まと》って循環すること（第十九段）であり、物体の内部に浸潤してその物を崩壊へと導くこと（第二十五段・第三十段）であり、人間の心の奥に息づいて永遠の現在となる（第三十一段・第三十二段）ことであった。兼好は徒然草の三十数段までで、早くも時間の三態を描き分けている。そしてここで提示された「時間の三態」というテーマが、段を隔てて繰り返し何度も変奏されながら、次第にそれぞれの相貌を明確にしてゆく。

徒然草はどんなに名文・名句に満ちていようとも、教訓集でもなければ高僧の語録でもない。徒然草に書き留められた一つ一つの言葉は、まるである時ふと漏らされた一息のため息のようなものではなかろうか。固着した言葉によって鎧《よろ》い固められた結論ではなく、ある時点ある時点での思索の試行錯誤の記録であるからだ。

連続し循環する季節という時間

兼好が見出した時間の第一の相貌は、季節という華麗な衣装を身につけて連続的に循環する姿だった。そのことを明確に指し示すのが、第十九段である。間断することなき文章の連なりによって、絶え間なく変化し、移ろってゆく季節を一続きのものとして描き出している。江戸時代に代表的な画家を輩出した土佐派の見本帖にも、第十九段を描いたとおぼしい図柄の模写が収められている。原画は土佐光芳《みつよし》（一七〇〇〜七二）で、秋の刈田の上空を雁が飛んでいる図である。文字は画面の上部右端に「やうやう夜さむに」とあり、改行して「……」という省略記号が六行続き、左側に「物なれば／人の／みるべきにも／あらずなきすさびにて……」と読める。徒然草の第十九段の秋の部分の表現が、不正確ながら引用されている。

このように第十九段は絵画化に適した段ではあるが、実際には絵画的な記述ではなく、時間の推移とともに描き出される点で映像的な段である。それにしても、千二百字にも満たない簡潔な文章の中に、何と趣深い季節の変化が描き籠められていることだろう。単に四季折々の自然の景物を描くだけでは、これほどの表現効果は生まれまい。成功した理由の一つは、人間の心情を季節の情趣に寄り添わせて書いている点に求められるだろう。季節の推移は、人間の意識に上って初めてその移ろいもその季節感も実感されるものである。それらを意識しなければ、季節の変化も何もありはしない。

兼好はこの段の中ほどで、みずから『源氏物語』と『枕草子』の名前を出して「言ひ続くれば、みな『源氏物語』『枕草子』に言古《ことふ》りにたれど」と書いていることは、前節でも触れた。もう既に『源氏物語』や『枕草子』で言い古されていることだが、と兼好は謙遜している。なるほど『源氏物語』の玉鬘十帖《たまかずらじゅうじょう》では、初音《はつね》巻から始まって胡蝶《こちょう》・螢《ほたる》・篝火《かがりび》・野分《のわき》・行幸《みゆき》と続く一連の巻々が四季の推移に沿っている。『枕草子』の有名な冒頭は、「春は曙……、夏は夜……、秋は夕暮れ……、冬は早朝《つとめて》……」で始まっている。けれども徒然草の第十九段のように、凝縮した短い分量の中で月ごとの季節の細やかな変化を描き込んだ作品は、稀有である。

「折節《をりふし》の移り変はるこそ、ものごとにあはれなれ」という冒頭の一文が、この段全体のテーマである。この言葉は、なぜ最初に据えられたのか。すぐこれに続く「もののあはれは秋こそ増され、と人ごとに言ふめれど」という世間の人々の価値観や美意識への反論として出現した言葉だからである。その点に注目すれば、四季の変化を連続的に捉えるという書き方の独自性だけでなく、それを書かせた推進力が世間の一般論への反駁というきわめて批判的な精神だったことにも気づかされる。

世間の人々は、季節と聞くとすぐに「どの季節が一番よいか」という限定的な価値観を持ちがちである。そのような認識への反駁《はんばく》が、兼好の心の底にはある。人々は秋がすばらしいと言うが、「それもさるものにて」春もすばらしいと兼好は書く。だから、このあたりの文章を一見すると、世間の人が熱中する「春秋優劣論」と同じレベルに見えてしまうかもしれない。だが実際はそうではなく、兼好が強調したかったのはあくまでも折節（＝季節）の移り変わりそのものの情趣であった。

第十九段の時間認識で最も重要なのは、季節の連続性もさることながら、季節が毎年同じように巡ってくることに託して、時間が持つ循環性に着眼している点であろう。むしろ季節の巡回を通して、時間の循環性に気づかされると言った方がよいか。この第十九段が時間の循環性を際立たせることに成功しているのは、叙述スタイルが斬新だからである。

一年は元旦から始まって、大晦日で終わる。一年間の四季折々のことを書こうとすれば、普通の発想では立春の時点から書き始めて、歳の暮れで終わる。第十九段の書き方には和歌における四季の詠み方という発想が大きな影響を与えているが、勅撰集の四季の部は立春から始まって年の暮れで終わる。勅撰集でなくても、たとえば『和漢朗詠集《わかんろうえいしゅう》』に収められている詩歌も目次を見ると、立春から始まって仏名《ぶつみょう》（旧暦十二月十九日前後の行事）で終わっている。確かに、このような時間認識が一般的であろう。けれども兼好は、春から始めて季節を一巡させたうえで、元旦の早朝の情景までを書いた。

かくて明けゆく空の気色《けしき》、昨日《きのふ》に変はりたりとは見えねど、ひきかへ珍しき心地ぞする。大路《おほぢ》のさま、松立《た》て渡して、華やかにうれしげなるこそ、またあはれなれ。

これは、元旦から大晦日までの、静的で完結した世界秩序ではない。春から夏になり、秋から冬になり、歳末が大晦日の夜を迎え、それがさらに連続して元旦の早朝へと繋がって、ここに再び新しい年が既に始まっている。新しく蘇りつつ繰り返されるもの、それが時間であると実感される。暦の上では元旦は立春であることが多いから、また再びの春が巡ってきた。それが昨日とはどこか異なったみずみずしさを感じさせることを、この段は実に明確に描き出している。

「昨日に変はりたりとは見えねど」および「華やかにうれしげなるこそ」という何気ない言葉が、この段の締め括りにふさわしい字眼である。最後を元旦の早朝で締め括るという書き方のダイナミズムによって、四季が一巡りで完結するものではなく、無窮の律動の中にあることが明確に指し示される。この段は、兼好が時間の連続性と循環性を同時に表すことに成功した最初の達成と言える。

土佐光起画『津礼津礼草四季画』
（東北大学附属図書館蔵）
祭の行列を見ようと急いで桟敷へ向かう人々（第137段）。

季節に託す時間認識

時間の推移を一連のものとして連続的に捉えるのは、第十九段に限らない。たとえば、第百五十五段では、次のように言う。

春暮れて後、夏になり、夏果てて、秋の来るにはあらず。春はやがて夏の気を催《もよほ》し、夏より既に秋は通《かよ》ひ、秋はすなはち寒くなり、十月は小春《こはる》の天気、草も青くなり、梅も蕾《つぼ》みぬ。

こう述べたうえで、「四季はなほ、定まれる序《ついで》あり。死期《しご》は、序を待たず。死は、前よりしも来《きた》らず、かねて後《うし》ろに迫れり」と、生死の真実を見抜いている。徒然草の中で屈指の長文にして名文である第百三十七段は、かつて正徹が徒然草のすばらしさを発見した契機となった部分である。この第百三十七段は、第十九段の変奏曲ともみなしうる。東北大学附属図書館に土佐光起《みつおき》画の『津礼津礼草四季画《つれづれぐさしきが》』一軸（文久元年模写）が所蔵されている。ここには「四季画」という題が付いているが、第十九段の絵画化ではなく、第百三十七段を描いている。第百三十七段が、第十九段同様に四季を描いた段であると認識されていたことをこの絵画（絵巻）の存在は示している。

花は盛りに、月は隈《くま》なきをのみ見るものかは。

桜の花は、満開の時だけが美しいのではない。蕾が膨らんでもう少しで咲きそうになっているのも、あるいはもう既に散ってしまった花もすべてすばらしい。そう、兼好は言う。時間の連続性は、季節にだけ表れるものではない。男女の恋愛はその最中だけでなく、逢えなくとも心の中で相手のことを思っているその状態も、紛れもない愛の時間である。祭り見物も、行列を見るだけが祭りの時間なのではなく、早朝から夕暮れまでのすべての時間を体験してこそであると、兼好はさらなる思索を展開させる。

その連続した時間が、遂には死の到来で断絶することが最後に書かれ、「若きにもよらず、強きにもよらず、思ひ懸けぬは死期《しご》なり」という実感が浮かび上がってくる。

廃墟の風景

四季は繰り返すが、時間というものは真の意味で再び立ち戻ってくることはない。その厳然たる事実からも、兼好は眼を逸《そ》らすことはない。時間が持つ第二の相貌として、その不可逆性を見据えた第二十五段や第三十段が書かれることになる。

第二十五段は、廃墟に佇《たたず》む兼好の姿が、まるでクロード・ロランの風景画中の人物のように浮かび上がる。兼好は、かつて栄華を誇った平安時代の藤原氏に思いを馳せながら、目の前の廃墟を廃墟として受け入れる。この段は、廃墟の風景に時間の不可逆性を見出し、時間の経過の非情を浮き立たせることに成功している。

飛鳥川《あすかがは》の淵瀬《ふちせ》常ならぬ世にしあれば、時移り、事去《ことさ》り、楽しび悲しび行《ゆ》き交《か》ひて、華やかなりし当たりも、人住まぬ野らとなり、変はらぬ住みかは人改まりぬ。桃李《たうり》もの言はねば、誰《たれ》とともにか昔を語らん。まして、見ぬ古《いにしへ》の、やんごとなかりけん跡《あと》のみぞ、いとはかなき。

書き出しに飛鳥川のことが出て来るのは、『古今和歌集』の読人知らずの歌による。

世の中は何か常なる飛鳥川昨日の淵ぞ今日は瀬となる

「飛鳥川」という川の名前の中に、「明日」が含まれている。だから一首の中に、「昨日」「今日」「明日」という言葉が出てくる。川の流れの形態に、時間の推移を見出した歌である。兼好はこの和歌を念頭に置いて、藤原道長《みちなが》が建立した大寺院である法成寺《ほうじょうじ》の廃墟に佇む。現在の廃墟の姿から過去の栄華を思い浮かべ、そしてまた眼前の廃墟に目を移しつつ未来を幻視する。過去から現在へ、そして未来へという時の流れが、時空を越えて見通されている。そして形ある物に永続性を託そうとする人間の営為の虚しさを、兼好は静かに眺めている。

人の亡き跡

建物の崩壊という即物的な現実を突きつけ、時間の不可逆性を記述したのが第二十五段だった。その筆の先もまだ乾かぬうちに、今度は打ち寄せる非情の時間によって人間存在のすべての痕跡が消滅し果てる情景が、すぐれて映像喚起的な文章によって描き出される。徒然草の第三十段は、人間存在にもたらす時間の非情さが遺憾なく描かれており、徒然草屈指の名文である。ここはぜひ全文を読んで、兼好によって隈なく明らかにされた時間の破壊力を再認識したい。時間は第十九段で描かれていたように、美しくそしてゆるやかに連続しながら循環するだけではない。取り返しのつかない、非情なものなのだ。

人の亡《な》き跡《あと》ばかり、悲しきはなし。

中陰《ちゆういん》のほど、山里などに移ろひて、便《びん》あしく、狭《せば》き所にあまたあひ居て、後《のち》の業《わざ》ども営み合へる。心あわたたし。日数《ひかず》の速《はや》く過ぐるほどぞ、ものにも似ぬ。果ての日は、いと情なう、互ひに言ふこともなく、我賢げに物ひきしたため、散り散りに行きあかれぬ。もとの住みかに帰りてぞ、さらに悲しきことは多かるべき。「然々《しかしか》のことは、あなかしこ、跡のため忌《い》むなることぞ」など言へるこそ、かばかりの中に何かはと、人の心はなほうたて覚ゆれ。

年月《としつき》経《へ》ても、つゆ忘るるにはあらねど、「去る者は日々に疎《うと》し」と言へることなれば、さはいへど、その際《きは》ばかりは覚えぬにや、よしなしごと言ひて、うちも笑ひぬ。骸《から》は気《け》うとき山の中に納めて、さるべき日ばかり詣《まう》でつつ見れば、ほどなく、卒塔婆《そとば》も苔むし、木《こ》の葉《は》降《ふ》り埋《うづ》みて、夕べの嵐、夜の月のみぞ、こと訪《と》ふよすがなりける。
　思ひ出《い》でて偲《しの》ぶ人あらんほどこそあらめ、そもまたほどなく失せて、聞き伝ふるばかりの末々《すゑずゑ》は、あはれとやは思ふ。さるは、跡訪《と》ふわざも絶えぬれば、いづれの人と名をだに知らず、年々の春の草のみぞ、心あらん人はあはれと見るべきを、果ては、嵐に咽《むせ》びし松も千年《ちとせ》を待たで薪《たきぎ》に摧《くだ》かれ、古き塚《つか》は犂《す》かれて田となりぬ。その形だになくなりぬるぞ悲しき。

これを読むと、兼好の観察力の的確さに今更ながら驚かされる。現代でこそ、高速度映像によって、時間の経過を何十倍ものスピードで目の当たりに見ることができるが、それを兼好はほんの数百字の文章の中で行っている。

無常は越えられるのか

ある一人の人間の死の直後の悲しみ。しかし、その悲しみを確認し、死者を心から弔い、残された人々の心を癒すための期間でもあるはずの四十九日の間でさえも、状況は刻々と変化してしまう。少しずつ死から生へ、つまり日常の世界へと重心が移動してゆく人間の心のあり方を、兼好は見据えている。冒頭の「人の亡き跡ばかり、悲しきはなし」という心の底からの嘆きは深いが、その悲しみによって観察眼が曇ることはない。かえって人々の現実的な対応への批判となって、透徹した筆致が貫かれた。

「年月経ても、つゆ忘るるにはあらねど」という微妙な心の動きを見逃さず、次第に墓参も怠りがちになるという現実を直視する。卒塔婆は苔むし、木の葉が墓を覆うという、蕭条《しょうじょう》とした晩秋の気配の色濃い季節描写とともに山中の墓所の情景を描き、若草が芽吹く春の情景の中に、今はもう名前も忘れ去られた死者の悲しみを感じ取る。

「思ひ出でて偲ぶ人あらんほどこそあらめ、そもまたほどなく失せて」というほんの短い表現に込められた無限の思いを、読者は心に重く受け止めずにはいられない。第三十段の記述は、書き進むにつれて急速に加速度が付く書き方になる。時間の激流を、もう誰も押しとどめることはできない。遂には、墓さえも鋤《す》き返されて田畑となり、完全に生の痕跡が消滅する。それがリアルな現実として、目の前に突きつけられる。

兼好は第三十段で、人間存在の完全な消滅を、その死去の瞬間から墓所の消滅までの数十年あるいは百年近い時間の幅をとって描き出している。にもかかわらず、その時間の長さが一瞬のうちに過ぎ去ったかのような、不思議な感覚を起こさせる。兼好は独特の凝縮した書き方をして、強烈な時間認識を読者の心に刻印する。

他者の中で生きる

「その形だになくなりぬるぞ悲しき」という厳然たるこの世の真実を前にすると、生は夢幻《むげん》のものなのだろうかという懐疑が、兼好の心の底に湧き上がる。それに対する答えが、引き続き書かれている二つの挿話的な回想である。すっと話題を転じる断章スタイルによってこそ可能となる、思索の自在な伸展の好例である。

第三十段に引き続く二つの挿話には、兼好が人間の死は何によって乗り越えられるかを明確に示している点で、彼の思索の深化が見られる。

ある雪の朝、何かちょっとした用事で兼好が出した手紙に雪のことを触れなかったところ、相手が返事の中でそのことを軽くたしなめたという思い出がまず書かれる（第三十一段）。相手は男性とも女性とも記されないが、次の話との繋がりを重視すれば、女性であろう。「今は亡き人なれば、かばかりのことも忘れがたし」という末尾の一文は、兼好の心の中で今もなおこの女性が忘れがたく生き続けていることを鮮やかに照らし出す。

さらに続けて、みずからの体験談を書く。ある女性が客人を見送った後、すぐに戸を閉めずに月を見やっていた場面を目撃したエピソードである（第三十二段）。この女性も「ほどなく失せにけりと聞き侍りし」と締め括っている。

前の話と言い、この話と言い、どちらの女性も兼好の思い出の中を生き続けている。人間の死は不可避である。だが死者は、他者の心の中で生き続けられると兼好は示唆する。そしてそのことを書き留めた徒然草の言葉も、書き手である兼好の生存期間を越えて読み手のある限り生き続けることができるのだ。

無常を越えるもの

徒然草が無常観の文学であると言われるのは、確かに徒然草のところどころに「無常」という言葉が出てくることにもよるだろう。ただし徒然草全体を通しても、「無常」の用例は六例しかない。しかもそのうちの一例は、「仮にも無常を観ずることなかれ」という否定的な言葉のなかで使われている（前に述べた大福長者の段）。さらにもう一例、梵鐘《ぼんしょう》の音が

「無常の調子」であるという、音楽の用例がある。実際に無常観と深く関わる用例は、たった四例にすぎない。

(1) 人はただ、無常の身に迫りぬることを心にひしとかけて、束《つか》の間《ま》も忘るまじきなり。（第四十九段）

(2) 命は、人を待つものかは。無常の来《きた》ることは、水火《すいか》の攻むるよりも速《すみ》やかに、逃れ難きものを。（第五十九段）

(3) その故《ゆゑ》は、無常変易《むじやうへんえき》の境《さかひ》、ありと見る物も存ぜず。始《はじめ》あることも終《を》わりなし。志は遂げず。望みは絶えず。人の心、不定《ふじやう》なり。物みな幻化《げんげ》なり。何事か、しばらくも住《ぢゆう》する。（第九十一段）

(4) 閑《しづ》かなる山の奥、無常の敵《かたき》、競《きほ》ひ来《きた》らざらんや。その死に臨《のぞ》めること、軍《いくさ》の陣《ぢん》に進めるに同じ。（第百三十七段）

このように用例を見てくると、「無常」という言葉が人間の避けることのできない「死」とほぼ同義に使われていることがわかる。人は誰も皆「死の到来」を忘れることなく生きよ、と強い口調で自覚を促す文脈で使われている。

死の絶対性は、今さら事新しく言われる筋合いのものではないだろう。古来人々が、肝に銘じていることではある。けれども徒然草では、この世の無常を実感し嘆くことに留まってはいない。兼好は、折に触れて思索を繰り返す。そして死の到来をも乗り越える心の持ち方として、「不定」と「ただ今の重視」という新たな二つの観点を打ち出してくる。このようにある事柄をめぐって不断に思索を巡らし、それへの自分なりの解答を見出そうとする点が、徒然草の批評性である。

ある観点から考え尽くされた対象であっても、さらに異なる観点を見出して、本質に肉薄してゆく。そのような持続する関心と深化する思索が、「つれづれ」という閑居の中から生み出される。そして思索が「そこはかとなく」書き記されてゆく過程こそが、徒然草の実態である。試行錯誤、観念論と具体論、相矛盾する記述、それらのすべてを含めたものが徒然草である。

現在の発見

徒然草の中でも特に有名な段に、「二本の矢」の話がある（第九十二段）。「的に向かって矢を放つ時、二本の矢を持ってはならない。なぜならば無意識のうちに後の矢を当てにして、最初の矢がなおざりになるからである」、と師匠が戒めたという話である。本人さえ気づかぬきわめて微妙な心の動きを、師匠が看破している。兼好がこのエピソードに強い感銘を受けて徒然草に書き記したのも、彼が人間の心の微妙な動きに敏感だったことの証である。

弓矢を射る時の心得というきわめて具体的で限られた状況を、兼好は人生の心得に転換する。万事につけて、先へ先へと延ばしがちな懈怠《けたい》の心を鋭く衝《つ》く。「何ぞ、ただ今の一念において、直《ただ》ちにすることのはなはだ難き」という最後の言葉には、この世が無常であるからこそ、「ただ今の一念」が貴重であるという発想の大転換がある。

一本の矢で必ず的を射なければならないとする教え自体は鎌倉時代の武士の教訓書にも書かれてお

り、武士たちの真剣勝負の戦いの中から生まれた実践的な教えである。しかしそのことを敷衍《ふえん》して、より一般化した人間共通の普遍的な真理へと拡大したところに、兼好ならではの独自の発想がある。無常観の嵐が吹き荒れる中世の時代にあって、「かけがえのない現在」というものをしっかりと見出した兼好は、時代の価値観を乗り越え、現代に生きる私たちに直接繋がる普遍性を差し出している。この「普遍性」こそは、徒然草の文学的達成の最大のものであろう。

存命の喜び

兼好が見出したこの世のあり方や心の真実は、懐疑と絶望の中で変奏され続けた思索によるものである。その思索の結果が誰にもわかりやすく、簡潔で明晰な、現実に即した表現で書かれている。このことは逆に、兼好の思索力・表現力の強靭さを表している。ところが徒然草を読んでこのように思うのは、現代人なればこそという側面もある。つまり徒然草が書かれた当時には、人々の理解を越えた部分もあった。既に繰り返し述べてきたように、徒然草が兼好の生前に広く読まれた形跡はない。その原因の一つは、当時の人々の考え方から大きく逸脱する内容が書かれているからだろう。

弓矢の話に引き続いて、牛の売り買いにともなう生死の認識を記したのが第九十三段である。この段もまた、兼好によって発見された「かけがえのない現在」への自覚である。第九十二段と第九十三段は、分かちがたく結び付いている。というよりも、前段での記述がさらなる思索を促しているのだろう。ここでも「連続読み」が有効なゆえんである。

牛の売買の約束をしていた二人の人物がいる。ところが夜のうちに、肝心の牛が急死する。「牛に急死された持ち主は損をした」という言葉を聞いて、ある人が「思わざる死の到来を目の当《ま》たりにして、生の尊さに気づいたのだから、損ではない」と反論する。さらにこの人物は、「されば、人、死を憎まば生を愛すべし。存命《ぞんめい》の喜び、日々に楽しまざらんや」とも述べた。しかしこの発言も、まったく人々に理解されなかったという。

周囲の人々に発言が理解されなかった人物は、おそらく兼好の分身であろう。当時の世の中にあっては、「存命の喜び」を「日々に楽しむ」などということは、人々の理解の限度を越えていた。この発言に時代が追いつくためには、中世から近世への転換期を待たなくてはならなかった。

兼好は徒然草の他の箇所でも、同様の思念を書いている。たとえば第百八段でも「寸陰《すんいん》惜しむ人なし。これ、よく知れるか、愚かなるか」と述べ、「我等《われら》が生ける今日の日」のかけがえのなさを説く。

不定の世の中

この世は無常であると明確に認識した兼好は、「ただ今」の一刹那《せつな》の貴重さを常に自覚して生きるべきであると述べた。しかしいくらそのように自覚しても、この世が無常であることに変わりはない。その無常のこの世を、どう生きるべきか。兼好の思索は停滞することなく、巡り続ける。その一つの解答が、第百八十九段である。

今日はそのことをなさんと思へど、あらぬ急ぎまづ出《い》で来《き》て紛《まぎ》れ暮らし、待つ人は障《さは》りありて、頼めぬ人は来《きた》り、頼みたる方《かた》のことは違《たが》ひて、思ひ寄らぬ道ばかりは叶《かな》ひぬ。煩《わづら》はしかりつることは事《こと》なくて、易《やす》かるべきことはいと心苦し。

日々に過ぎ行くさま、かねて思ひつるには似ず。一年《ひととせ》の中も、かくの如《ごと》し。一生の間もまた、然《しか》なり。かねてのあらまし、みな違ひゆくかと思ふに、おのづから違はぬこともあれば、いよいよ物は定め難し。不定《ふぢやう》と心得ぬるのみ、まことにて違はず。

世の中の測りがたさをこれほどまでに委曲を尽くして、しかも簡潔に述べた文章があるだろうか。徒然草の真骨頂であろう。予想は外れるものだと述べたうえで、けれども常に予想が外れるわけではないという一文が付け加わる流れは、心憎い。予想が外れやすいという一つの真実自体が、見事に相対化されるからである。この段は兼好が辿り着いた人生の心得の、一つの到達点であろう。

汎現在という到達点

時間の推移は、止めようもない。けれどもその現実の中に「我等が生ける今日の日」を見出し、「人間常住の思ひに住して、仮にも無常を観ずることなかれ」という第二百十七段の大福長者の言葉を紹介した兼好は、明らかに「現在」に重心を置いている。

現在というものを無限に自分の周囲に広げてゆく感覚は、徒然草の中だけで兼好が主張した考えではなかった。兼好の最晩年の動向を知る資料として貴重な『為世《ためよ》十三回忌和歌』に収められている次の一首も、兼好の時間認識の到達点である徒然草の延長線上にある。通説によれば兼好は徒然草の執筆後、二十年の長きにわたって生存していたが、その間に和歌活動はしても徒然草のような散文作品は残していない。けれども兼好の思索と認識力は、衰えることがなかった。そのことをはっきりと示す和歌である。

遠《とほ》ざかる別れと何か思ふらんただそのままの秋の夕暮れ

兼好の和歌の師である二条為世が八十九歳で亡くなったのは、暦応元年（一三三八）八月五日であった。その十三回忌に当たる観応元年（一三五〇）八月、為世の孫である二条為定《ためさだ》によって追善歌が勧進《かんじん》された。僧俗各三十四名の合計六十八名が、和歌を二首ずつ寄せている。その最後に位置するのが、兼好の歌である。

季節は、旧暦八月だから秋である。為世が亡くなった、その日の秋の夕暮れは、十三年経っても、いまだ現在としか思えないという感覚を詠んでいる。これを、「汎現在《はんげんざい》」と呼ぼう。現存する兼好の最後の歌がこの感覚を歌っていることは、実に象徴的である。徒然草で繰り返し述べられてきた時間認識が、ここに凝縮していると思えるからだ。

思えば兼好が徒然草に数多く書き留めた有職故実《ゆうそくこじつ》もまた、まさに「汎現在」の象徴である。宮中の古いしきたりは、その由来も意味も明確にはわからなくなってなお、連綿と続いている。このしきたりこそ、目に見える形で「現在」が「汎《あまね》く」存在することを保証するものであろう。だから兼好は、徒然草の中に強い興味を持って有職故実を書き留めたのである。

兼好のこのような「汎現在」の時間認識は、もしかしたら卜部家という神道の家柄の出身であることども、遠く結び付いているかも知れない。兼好の兄弟である慈遍《じへん》もまた、次のように著書『旧事本紀玄義』の中で書いていた。

神代《じんだい》、今に在《あ》り。往昔《わうせき》と言ふことなかれ。

この言葉と、先ほどの「遠ざかる別れと何か思ふらんただそのままの秋の夕暮れ」という歌の世界は地続きである。

4　彷徨の果てに

徒然草は三教一致の書か

兼好は、神道の家柄に生まれながら出家した。しかも徒然草には『老子』や『荘子』が愛読書だったことも書かれ、『論語』をはじめとする儒教の教えも徒然草のあちこちに顔を出す。

最古の注釈書『徒然草寿命院抄』によって「儒釈道ヲ兼備スル」と指摘されて以来、徒然草の思想基盤と宗教基盤は既に自明のものとされてしまった。その先入観は、揺るぎない。しかし兼好は、これらさまざまな宗教と思想をやすやすとみずからの教養に取り込み、その知識と教養を武器として、世の中のあるべき姿を明確に指し示した人物なのであろうか。

確かに徒然草に書かれている内容は、江戸時代の思潮としての「三教一致」に合致する。しかしながらそれをもって、兼好の内面を解明したということはできない。むしろ兼好の内面の苦悩が、これらさまざまな思潮の一種混濁ともいうべき雑然性をもたらしている。

仏道への思い

兼好の心情の特徴は、彼が何か特定のものに没入して信じ切っているように見えないことである。徒然草に描かれている兼好の関心の広がりや、豊富な話題の背後には、兼好の何物にも没入できない孤独が長く影を曳《ひ》いている。

文学の世界であれ、日常生活においてであれ、何事かを祈念して寺社詣でをしたり、一心に信仰して願いが叶ったりしたという話はよくある。ところが、徒然草には兼好自身の体験としてそのようなことは書かれていない。「寺・社《やしろ》などに忍びて籠《こ》もりたるも、をかし」(第十五段)、「山寺にかき籠《こ》もりて、仏に仕《つか》うまつるこそ、つれづれもなく、心の濁りも清まる心地すれ」(第十七段)などと書かれていても、具体的に兼好がどこの寺社に参籠し、何を祈念したかは書かれていない。

確かに徒然草には、出家を勧める段も多い。徒然草もあと二段を残すばかりとなった第二百四十一段で、兼好は次のように書いている。

所願《しよぐわん》を成《じやう》じて後《のち》、暇《いとま》ありて道に向かはんとせば、所願尽くべからず。如幻《によげん》の生《しやう》の中に、何事をかなさん。すべて、所願みな妄想《まうざう》なり。所願心に来《きた》らば、妄心迷乱《まうしんめいらん》すと知りて、一事をもなすべからず。ただちに万事を放下《はうげ》して道に向かふ時、障《さは》りなく、所作《しよさ》なくて、心身ながく閑《しづ》かなり。

兼好はここで、本当に仏道への精進を第一として、限りない願望を捨て去ることによってしか静かな生活は過ごせないと考えているのだろうか。第一段で人間のさまざまな願望を描き、徒然草のほとんど最終場面で願望の放棄を述べているのも、兼好の心の中で所願すなわち願望がどれほど大きく心を占めていたかということの表れにほかならない。

次の第二百四十二段でも、人間というものは「楽欲《ぎょうよく》」つまり、名声と色欲と食欲を求めてやまないと述べる。そして、「よろづの願ひ、この三つには如《し》かず。これ、顚倒《てんだう》の想《さう》より起こりて、そこばくの煩《わづら》ひあり。求めざらんに如《し》かじ」と言っている。しかし、徒然草もあと一段を残すばかりとなった段階で、まだこのように人間の願望について拘泥している姿勢こそが問題ではないか。「求めざらんに如かじ」とも書いているのは、逆に兼好にとって願望の存在がいかに大きかったかということだろう。

その願望から逃れるために仏道の世界に入ったのだろうが、ここでまだこのようなことにこだわっている以上、兼好は完全な仏道修行者とはなり切っていない。彼は、仏教の世界にも没入できなかったのである。

兼好の信仰心

徒然草の第六十七段から連続する三つの段には、兼好が考える信仰心についての思索が続く。それらを読めば、兼好が特定の宗教に没入していたとは思われない。兼好が徒然草の中で、信仰についてどのような書き方をしているかを見てみよう。彼の心の中がわかってくる。

住吉具慶筆『徒然草図』（斎宮歴史博物館蔵）
（右上）**第67段**　左側の僧が兼好。
（右下）**第68段**　頭部が大根になっている武士に注目。
（左下）**第69段**　本文にない往来の様子が詳しい。

第六十七段は、和歌の上達を神社に祈願した女性歌人の話。第六十八段は、土大根《つちおおね》の薬効を信じて毎日食べていた人が賊に襲われそうになった時に、土大根の精に助けられた話。第六十九段は、性空上人《しょうくうしょうにん》が特別に敏感な感覚を身に付けていたので、豆と豆殻の対話が聞こえたという話。これらはどれも、厚い信仰心という点で繋がっている。しかしもし兼好が仏教にのみ価値を置いていたならば、仏教のありがたい効能ばかりを書いただろう。しかしここでは、神道・民間信仰・仏教と三者三様の話を連続させている。

兼好が特定の宗教に没入していたとしたら、このような書き方にはならなかった。連続する三つの章段に書かれている信仰のあり方はほぼ等価であって、それらの中で特にどれかに価値を置いているわけではない。

兼好のこのような書き方は、たとえば伊藤梅宇《ばいう》の『見聞談叢《けんもんだんそう》』（一七三八年自序）では「三教を混《こん》じたる桑門《さうもん》の作れる書」（巻之一）として批判されることになる。しかし徒然草は、決して「三教」を混合した仏者・兼好が書いた書物ではない。兼好は当時のあらゆる学問・思想・宗教・文学に通暁した教養人であった。自分自身の精神の居場所を探しあぐねた結果として、さまざまなことが書き留められたのであって、最初からテーマを絞ってある事柄を追究しようとするものではなかった。

心のありか

後世の読者は、徒然草に書き留められた多彩な内容と、簡潔で明確きわまりない表現力に、ある意味で眩惑されている。そして、兼好が人知れず心の奥深くに胚胎させていた孤独と絶望に気づこうとしない。

けれども意外なことに、厳格な朱子学者だった佐藤直方《さとうなおかた》（一六五〇〜一七一九）は、兼好が抱いていたおそらく窮極の関心事である「心とは何か」という問いかけに共鳴した。そのことは、直方が残した徒然草からの抜き書き『しののめ』によって明らかになる。

本書の最終章では、この佐藤直方が捉えた兼好の心奥を補助線として設定しよう。兼好にとって徒然草の執筆が何をもたらし、徒然草を執筆することによって兼好がどのような精神の変貌を遂げたのかを確認したいからである。

第六章　兼好のゆくえ

1　徒然草の擱筆

執筆の果てに

　徒然草を通読していてその都度気づかされるのは、人間が持つ喜怒哀楽の激しい情念の渦が書かれていないことである。人間関係が織りなす引くに引けぬ精神の泥沼の状況は、徒然草のどこにも書かれていない。およそものを書く人間なら、これだけは書いておかなくては自分の存在に関わるとまで思い詰めるような事柄、たとえば自分自身のやむにやまれぬ感情の起伏、屈辱や愛憎、本来は心の中に秘めておくべき固有の体験、そういった類のことを兼好は何も書かない。人はそれを不満に思うだろうか。物足りなく思うだろうか。

　兼好の心に移りゆくものは、そのような人間精神の劇的な起伏や、人間関係のあやにくさではなかった。ではそれならば、兼好はいったい何を問題として徒然草の執筆を開始したのであったか。「いでやこの世に生まれては、願はしかるべきことこそ多かめれ《ン》」という第一段の問題意識は、人間の心に兆すさまざまな願望だった。その願望と現実との角逐を一つ一つ検証してゆくことが、兼好をして徒然草を書かしめたと言っても過言ではない。

そのような兼好が、執筆を通して徐々に外界を自分の内界に受け入れてゆく過程もまた、徒然草に書かれていた。心の軌跡を記録した手記として、そして思索ノートとして、私たちの目の前に徒然草は在《あ》る。

心に映じ移ろってゆくさまざまな事柄を記述しながら、それでは最終的にどのような境地に兼好は到達したのか。

佐藤直方が見たもの

兼好にとって「心とは何か」が非常に重要なテーマであったことを改めて認識させてくれるのが、山崎闇斎《やまざきあんさい》門下の朱子学者・佐藤直方による徒然草の抜き書き『しののめ』である。貞享二年（一六八五）に抜き書きされている。徒然草から合計三十二段を抽出している。それぞれの段は全文を抜き出すことが多いが、僧侶の話が出てくる場合などはあえて本文の一部を削除・省略している。

直方は跋文《ばつぶん》で、ほぼ次のようなことを述べている。曰く、兼好法師は老荘思想と仏教の流れを汲んでいるので、徒然草は「卑陋不正之書《ひろうふせいのしょ》」である。世間の人々が徒然草を『論語』や『孟子』に次いで崇めているのは、大きな誤謬である。けれどもわずかに訓戒となる部分もあるので、自分はそれを抜き出した。これを読む者は、その点によく留意して読むように、云々。

このような跋文を読むと、佐藤直方は基本的には徒然草の価値を認めていないかのようである。しかし本当に徒然草を否定しているなら、抜き書きなどそもそも作らないはずだ。従来『しののめ』の存在は学界に注目されてこなかったが、徒然草のどのような箇所が厳密な朱子学者である直方の心の琴線に触れたかは、一瞥する価値があるだろう。

室町時代の武家家訓書に早くも見られたように、徒然草は人生の教訓書ともなる書物であった。江戸時代には、もっと卑近な日常生活上の教訓が書かれている書物として持て囃《はや》された。佐藤直方も、「訓戒」となる部分を徒然草に認めて抜き書きしたと述べている。けれどもよく読んでみると、彼が抽出した箇所は「訓戒」というよりも、「人間の心とは何か」という問題意識で書かれた章段に集中している。

人間の心の実態やあるべき心について、直方は徒然草に点在する章段をいくつも抜き書く。たとえば、色欲の戒め（第八段）や友人論（第十二段）、日常のさまざまな場面での振る舞い方（第五十七段・七十九段・百六十四段・百六十八段）、世の中の不定や頼みがたさ（第百八十九段・二百十一段）などは、どれも確かに一見教訓的に見えるが、背後に人間の心のあり方や心の本質を見据えた段である。

直方は、『学談雑録《がくだんざつろく》』（『佐藤直方全集』第一巻所収）でも、人間の心の頼みがたさ、さらには自分自身の心さえ頼みがたいという、悲観的・絶望的とも言える人間観を披瀝している。その中に「ココハ、兼好ガヨク云《い》ウテオイタ」と、わざわざ徒然草の「よろづのことは、頼むべからず」（第二百十一段）という本文に触れている。

兼好が徒然草の中で繰り返し問題にしていたのは、まさに人間の心のあり方である。その心というものをどのように理解し、御《ぎょ》してゆくかというのが、兼好の大きな関心事だった。佐藤直方の抜き書きは、そのことを改めて教えてくれる。

心さまざま

徒然草に書かれていたのは、「世の人の心惑はすこと、色欲には如《し》かず。人の心は愚かなるものかな」（第八段）という身につまされる嘆きであり、「同じ心ならん人としめやかに物語して、をかしきことも、世のはかなきことも、うらなく言ひ慰まんこそうれしかるべきに、さる人あるまじければ」（第十二段）という絶望であった。

世間を見渡せば、気に入らない綽名《あだな》を付けられるたびに、それを取り除こうと躍起になって反応せずにはいられない人間がおり（第四十五段）、世間に語り伝えられることは嘘が多く（第七十三段）、嘘が生み出され流布してゆく背景には、さまざまに反応する人間の心がある（第百九十四段）。「人の心、素直ならねば」（第八十五段）という認識や、本人さえ気づかぬ「懈怠《けたい》の心」（第九十二段）や、女性の心の本質（第百七段）を見抜き、「心なしと見ゆる者」もすぐれた見識を持つことを発見（第百四十二段）して驚く。

さらには、第百五十七段に書かれているような「筆を取れば物書かれ、楽器を取れば音《ね》を立てんと思ふ。盃《さかづき》を取れば酒を思ひ、賽《さい》を取れば攤《だ》打たんことを思ふ。心は必ず事に触れて来《きた》る」という心の働きの不思議さへの認識があり、「よろづのことは、頼むべからず」（第二百十一段）という、峻厳な現実認識がある。

心といふものの、
なきにやあらん

兼好が徒然草の執筆を続けてきてようやく浮上してきたのが、わが心のあり方への懐疑である。思えばこの「懐疑」こそは、常に徒然草執筆の原動力であった。

第二百三十五段は非常に重要な段であるので、全文を引用しよう。

主《ぬし》ある家には、すずろなる人、心のままに入り来《く》ることなし。主《あるじ》なき所には、道行き人《びと》濫《みだ》りに立ち入り、狐・梟《ふくろふ》やうのものも、人気《ひとげ》に塞《せ》かれねば、所得顔《ところえがほ》に入り棲《す》み、木霊《こたま》などいふ、けしからぬ形《かたち》も現はるるものなり。

また、鏡には、色・像《かたち》なき故《ゆゑ》に、よろづの影来りて映る。鏡に色・像あらましかば、映らざらまし。虚空《こくう》よく物を容《い》る。

われらが心に、念々の欲《ほ》しきままに来り浮かぶも、心といふものの、なきにやあらん。心に主《ぬし》あらましかば、胸の中にそこばく《（沢山）》のことは、入り来らざらまし。

住人不在の家には、他人や動物たちが入り込み、木霊のような古い木に宿ると言われる精霊さえ出現する。『源氏物語』には、廃屋の大木や古木に宿る木霊が登場している。また、鏡は平らで色なども付いていないから、正確に物の姿形を映し出すことができる。何物にも満たされていない空間だからこそ、何かをその中に容れることができるのだ。兼好は空き家・鏡・虚空という三つの具体例を挙げたうえで、これらを心の象徴とした。

もし心というものが最初から何かに占有されていたり、心が何かの色に染め上げられていたとしたら、そこを何物かが横切り、そこに映し出されることもないだろう。けれども自分の心には、常にさまざまな雑念と言いうる思いが、次々と浮かんでは消え、消えてはまた浮かぶ。それらの思いはさまざまな形を取り、不定形に形を変えつつ心という空間に映り、移ってゆく。

このような現実に直面した時、兼好は「われらが心に、念々の欲しきままに来り浮かぶも、心といふものの、なきにやあらん」とつぶやかざるを得なかった。「われらが心に、念々のほしきままに来り浮かぶ」という部分は、序文の「心に移りゆくよしなしごと」と正確に対応している。しかし「心といふものの、なきにやあらん」とは、またいったいどういうことなのか。

非在の自己

兼好は、「おのれを知る」ことの大切さを徒然草の中で繰り返し述べてきた。ところがここに至って、そもそも心とは何なのか、自分とは何なのか、心というものが本当にあるのかという、根源的な問いかけを発したのである。徒然草はここまで書き継がれて、ようやく自分という核心に辿り着いた。外界に対してあれほど鋭く分析し、現実のあるべき姿をあれほどまでに透徹した筆致で描き切った兼好にして、この結論は一体何なのか。言葉による明晰な外界認識、これこそが兼好のこれまで行ってきたことだった。だがその筆鋒を自分自身に向けたとき、兼好は「心といふものの、なきにやあらん」と告白せざるを得なかった。これは、聞き捨てならぬ言葉である。

徒然草はこの第二百三十五段以後、急速に書き方が変化してくる。今まで書かなかったような自分の体験を書く第二百三十八段が出現するからである。徒然草はほとんど全方位といってもよいほど、その視界が開かれた作品であった。その中にあってただ一点、最後に残された未踏の領域が自分自身のことだった。兼好は遂に、今まで封印していたみずからの内奥を開こうとしている……。

自讃の深層

徒然草の第二百三十八段では、自讃を七箇条書いている。どれもほんの取るに足らない自慢話である。ある時、花見に出掛けた兼好たちの目の前を馬を走らせて通り過ぎる男がいた。その姿を見た兼好が、「もう一度馬を走らせたならば、必ずや彼は落馬するだろう」と予言したら、はたしてその通りになった。『論語』のある語句が書かれている巻を記憶していた。漢詩の韻に通じていた。それまで不明だった額の揮毫者《きごうしゃ》を特定した。「八災《はっさい》」という仏教用語の内容を記憶していた。大勢の僧侶の中から目当ての人物を直《す》ぐに捜し出せた。これらの六箇条はすべて、兼好の学識や記憶力や観察力が人並み優れていたことを示すもので、その場に居合わせた人々に賞賛された話として書かれている。

他者から賞賛され、自分自身の存在をはっきりと認めてもらった話をここに書いたのは、それまで封印していたみずからの心の渇きに対して、ようやく目を逸《そ》らさなくなった証拠でもあろう。

求め続けていた他者との繋がり

晩年に自撰したとされる家集では、「雪降る日、御子左《みこひだり》の中納言殿より」という詞書で、二条為定《ためさだ》から近況を問われての贈答歌（四番から六番）や、葵祭《あおいまつり》の日にそれと気づかれぬように出掛けたのに小倉実教《おぐらさねのり》に見つかって取り交《か》わした歌（十番から十一番）など、兼好から見て高位の人々から心を懸けられた歌が巻頭近くに置かれている。

晩年にまとめた家集であるからこそ、心の中ではずっと他者との繋がりを希求していたことを率直に示す配置になっているのだろう。

自讃の陰で

第二百三十八段の自讃の最後に位置するのは、兼好がある年の春の夜、千本釈迦堂《せんぼんしゃかどう》で聴聞《ちょうもん》の最中に見知らぬ美女に誘惑されそうになったが、峻厳な態度を取って危機を脱したという自讃である。案の定、この出来事はある高貴な人物が兼好のことをからかうために巧んだお芝居だった。そのことを後で知らされた兼好は、自分の行動を自讃したのである。

しかしこれは、本当に自讃にふさわしい話であろうか。第四十一段「賀茂の競べ馬」で、人々に誘われるままに一緒に競べ馬を見物した兼好のことを思い出そう。自己のかたくなな殻から一歩外へ出て、「人の中」にみずから進んで入ったことによって、それ以後の徒然草の執筆世界が格段に広がったのであった。彼は、「書物の中」にのみ理想を見出していた観念的な文学青年から抜け出せたのである。

そのことを思えば、ここでも兼好は本当は美女の誘惑に乗ってもよかったのではないだろうか。兼好自身、実はそう思っていた節がある。なぜなら、その後の徒然草はここでの自讃を裏切るかのように、真実の恋愛への兼好の遙かな憧れと後悔が書き連ねられる展開になっているからである。

遠い日の恋

第二百四十段には、兼好の結婚観が書かれている。和歌や王朝物語的なレトリックが目立つので、研究者によっては、兼好の精神が弛緩し後退していると厳しく批判する。けれども、兼好が心奥の傷つきやすい柔らかな心を、初めて告白した大切な段であるとも読み取れる。

「他人の目を気にしつつも、理性では説明のつかぬ何物かに突き動かされて、相手と何としても逢おうとする、そのような情熱的な恋心もなく、ただ親兄弟の勧めで結婚したとしたら、どんなに白々しいことか」、と兼好は言う。そしてまた、「身の処し方に窮した若い女が、不似合いな老法師や身分も低い東国の男に、ただ単に彼に財産があるからという理由で嫁ぐことは空しい」、と言う兼好。仲人が双方に調子よく話を合わせて縁談を進めてしまい、結婚させる。互いに見知らぬ者同士、いったい何を話題として結婚生活を成り立たせてゆくのか。互いの心の交流もないのに、男女の結び付きが財産の多寡などを優先させてしまうことへの強い嫌悪感も書かれている。

ここに、ある一人の若い男がいたとしよう。相手の女は男の優柔不断な態度に業《ごう》を煮やして、別の男と結ばれてしまう。しかし男が優柔不断なのは、まだ世の中を知らず、また生来のデリカシーに満ちた性格であるからなのであって、決して相手のことを浅く思っているからではないのだが。女の心を繋ぎ止めることのできなかった非力な青年は、おそらく恋愛や結婚に対して懐疑的になることだろう。もし彼がきわめて明晰な頭脳の持ち主であれば、自分の感情をコントロールして、この辛い体験を心の奥に押しやって固く封印してしまうだろう。

兼好はようやく、みずからの手で固く封印してきた遠い日の恋愛体験をここで告白しているのではないか。もちろん、露わな形では書いていない。けれども無力な一人の青年として、自分の気持ちを相手にうまく伝えることもできず、逡巡しているうちに手の届かぬところに飛び去っていった一つの恋の形見を、ここでようやく兼好は心の底から自分自身の両手にそっと掬《すく》い上げ、その思い出を鎮魂しているのではないだろうか。

千本釈迦堂で取った態度は、自分としては立派なものだと自讃した。しかしこの体験を書いたことが、思いがけずも、おそらくは兼好自身さえ忘れていたかもしれない遠い日の記憶を蘇えらせた。梅の香が立ちこめる朧月夜《おぼろづきよ》、露が燦《きら》めく夜明け。忘れられないあの情景が兼好の心をよぎる……。

この第二百四十段は、「梅の花香《かう》ばしき夜の朧月にたたずみ、御垣《みかき》が原《はら》の露分け出《い》でん有明《ありあけ》の空も、わが身に偲《しの》ばるべくもなからん人は、ただ色好まざらんには如《し》かじ」と結ばれている。「季節感と一体になった恋愛体験を自分自身のこととして心に思い浮かべられないような人間は、色好みなどしないほうがよいのだ」という文章には、遠い日の恋の記憶がかすかに苦い悔恨とともに揺曳しているように思われてならない。

巡りくる想念

引き続く第二百四十一段では、世の中が常に変化し、何事も不変ではあり得ず、無常が切迫していることを述べる。

望月《もちづき》の円《まどか》なることは、暫《しばら》くも住《ぢゆう》せず、やがて欠けぬ。（中略）所願《しよぐわん》を成《じやう》じて後、暇《いとま》ありて道に向かはんとせば、所願尽くべからず。（中略）すべて、所願みな妄想《まうざう》なり。（後略）

こういった言葉が畳みかけられる。しかしこれらは、既に徒然草の中で繰り返し書き綴ってきたことではなかったか。だから、それまでに書いてきた無常観の反復に過ぎないと低く評価する研究者もいる。逆に表現の凝縮性などを高く評価し、説得力に富む段とされることもある。けれどもここで重要なのは、無常と願望という本来相容れない二つのものが並存しているのが現実である、と認識していることである。如幻《にょげん》の生、無常の世にあってなお、人間は限りない願望を抱くものであるという認識。そもそも徒然草の第一段で書かれていたことこそ、人間が心に抱く願望の数々であった。

兼好が徒然草の執筆を通して思索し続けたのは、この世の無常と人間の限りない願望とであった。そして次の第二百四十二段で兼好が問題としているのも、やはり人間の願望であり欲望である。兼好は最初の出発点に戻りつつある。だからこそ、徒然草は遂に擱筆《かくひつ》されるのである。心に移りゆくよしなしごとを、何ものにも束縛されることなく書き綴ってきた兼好。彼が自分の心の循環性に気づいた時、徒然草は終焉を迎える。徒然草を書き了えることで兼好は、真の意味で現実に向かって新たな第一歩を踏み出そうとしている。

文学の毒

執筆行為は、兼好にさまざまな外界の姿を明確に描き出させ、思索と認識を深化させた。しかし執筆行為そのものが循環し始める時、文学の世界の出口がようやく見えてきたのではないだろうか。物を書くということが孕《はら》む毒。その毒が兼好自身に及ぶ一歩手前で、兼好は文学の世界から脱出しようとする。このまま堂々巡りを続けてはならないのだ。第百三十七段で、既に述べていたではないか。「よろづのことも、始め終わりこそをかしけれ」と。執筆を開始したのがほかならぬ自分である以上、徒然草は自らの手で終わらせなくてはならない。

すぐれた文学作品が持つ「毒」に対して人々が敏感になったのは、近代に入ってサント・ブーヴが紹介されたことが影響しているかもしれない。けれども、江戸時代初期に成立した咄本《はなしぼん》『醒睡笑《せいすいしょう》』に、次のように書かれている。

ちと仮名をも読む人の言ひけるは、「この程《ほど》、つれづれ草を再々《さいさい》見て遊ぶが、おもしろう候ふよ」とありしかば、その座にゐたる者の差し出《い》で、「かまへて口当たりよしと思うて、多く参るな。つれづれ草の和《あ》へ物も、過ぐれば毒ぢやと聞いたに」。

これが笑い話だろうか。ここには、この話を書き留めた人々の意図さえはるかに越えて、文学というものが持つ「毒」が書かれていると読み取るべきだろう。徒然草の毒が他人に回るものならば、その前にまず本人がその毒に当てられないことがあろうか。江戸時代の儒学者たちが徒然草の害毒を指摘したのも、おそらくは彼らが感じている文学の毒に対する忌避感からであろう。この世の現実を生きる人間としてのあり方を指し示す儒学者たちから見て、徒然草はまさしく毒ともなりかねない「文学」であることを彼らは気づいていた。

徒然草は教訓書でもなければ、仏教の無常観を人々に知らしめる宗教書でもない。兼好という一人の人間が、半生を賭けて飛び込んだ真性の文学世界だったのである。

あらかじめどこへ連れて行かれるかもわからぬ精神の自在な運動に、われとわが身を任せつつここまでやってきた兼好が、遂に筆を擱《お》こうとしている。その時の彼の心に蘇ったものは、八歳の自分が父親に仏の起源を尋ねた話であった。第二百四十三段、すなわち徒然草の最終段の全文を掲げる。

懐疑と回答

八つになりし年、父に問ひて言はく、「仏は、いかなるものにか候《さうら》ふらん」といふ。父が言はく、「仏には、人の成《な》りたるなり」と。また問ふ、「人は何として、仏には成り候ふやらん」と。父また、「仏の教へによりて成るなり」と答ふ。また問ふ、「教へ候ひける仏をば、何が教へ候ひける」と。また答ふ、「それもまた、先の仏の教へによりて成り給ふなり」と。また問ふ、「その教へ始め候ひける第一の仏は、いかなる仏にか候ひける」と言ふ時、父、「空よりや降《ふ》りけん。土よりや湧《わ》きけん」と言ひて笑ふ。「問ひ詰められて、え答へずなり侍《はべ》りつ」と、諸人に語りて興じき。

八歳の兼好は、父親に「仏とは、どのようなものなのですか」と尋ねた。神官である父は、幼い息子からこんな質問が出るとは予想もしなかったろう。それでも、四度も同じようなやりとりを繰り返して、息子の疑問を晴らそうとする。父は「仏とは、人間が成るものだ」と答えるが、少年兼好にはまた疑問が湧いてくる。なぜ人間が仏になれるのか。父は仏の教えによると言うが、一番初めは誰によってどのように成立したのか。父は答えに窮して、「空から降ってきたのか、土から湧き出たのか」と匙《さじ》を投げた。しかし父はそのような息子の姿に、おそらくは純粋で美しい知性の閃《ひらめ》きを感じてうれしかったのだろう。人々にこの話を自慢して、語り興じたのだった。

自分を生かす

しかし現実の世の中では、このような澄みきった心に宿る知性と感性の柔らかな芽は、いつのまにか摘み取られてしまったり、摘み取られないまでも無意味なものとして無視されがちである。だからこの段で重要なのは、少年兼好の知的で好奇心に満ちた姿よりも、そのような兼好と何度でも問答を繰り返す父親の姿である。さらに言うならば、二人の間に親密な言葉のやりとりがあったことなのではないだろうか。

大切なのは、仏の起源や仏教の本質を正確に答えることではない。そのようなことは、どんなに偉大な宗教家や思索家によっても明確には答えられない大難問であろう。この段で一番大切なのは納得のゆく答えを得ることではなく、問いかけに対して不十分であっても答え続けてくれたことなのである。それを許してくれる幸福な少年時代が自分にはあったことを、兼好は遙かな懐かしさとともに思い出している。

そして兼好は、今やはっきりとわかったろう。徒然草を書き続けてきたそのことこそが、絶えざる問いかけと答えであったことを。子どもの頃に次々と湧き上がる疑問には、父が答えてくれた。しかし人は誰しも、いつまでも子どものままでいることはできない。いつかは大人になってゆく。大人になるとは、自分が提出した難問に自分で答えを出してゆくことである。その答えはおそらく、常に自分にとって満足のゆくものではないだろう。けれどもだからこそ、さらなる問いかけを自分自身に発するのだ。

この世は、どうあるべきか。理想の政治とは、どのようなものなのか。人生の価値や目標は、何なのか。本当の友は、どこにいるのか。真実の愛は、あるのか。そのような自分の存在の根源に関わる難問は、時と場所を分かたず性急に湧き上がるのに、直ちに的確に答えてくれる他者が身近にいることはまずありえない。なぜならば、問いかけが自分の内奥から発せられたものであればあるほど、そのような根本的な問題意識は他者とは完全には共有できない性格のものであるからだ。だからこそ兼好は徒然草の中で、繰り返し何度も何度も、この世の無常や女性という不可知な存在、あるいは人間の本当の生き方について、少しずつ異なる答えを書き綴ってきたのである。

徒然草の内容は矛盾している、などと言う人の気が知れない。そのようにしか徒然草を読めないのなら、翻って自分はどうなのかと問うべきである。矛盾もなく、悩みもなく、懐疑もない人間を、幸福と言えるだろうか……。

兼好は今や、自分が書き綴ってきたこの徒然草の正体をはっきりと見極めた。そして同時に、彼は気づいたろう。思索は無限の変容を示しながらも、自己模倣し始めたことを。自分が発した言葉が自分の思索を支配し、徒然草の執筆そのものが自分にとっての呪縛になってきたことを。これこそが、「過ぐれば（＝食べ過ぎたら）毒ぢや」と言われた「つれづれ草の和へ物」の実体だ。そこから逃れるためには、徒然草の執筆を終わらせなくてはならないのだ。

研究者によっては、兼好は最晩年まで徒然草を書き続け、推敲し続けたと考える人もいるようだ。

私にはとうてい、そのようには思えない。もしそうだとしたら、兼好にとって徒然草の執筆とは何だったのか。徒然草を執筆したのは、気楽な楽しみのためではなかったはずである。自在な精神と柔軟な思索、他者への理解と寛容、そして現実世界に対する許容を成し遂げて、出発点の問題意識にもう一度出会ったからには、彼がこれ以上書き続ける理由はない。言葉の連なりがすべてを作り上げている文学の舞台から、兼好は静かに退場してゆく。シェイクスピア最後の作品『あらし』の最終場面で、プロスペローが、「現実の世界に戻る自由を要請」（福田恆存解説・新潮文庫）したように、兼好もまた徒然草を書き了えることで「現実の世界に戻る自由」を獲得したのである。徒然草以外に彼が書き綴った散文作品は、知られていない。徒然草という稀有の執筆体験は、現実社会を生きてゆくことの中に溶解していったのである。

2　その後の兼好

兼好の身の「置きどころ」

徒然草の執筆を終えた兼好が、どのような人生を送ったか。本書の第二章でまず辿ったのが、ほかならぬ彼の晩年の姿だった。兼好は徒然草擱筆以後の二十年以上の人生を、歌人として、古典に通じた文化人として、生き抜いた。『古今和歌集』や『源氏物語』の書写を引き受けたように、時の権力者高師直《こうのもろなお》に艶書の代筆を頼まれれば、それもまた引き受けただろう。歌人・文化人として現実を生きてゆく「その後の人生」の選択に、誤りはなかったはずである。

後世の人々は、ある時は「人生の達人」と兼好を呼び、ある時は「わけ知り」と呼んで、数ある古典文学者の中からとりわけ親しんできた。彼は自分自身の孤独や苦悩をそっと隠して、あくまでも明るく澄んだ晴朗な響きのよい文体と表現を選んで徒然草を書き綴った。もちろん、それは決して偽装などではない。このようなスタイルで多様な内容を書きつつ、真実の自己を発見し、変貌させるという新しい文学を試みる（essayer）ことだった。後に、この新しい試みは随筆（essay）と呼ばれて、日本文学の大きな潮流となった。

長い間、人々は兼好のことは放っておいても安心だった。兼好の存在が気になり始めてからも、自分たちの生きる指針を徒然草に見出し、ユーモラスな話に屈託なく笑っていさえすればよかった。文学の世界には、もっと心配して、理解し、庇ってやらねばならないようなヒロインたちや作者たちが多かったから。

けれどもある日、兼好の心に「露もわが身も置きどころなし」という思いがはっきりと自覚され、一首の歌となったことの重みを、私たちは忘れてはならないだろう。

自分の精神の居場所もなく、言葉によるコミュニケーションもうまくゆかずに孤独だった兼好は、徒然草を書くことによってわが身の「置きどころ」を作り上げ、その存続をそっくりそのまま後世の私たちに託したのだった。

生き続ける兼好

三重県青山町（現在の伊賀市）に今も残る兼好塚は、「近世兼好伝」の地である。

平成十六年九月二十六日、私はその塚にほど近い青山博要《あおやまはくよう》体育館で、兼好伝説と

兼好塚（三重県伊賀市種生）

徒然草について講演した。前日の豪雨も上がり、周囲の山々は土地の名前そのままに青々とたたなずいていた。講演の前には、地元の食材を使ったという「つれづれ弁当」をご馳走になった。

講演後に、一人の年配の男性が立ち上がって、「本当に兼好さんはここに住んで、ここで亡くなったのですか。それを信じてよいですか」と質問した。その口調は真摯で、ぜひともはっきりとした答えを聞きたいという熱意が籠っていた。私は、咄嗟《とっさ》には何と答えてよいかわからなかった。おそらく、これは伝説だろう。けれども人々がそのことを信じ続けてきたことが、兼好を生かし続けたのは疑いのない事実である。

この地は江戸時代に兼好終焉の地とされて以来、地元の人々によって兼好のことが語り伝えられてきた場所だ。伊賀上野藩士で芭蕉の高弟だった服部《はっとり》土芳《どほう》も、元禄十一年（一六九八）八月十五夜に兼好の旧跡を訪ねている。句日記『蓑虫庵集《みのむしあんしゅう》』には、次のようにある。

霄《そら》少し降り、亥《ゐ》の刻ばかりに晴れたり。月冷《すさま》じ。雲変はること度々《たびたび》、山中と云ひ、良夜《りやうや》と言ひ、古人《こじん》を偲《しの》ばぬ人も夜すがら寝《い》ねず。

月を見し人を月見の光かな

猪《ゐのしし》の乱るる形《かた》や月の雲

草蒿寺の跡、今は畑也

月添ひて哀しさこぼる萩すすき

土芳は、草蒿寺《そうこうじ》に兼好が住んでいたという伝承を想起している。その寺も今はなく、畑となっているさまを眺めて、きっと徒然草の第三十段「古き塚は犂《す》かれて田となりぬ。その形《かたち》だになくなりぬるぞ悲しき」という兼好の言葉を思い出しているのだろう。

服部土芳句碑　「月添ひて」の句。

『蓑虫庵集』にはこのほかにも、兼好の和歌を踏まえて詠んだ句のことや、伊賀での茶会の席に兼好の筆跡が軸になって飾られていたことなども書かれている。

明治二十八年にここを訪れた富岡鉄斎《とみおかてっさい》は、草蒿寺の石垣も崩れ、かろうじて兼好塚だけが残っている廃墟の静けさの中でホトトギスが鳴いていることを

常楽寺（三重県伊賀市）

漢詩に詠んだ（『青山町史』にも記載）。講演会の日に、その見事な掛軸を、青山町教育長（当時）小竹紀忠氏にお連れいただいて、私は地元の旧家で拝見した。明治三十三年には、塚のほとりに立派な石碑も建てられて現在にいたっている。

昭和二年には、田山《たやま》花袋《かたい》も自作の『名張少女《なばりおとめ》』はしがきで、この地を「兼好法師の徒然草遺跡地」と書いている。わざわざ「徒然草遺跡地」と書いているからには、花袋は兼好がここで徒然草を執筆したと信じていたようだ。さらには昭和十八年刊行の荻原井泉水《おぎわらせいせんすい》『古人を尋ねて』にも、彼がこの地を訪ねて、鶯の声を聞き、

ほほッと鶯《うぐひす》、徒然草の筆を措《お》いたか

という自由律の俳句を作ったことが書かれている。

しかし『兼好法師集』には、京都の仁和寺に近い双ケ岡《ならびがおか》に、墓所をあらかじめ造って詠んだ歌が収められている。

契りおく花と並びの岡の上《へ》にあはれ幾世《いくよ》の春を過ぐさむ（二十）

徒然草の執筆は、吉田山の麓であったとする伝説もある。

兼好がいつどこで徒然草を執筆し、いつどこで終焉を迎えたか、いずれも霧の彼方である。たとえそれがいつであり、どこであったとしても、私たちには、読み継がれ研究され続けてきた徒然草がある。そのことこそが、何よりも大切なことであろう。

自分自身にとって徒然草がかけがえのない書物であり、兼好の存在が徒然草とともに自分の心にあるならば、そこが兼好の本当の居場所である。兼好は常に、私たちとともに今を生きているのだ。

主要参考文献（単行本を中心として、主だったものを掲げる）

Ⅰ　本文・主要注釈書

吉田幸一・大西善明『徒然草・上下・静嘉堂文庫蔵・正徹筆』（笠間影印叢刊・笠間書院・昭和四十七年）。「正徹本徒然草」の影印。章段番号はなく、内容のまとまりごとに改行してあるのみ。

小林祥次郎解説『烏丸光広本・徒然草』（勉誠社・平成六年）。

烏丸光広による校訂本の影印。句読点と清濁点が付けられている。

高乗勲『徒然草の研究』（自治日報社・昭和四十三年）。

主要本文の校本と、諸本の系統研究、および全段の解釈がある。

時枝誠記編『改訂版徒然草総索引』（至文堂・昭和四十二年）。

川瀬一馬解説『徒然草寿命院抄（複製）』（松雲堂書店・昭和六年）。

林羅山『徒然草野槌』　徒然草古註釈大成『徒然草拾遺抄・徒然草野槌』（日本図書センター・昭和五十三年）。

松永貞徳『なぐさみ草』　日本古典文学影印叢刊『なぐさみ草・上下』（貴重本刊行会・昭和五十九年）。

北村季吟『徒然草文段抄』　徒然草古註釈大成『徒然草文段抄』（日本図書センター・昭和五十三年）。北村季吟古註釈集成『徒然草文段鈔』（新典社・昭和五十四年）。

吉澤貞人『徒然草古注釈集成』（勉誠社・平成八年）。

『徒然草寿命院抄』『徒然草野槌』『なぐさみ草』を三段組にして一覧。

加藤磐斎『徒然草抄』　加藤磐斎古注釈集成『長明方丈記抄・徒然草抄』（新典社・昭和六十年）。

浅香久敬（浅香山井）『徒然草諸抄大成』　徒然草古註釈大成『徒然草諸抄大成』（日本図書センター・昭和五十三年）。

沼波瓊音『徒然草講話』（東亜堂書店・大正三年）。

入手困難だが、各段の「評」が詳しく、自分の考えを自在に展開している。

橘純一『正註つれづれ草通釈・上中下』（慶文堂書店・昭和十三〜十六年）。

橘純一『徒然草』（日本古典全書・朝日新聞社・昭和二十二年）。

西尾実『方丈記・徒然草』（日本古典文学大系・岩波書店・昭和三十二年）。

田辺爵『徒然草諸注集成』（右文書院・昭和三十七年）。

安良岡康作『徒然草全注釈・上下』（角川書店・昭和四十二〜四十三年）。

近現代の徒然草研究の到達点を示す。

永積安明・他『方丈記・徒然草・正法眼蔵随聞記・歎異抄』（日本古典文学全集・小学館・昭和四十六年）。

木藤才蔵『徒然草』（新潮日本古典集成・新潮社・昭和五十二年）。

三木紀人『徒然草全訳注・一〜四』（講談社学術文庫・昭和五十四〜五十七年）。

三谷栄一・峯村文人『増補徒然草解釈大成』（有精堂・昭和六十一年）。

江戸時代の「古注」と、明治以降の「新注」を集成。

久保田淳・他『方丈記・徒然草』（新日本古典文学大系・岩波書店・平成元年）。

西尾実・安良岡康作『新訂徒然草』（ワイド版岩波文庫・平成三年）。

永積安明・他『方丈記・徒然草・正法眼蔵随聞記・歎異抄』（新編日本古典文学全集・小学館・平成七年）。

稲田利徳『徒然草』（古典名作リーディング・貴重本刊行会・平成十三年）。

Ⅱ　主要研究書・入門書

冨倉徳次郎『徒然草・方丈記』（日本古典鑑賞講座・角川書店・昭和三十五年）。

市古貞次編『諸説一覧徒然草』（明治書院・昭和四十五年）。

『方丈記・徒然草』（日本文学研究資料叢書・有精堂・昭和四十六年）。

　風巻景次郎「家司兼好の社会圏」など、諸氏の論文二十編を収録。

西尾実『つれづれ草文学の世界』（法政大学出版局・昭和四十七年）。

『徒然草講座・一〜四』（有精堂・昭和四十九年）。

　全段の鑑賞・源泉・影響などから成る。

福田秀一『中世文学論考』（明治書院・昭和五十年）。

冨倉徳次郎・他『枕草子・徒然草』（増補国語国文学研究史大成・三省堂・昭和五十二年）。

桑原博史『徒然草研究序説』（明治書院・昭和五十一年）。

三谷栄一編『徒然草事典』（有精堂・昭和五十二年）。

　人名・地名などの項目別索引、年表、系図を付す。

宮内三二郎『とはずがたり・徒然草・増鏡新見』（明治書院・昭和五十二年）。

伊藤博之『徒然草入門』（有斐閣新書・昭和五十三年）。

久保田淳編『徒然草必携』（別冊國文學・學燈社・昭和五十六年）。

永積安明『徒然草を読む』（岩波新書・昭和五十七年）。

小松英雄『徒然草抜書』（三省堂・昭和五十八年）。

杉本秀太郎『徒然草』（古典を読む・岩波書店・昭和六十二年）。

久保田淳『徒然草』（古典講読シリーズ・岩波書店・平成四年）。

山極圭司『徒然草を解く』（吉川弘文館・平成四年）。

島内裕子『徒然草の変貌』（ぺりかん社・平成四年）。

近世までに徒然草がどのように享受されたかを研究。あわせて近世兼好伝を紹介して翻刻。

石黒吉次郎『中世芸道論の思想――兼好・世阿弥・心敬』（国書刊行会・平成五年）。

島内裕子『徒然草の内景』（放送大学教育振興会・平成六年）。

徒然草の前半を中心に、連続読みで兼好の内面の変化を辿る。

五味文彦『徒然草の歴史学』（朝日新聞社・平成九年）。

島内裕子『徒然草の遠景』（放送大学教育振興会・平成十年）。

徒然草の後半を中心に、その文学的達成を論じる。

齋藤彰『徒然草の研究』（風間書房・平成十年）。

徒然草の諸本を四系統に分類し、考察を加えている。

浅見和彦責任編集『徒然草・方丈記・歎異抄…』（週刊朝日百科・世界の文学・平成十三年）。

Ⅲ　伝記・家集・カタログ

(1)伝記

冨倉二郎『兼好法師研究』（東洋閣・昭和十二年）。

冨倉徳次郎『卜部兼好』（人物叢書・吉川弘文館・昭和三十九年）。

林瑞栄『兼好発掘』（筑摩書房・昭和五十八年）。

桑原博史『人生の達人・兼好法師』（日本の作家・新典社・昭和五十八年）。

川平敏文『近世兼好伝集成』（平凡社・平成十五年）。

島内裕子「伊賀国種生における兼好終焉伝説の展開」(『放送大学研究年報』第二十一号・平成十五年)。
(2)家集
(複製)『兼好自撰家集』(尊経閣叢刊・育徳財団・昭和五年)。

西尾実『兼好法師家集』(岩波文庫・昭和十二年)。

稲田利徳・稲田浩子『兼好法師全歌集総索引』(和泉書院・昭和五十八年)。

井上宗雄『改訂新版・中世歌壇史の研究・南北朝期』(明治書院・昭和六十二年)。

荒木尚・他『中世和歌集・室町篇』(新日本古典文学大系・岩波書店・平成二年)。

稲田利徳『和歌四天王の研究』(笠間書院・平成十一年)。

齋藤彰・他『草庵集・兼好法師集・浄弁集・慶運集』(和歌文学大系・明治書院・平成十六年)。
(3)カタログ・図版・その他
三木紀人・他『方丈記・徒然草』(図説日本の古典・集英社・昭和五十五年)。

神奈川県立金沢文庫『徒然草の絵巻と版本』(神奈川県文化財協会・昭和六十一年)。

稲田利徳・他『方丈記・徒然草』(新潮古典文学アルバム・新潮社・平成二年)。

『兼好と徒然草』(神奈川県立金沢文庫・平成六年)。

『テーマ展・絵本徒然草』(神奈川県立金沢文庫・平成十一年)。

小島孝之監修『徒然草・一・二』(週刊日本の古典を見る・世界文化社・平成十四年)。

『滑稽徒然草――近世の読書事情』(神奈川県立金沢文庫・平成十六年)。

島内裕子「描かれた徒然草」(『放送大学研究年報』第二十二号・平成十六年)。

あとがき

多くの人がそうであるように、徒然草との最初の出会いは、中学の終わりか高校の初め頃の国語の授業だった。その時、この作品の清新さに、まず心打たれた。これが六百年以上も前の時代に書かれたものとは、思えなかった。その頃に刊行中だった中央公論社の『世界の名著』でパスカルの『パンセ』を拾い読みしたり、文庫本で芥川龍之介の『侏儒の言葉』を愛読していた時期でもある。それ以前の『若草物語』や『赤毛のアン』や『秘密の花園』の世界から、いつのまにか読書の好みも変化していた。

教科書に出てくる徒然草は、簡潔で多彩ないくつもの短い章段からなり、『パンセ』や『侏儒の言葉』のような断章形式が何とも魅力的だった。「この作品を、一生研究してゆきたい」と、十代の半ばで思い定めたのは、今振り返れば不思議な気もする。けれども幸いこの気持ちは揺らぐことなく、こうして兼好の評伝を書き終えるまでの長い歳月を、いつも徒然草は私の傍らにあった。

だから、十代の終わり頃から読み始めた小林秀雄経由で、モーツァルトやランボオに出会い、大学生になってから美術展や音楽会に出掛けて、ヴァトーやショパンを好きになっても、それらのすべてが、時代も場所も越えて徒然草の世界と響き合い、徒然草はますますみずみずしい姿で絶え間なく生成してゆく、一つの生命体であった。

ところが、いざ専門的な研究に取り組み始めると、徒然草と兼好がかなり固定化した捉え方をされていることに、違和感を感じずにはいられなかった。本当に徒然草は無常観の文学で、兼好は人生の達人なのだろうか。本当に徒然草は教訓書で、兼好は話のわかる気さくな人なのだろうか。

確かに徒然草の一部分を取り出して読めば、そうも言えるだろう。けれども、そのような読み方では、徒然草の全体像と兼好の人間像を把握しきれないと思われた。それならどのような観点と方法で徒然草を研究すればよいのか。忘れることができないのは、大学院の口頭試問で、秋山虔先生が、「研究者として、ずっとやってゆく決心はありますか」とお聞きになり、それを承ける形で今は亡き三好行雄先生が、「徒然草って、まだ研究することがあるの」と質問なさったことだ。一瞬、「不合格かしら」という不安が心をよぎり、返答に窮していた時、「ええ、まだあります」と久保田淳先生が一言おっしゃって、急にその場の雰囲気が和らいだ。ほんの一、二分の出来事だったが、この時の先生方の、厳しくも暖かい励ましが、ずっと研究の支えとなっている。

いくつかの試行錯誤を経て、まずは徒然草の研究史を辿り直したうえで、新たな方法を見出そうとする方針が固まった。これまで徒然草がどのように読まれ、兼好はどのような人物として理解されてきたのか。研究の過程で明らかになったのは、徒然草が各時代の価値観や思想と密接に結び付いて読まれてきたことだった。それは取りも直さず各時代の人々が、自分たちの問題として徒然草と真摯に向き合ってきたことを示していた。そうであるならばなおのこと、たとえ従来と違ったものであれ、私も自分自身の読み方を提示することが、ぜひとも必要であると思われた。

そしてある時、そもそも徒然草は章段に区切られていなかったのだから、連続して読むべきではないかと気づいた。冒頭から最後まで区切ることなく読み進めてゆけば、そこから読み取れる徒然草の世界は、兼好という一人の人間の精神形成の記録であり、特に冒頭部には若き日の兼好の孤独と苦悩が色濃く滲み出ている。こうして「徒然草連続読み」という方法によって、精妙に奏でられる変奏曲のように、なぜ無常観が繰り返し書かれるのか、なぜ徒然草には名もなき人々の忘れ難い言動があちこちに点描されているのか、といった謎が一つ一つ明らかになっていった。それらは、兼好の視野が外部の世界に開かれ、外界と他者の存在を受け入れることによって、次第に柔軟さと自由を獲得し、自己を変革してゆくプロセスをおのずと書き綴ったものなのだった。

このたび『ミネルヴァ日本評伝選』の一冊として『兼好』の執筆を依頼された時、最初に目の前に立ちはだかったのは、兼好の伝記でわかっていることは本当にわずかしかないという、厳然たる事実であった。兼好の誕生から逝去までを順序よく辿るという一般的な方法は採らなかったので、あるいはわかりにくい記述となったかもしれないという懸念はある。しかし、本書で私がもっとも描き出したかったのは、若き日の兼好のナイーブな心の真実だった。副題は迷うことなく「露もわが身も置きどころなし」という彼の和歌の一節を採った。

結果的に本書は、私のこれまでの徒然草研究・兼好研究を総合する意味合いを帯びるものとなり、

『徒然草の変貌』『徒然草の内景』『徒然草の遠景』という三部作の旧著を基本的に踏まえて執筆を進めた。論旨や表現において、これらの拙著と一部で重なる部分があることをご了承いただきたい。

けれどもまた、今回の執筆中にいくつか新たな発見もあった。兼好画像や徒然草図との出会いは、絵画を通して兼好と徒然草を再認識させてくれた。兼好伝説の地を訪れて、兼好が今も人々の心の中に生き続けていることを実感した。「連続読み」の重要性とともに、徒然草が本来内包している断章スタイルこそが、批評を生み出す原点であることにも改めて気づかされ、徒然草イコール随筆という観念を越えて、批評文学の出発点に徒然草を据える試みもしてみた。

それでも今こうして、出来上がった評伝『兼好』を前にすると、抑えがたく心は波立つ。私が描いた兼好は、この本の中から歩み出し、無事に読者の心に到達し、招き入れてもらえるのだろうか。それとも、虚しく戸口に佇むばかりであろうか。願わくば、兼好の肉声が読者に届きますように。そして徒然草が清新な批評文学として、読み継がれてゆきますように。

最後になりましたが、『ミネルヴァ日本評伝選』監修委員の上横手雅敬・芳賀徹両先生には、本書執筆に際しまして、親しく励ましのお言葉を戴きましたこと、心から御礼申し上げます。芳賀徹先生がご著書の中で一度ならず、「春の暮れつかた、のどやかに艶なる空に」という晩春の読書を描いた第四十三段に言及され、ここに徒然草の精華を見出されたことに、永年遙かに共感の思いを抱いておりましたので、お励ましいただきましたことは、とてもうれしく存じました。

また、徒然草研究における新出図版・住吉具慶筆『徒然草図』の所在をお示しいただき、青山町（現・伊賀市）の兼好塚にもご案内いただきました、鈴鹿医療科学大学長・三重大学名誉教授の作野史朗先生に、この場をお借りして心より御礼申し上げます。
また、ミネルヴァ書房の田引勝二氏をはじめ編集部の方々には、たいそうお世話になりましてありがとうございました。

平成十七年二月二十六日　梅薫る日に

島内裕子

兼好略年譜

和暦	西暦	齢	関係事項	一般事項
弘安　四	一二八一			6・1元と高麗の軍船が対馬と壱岐に侵攻（元寇・弘安の役）。閏7・1大暴風雨により、元と高麗の兵船、博多港に悉く漂没して撤退する。
六	一二八三	1	卜部兼顕の子として、この頃に誕生か。兄弟に、慈遍と兼雄。	4・8阿仏没（六十余）8月無住『沙石集』成立。
七	一二八四	2		4・4北条時宗没（三十四）。7・7北条貞時、執権となる。10・27延政門院、入内。
八	一二八五	3		2・2後宇多天皇の皇子・邦治親王（後二条天皇）、誕生。8・20二条為氏、出家。8・23延政門院悦子内親王、出家（徒然草・第六十二段）。11・27安達泰盛、霜月騒動で誅せらる（徒然

				草・第百八十五段）。
九	一二八六	4		2・6安喜門院藤原有子（八十）没（徒然草・第百七段）。9・3無学祖元（仏光禅師）寂（六十一）。9・14二条為氏（六十五）没。
十	一二八七	5		8・1北条宣時、連署となる。10・21伏見天皇践祚。後深草上皇院政。
正応元	一二八八	6		3・3胤仁親王（後伏見天皇）誕生。12・2尊治親王（後醍醐天皇）誕生。
二	一二八九	7		1・22藤原資季（八十三）没（徒然草・第百三十五段）。8・23一遍（五十一）没。8・29堀川基具、太政大臣となる。この年、頓阿生まれる。
三	一二九〇	8	父に、仏とは何かを問う（徒然草・第二百四十三段）。	3・15堀川基具、辞職。6・8二条為世は権中納言に、京極為兼は右兵衛督となる。6・17佐々木政義（八十三）没（徒然草・第百七十七段）。
四	一二九一	9		7・29京極為兼、権中納言となる。12・25西園寺実兼、太政大臣を兼ねる。
五	一二九二	10		7・28京極為兼、従二位となる。

永仁元	一二九三	11		8・27二条為世・京極為兼・飛鳥井雅有らに勅して、和歌を撰集せしめる。11月南禅寺建立。
二	一二九四	12		元の成祖（フビライ）没。
三	一二九五	13		8・7多久資（八十二）没（徒然草・第二百二十五段）。9月歌論書『野守鏡』成立。
四	一二九六	14		5・15京極為兼、権中納言を辞す。
五	一二九七	15		5・10堀川基具（六十六）没（徒然草・第九十九段）。
六	一二九八	16		3・16京極為兼、佐渡に流される。7・22後伏見天皇践祚。伏見上皇、院政。8・10邦治親王（後二条天皇）立太子。
正安元	一二九九	17		8・23『一遍聖絵』（『一遍上人絵伝』）成る。
二	一三〇〇	18		3・18武蔵国の浅草寺、再建さる。
三	一三〇一	19	これ以前、堀川家の家司となる。兼好は、その縁で、この年から後二条天皇（生母が堀川基子）に仕える蔵人となったか。	1・21後二条天皇践祚。後宇多上皇、院政。3・28金沢顕時（五十四）没。4・6洞院公世没（徒然草・第四十五

乾元 元	一三〇二	20	段、兼好法師集・六十五番)。4・1北条宣時、執権を辞す。11・23後宇多上皇、二条為世に勅して『新後撰和歌集』を撰集せしめる。
			7月金沢貞顕、六波羅探題として京に上る。9・28土御門雅房(四十一)没(徒然草・第百二十八段)。11・23徳大寺公孝、太政大臣となる。
嘉元 元	一三〇三	21	閏4・5京極為兼、佐渡から召還される。12・19二条為世撰『新後撰和歌集』奏覧さる。
二	一三〇四	22	1・21東二条院藤原公子(七十三)没(徒然草・第二百二十二段)。7・16後深草法皇(六十二)崩御。10・26堀川具俊没。
三	一三〇五	23	7・12徳大寺公孝(五十三)没(徒然草・第二十三段・第二百六段)。7・18無住『雑談集』成る。9・15亀山法皇(五十七)崩御(徒然草・第百七段)。12月『続門葉和歌集』成る。

徳治 元	一三〇六	24		3・30土御門定実（六十六）没（徒然草・第百九十六段）。
二	一三〇七	25	この年、左兵衛佐に任じられるか。一説に、この年、関東に下向し、金沢の称名寺などを訪れるか。	7・26後宇多上皇、出家。
延慶 元	一三〇八	26	一説に、この年、関東から帰京するか。12・1西華門院源（堀川）基子に召されて、後二条天皇追善の和歌に一首を詠進する（兼好法師集・五十七番）。	8・25後二条天皇（二十四）崩御。8・26花園天皇践祚。伏見上皇、院政。9・19尊治親王（後醍醐天皇）立太子。11・29久我通基（六十九）没（徒然草・第百九十六段・第百九十六段）。
二	一三〇九	27		1月金沢貞顕、南六波羅探題を辞す。この年、道眼上人、一切経を伝来す（徒然草・第百七十九段）。
三	一三一〇	28		1・24〜7・13二条為世・京極為兼、勅撰集の撰者の地位をめぐり、再三にわたって陳訴状を応酬し合う（『延慶両卿陳訴状』）。1・27『延慶本平家物語』書写される。2・20世尊寺経尹、出家（徒然草・第百六十段）。6月金沢貞顕、北六波羅探題となる。12・28

応長元	一三一一	29	この頃、安居院に行くことがあり、伊勢の国から鬼になった女が上京して、京中が大騒ぎになった事件を体験する（徒然草・第五十段）。	京極為兼、権大納言となる。この頃、『夫木和歌抄』成立か。3月～4月疫病流行する（徒然草・第五十段）。12・21京極為兼、権大納言を辞す。
正和元	一三一二	30	一説に、この頃、関東下向か。	3・28京極為兼、『玉葉和歌集』を一部撰進する。10・10無住（八十七）没。
二	一三一三	31	9・1六条有忠（一説に山科頼成）より、山科小野庄の田地一町歩を購入する。その売券の宛名に「兼好御坊」とあり、既に出家していたことがわかる。	10月『玉葉和歌集』完成して奏上さる。10・17伏見上皇、出家。これ以前、後深草院二条『とはずがたり』成る。後伏見上皇、院政。
三	一三一四	32		7・20冷泉為相、播磨国細川庄の裁判で勝訴。
四	一三一五	33	一説に、この頃、修学院に籠居するか。	7月金沢貞顕、連署となる。9・25西園寺公衡（五十二）没（徒然草・第八十三段）。12・28京極為兼、六波羅に捕えられる（徒然草・第百五十三段）。
五	一三一六	34	1・19堀川具守（六十八）没。岩倉の山荘に葬る。1・24大中臣定忠（四十五）没。その追善和歌を詠む（兼好法師集・二十六番・二	1・12京極為兼、土佐に流される。7・10北条高時、執権となる。閏10・24玄上（琵琶の名器。玄象とも）が、

文保元	一三一七	35	十七番）。春の頃、故堀川具守を偲び岩倉へ墓参。延政門院一条と和歌を贈答する（兼好法師集・六十七番・六十八番）。	宮中から紛失する（徒然草・第七十段）。4・9幕府、大覚寺・持明院両統迭立を申し入れる。4・19二条富小路内裏が完成し、移御（徒然草・第三十三段）。8・5法成寺金堂、地震で倒れる。9・3伏見法皇（五十三）崩御。
二	一三一八	36	一説に、この頃、関東に下向するか。	2・26花園天皇譲位（徒然草・第二十七段）、後醍醐天皇践祚。後宇多法皇院政。3・9邦良親王、皇太子に立つ。4・25今出川院藤原嬉子（六十七）没（徒然草・第六十七段）。11・24大内裏の清暑堂で御神楽行われる（徒然草・第七十段）。
元応元	一三一九	37	一説に、この頃、徒然草の序段から第三十二段までを、小野の庄において執筆するか。	1・27他阿上人（八十三）没。4・3堀川基俊（五十九）没（徒然草・第九十九段・第百六十二段）。4・19二条為世、『続千載和歌集』四季の部を撰進。4・25延暦寺の衆徒、園城寺を焼く（徒然草・第八十六段）。5・3倉栖兼雄（一説に兼好の兄弟の兼雄と同

				一人物とする）没。7・2六条有房（六十九）没（徒然草・第百三十六段）。7・5堀川具親、還任。11・15談天門院藤原忠子（五十二）没（徒然草・第二十八段）。この年、後宇多法皇、『文保百首』を召す。
二	一三二〇	38	8・4二条為世撰進の『続千載和歌集』に一首が入集する。法体歌人としての歌壇活動が始まるか。一説に、この頃、比叡山の横川に籠居するか。	7・26頓阿、為世から和歌の家説の伝授を受ける。
元亨 元	一三二一	39		6・23菅原在兼（七十三）没（徒然草・第二百三十八段）。この年、院政を停止し、後醍醐天皇の親政となる。記録所を復活させる。
二	一三二二	40	4・1所有していた山科の小野庄の田地を、柳殿塔頭に売寄進する。その自署に、「沙弥兼好」とある。	8・16虎関師錬、『元亨釈書』を後醍醐天皇に献上。9・10西園寺実兼（七十四）没（徒然草・第百十八段・第二百三十一段）。
三	一三二三	41	この頃、京都に出たか。歌壇における活動が活発化する。邦良親王の歌合に五首を詠進	6・30大仏宣時（八十六）没（徒然草・第二百十五段）。7・2二条為藤

			（兼好法師集・百五十七番〜百六十一番）。	に勅して、『続後拾遺和歌集』の撰進を下命。7・7『亀山殿七百首』成る。
正中元	一三二四	42	11・16二条家証本を借りて『古今和歌集』を書写し、加点校合する。12・13二条為世から『古今和歌集』の秘説を授講される。この頃、『続現葉和歌集』が成立し、兼好の和歌が四首が入集する。	5・15近衛家平（四十三）没（徒然草・第六十六段）。6・25後宇多上皇（五十八）崩御（徒然草・第百三十六段、兼好法師集・百四番）。7・17二条為藤（五十）没（兼好法師集・五十八番）。為藤の子為定、『続後拾遺和歌集』の撰を続ける。9・19正中の変起こり、六波羅の兵、日野資朝・日野俊基を捕える。
二	一三二五	43	春、邦良親王から、歌合の歌を二首召される（兼好法師集・百八番・百九番）。12・18二条為藤・為定撰進の『続後拾遺和歌集』に、一首が入集する。	8月幕府、日野資朝を佐渡に流す。12・18『続後拾遺和歌集』奏覧される。
嘉暦元	一三二六	44		3・13北条高時、出家。3・16金沢貞顕、執権となる。3・20皇太子邦良親王（二十七）薨去（兼好法師集・百五十七番）。4・24北条守時、鎌倉幕府最後の執権となる。6・18二条為世

				『和歌庭訓』成るか。7・24量仁親王（光厳天皇）、立太子。11・18西園寺実衡（三十七）没（徒然草・第百五十二段）。この年、今川了俊誕生。
二	一三二七	45		7・16二条為世、権中納言となる。8・15洞院実泰（五十八）没（徒然草・第八十三段）。この年以前に、『五代帝王物語』成るか。
三	一三二八	46		7・17冷泉為相（六十六）没。
元徳 元	一三二九	47		8・30玄輝門院藤原愔子（八十四）崩御。この頃までに、『一言芳談』成るか。
二	一三三〇	48	一説に、この年の十一月から翌年十月にかけて、徒然草の第三十三段から第二百四十三段までの大部分が成るか（他に諸説あり、徒然草の成立年代は未詳）。	この年、夢窓疎石を開山とする甲斐国恵林寺が創建される。
元弘 元 元徳 三	一三三一	49		2・18中院光忠（四十八）没（徒然草・第百二段）。8・27後醍醐天皇、笠置に遷幸。元弘の乱、起きる。9・11楠木正成、挙兵。9・20北条高時、光厳天皇を擁立する。この年の夏、ま

元弘 二 正慶 元	一三三二	50	この頃、延政門院一条と、和歌を贈答する（兼好法師集・百二十八番・百二十九番）。	たは秋頃、『臨永和歌集』成る。2・10延政門院悦子（七十四）崩御（徒然草・第六十二段）。3・7後醍醐天皇、隠岐に流される。3・21京極為兼（七十九）没（徒然草・第百五十三段）。6・2日野資朝（四十三）、配流地の佐渡で斬られる（徒然草・第百五十二段・第百五十三段・第百五十四段）。12・6九条忠教（八十五）没。
元弘 三 正慶 二	一三三三	51		閏2・24後醍醐天皇、隠岐を出て出雲に遷幸。5・22北条高時（三十一）以下、鎌倉に自尽し、鎌倉幕府滅ぶ。金沢貞顕（五十六）戦死。5・25光厳天皇、廃される。6・4後醍醐天皇、京都に戻る。6・13護良親王、征夷大将軍となる。8・5足利尊氏、鎮守府将軍に任ぜられる。この年、賢助（五十四）寂（徒然草・第二百三十八段）。
建武 元	一三三四	52		1・13足利直義、執権となる。11・15護良親王、鎌倉に流される。この年、

建武 二	一三三五	53	この年、「内裏千首和歌」に七首を詠進する（兼好法師集・百七十番～百七十六番）。	建武の中興の政治が始まる。7・23足利直義、護良親王（二十八）を殺す。10・1足利尊氏、鎌倉で後醍醐天皇に叛く。11・12北畠顕家、鎮守府将軍となる。11・22花園上皇、出家。
延元 元 建武 三	一三三六	54	3・13二条為定から、『古今和歌集』の秘説を授講される。3月一条猪熊旅所で、『源氏物語』青表紙本の書写と校合を行う。	1・10尊氏京に入り、後醍醐天皇比叡山に避難。1・27官軍京都を復し、尊氏九州に落ちる。4・6後伏見法皇（四十九）崩御。5・25楠木正成、湊川で戦死す。6・14尊氏、光厳上皇を奉じて入洛。8・15光明天皇、践祚。光厳上皇、院政。9・11三条公明（五十五）没（徒然草・第百三段）。11・7足利尊氏、室町幕府を開く。12・21後醍醐天皇、神器と共に吉野に潜幸。吉野朝の始まり。
延元 二 建武 四	一三三七	55	3・25順徳院の宸筆本で、『八雲御抄』を校合する。5・20頃、二条為定家歌会に出席（兼好法師集・九十二番～九十七番）。一説に、この頃までに徒然草成立か。	3・6金崎城、陥落。恒良親王捕われ、新田義貞敗走。一条（勘解由小路）行房、金崎城で戦死（徒然草・第二百三十八段）。

延元 三 暦応 元	一三三八	56	春、二条為定邸の歌会に出席するか（兼好法師集・二百六十九番～二百七十番の見せ消ち詞書による）。閏7・9『古今和歌集』を校合する。	閏7・2新田義貞、越前で戦死。8・5二条為世（八十九）没（兼好法師集・九十八番・百六番）。8・11足利尊氏、征夷大将軍となる。この年以後、『増鏡』成る。
延元 四 暦応 二	一三三九	57		1・16菊亭兼季（五十六、一説五十四）没（徒然草・第七十段）。8・15後村上天皇、吉野で受禅し、践祚（南朝）。8・16後醍醐天皇（五十二）崩御（徒然草・第二百三十八段）。この年、足利尊氏の奏請で、後醍醐天皇追善のために天龍寺を創建。この年の秋、北畠親房、常陸国で『神皇正統記』の著作を開始。
興国 元 暦応 三	一三四〇	58		2月北畠親房『職原抄』成る。7・1堀川具親、出家。二条良基、内大臣となる。
興国 二 暦応 四	一三四一	59	1・12二条為定家歌会に出席（兼好法師集・百五十二番～百五十六番）。	3・29塩谷判官高貞、高師直の讒言で京都を出奔す。12・23足利直義、天龍寺船の元への派遣を決定。

興国 三 康永 元	一三四二	60	5月『拾遺和歌集』を書写校合する。	4・23幕府、五山十刹を定める。5・7永福門院鐘子（七十二）崩御。9・1土岐頼遠、光厳上皇の車に狼藉。12・1頼遠、誅される。
興国 四 康永 二	一三四三	61		4・18平惟継（七十八）没（徒然草・第八十六段）。4・1洞院公賢が左大臣に、二条良基が右大臣になる。10・19僧正道我（六十）寂（徒然草第百六十段、兼好法師集・百四番・百五番）。この年（七月か）、北畠親房『神皇正統記』成る。
興国 五 康永 三	一三四四	62	10・8足利尊氏・直義の発願による「高野山金剛三昧院奉納和歌」として、短冊五枚にそれぞれ一首ずつ五首の和歌を書く。この頃、『藤葉和歌集』成立し、三首が入集する。	この年、浄弁、九十歳位で生存か。
興国 六 貞和 元	一三四五	63	この頃から翌年にかけて、自筆草稿本『兼好法師家集』成立するか。	4・17『風雅和歌集』勅撰の議があり、光厳上皇、洞院公賢らに勅して、諸人の歌を集めさせる。この頃、今川了俊、冷泉為秀に入門するか。この年、二条良基『僻連抄』成る。

正平 元 貞和 二	一三四六	64	閏9・6洞院公賢を訪問する。11・27から12・9まで、三宝院の賢俊僧正の伊勢神宮参拝に従って下向する。	2・29二条良基、関白になる。7・24虎関師錬（六十九）寂。11・9『風雅和歌集』春の部成り、竟宴を行う。12・2雪村友梅（五十七）寂。12・5二条為定、権大納言となる。
正平 二 貞和 三	一三四七	65		この年、玄恵『後三年合戦絵詞』（『奥州後三年記』）序文を書く。
正平 三 貞和 四	一三四八	66	12・26洞院公賢を訪ね、武蔵守高師直が着用する狩衣のことなどを相談する。一説に、この頃以後、冷泉為秀の門に入るか。	1・5河内国の四条畷で、高師直に敗れて楠木正行戦死。10・27崇光天皇践祚。11・11花園法皇（五十二）崩御。
正平 四 貞和 五	一三四九	67	2月『風雅和歌集』成立し、一首が入集する。	9・7小倉実教（八十六）没（兼好法師集・十番・十一番・二十九番・三十番）。
正平 五 観応 元	一三五〇	68	4・21「玄恵法印追善詩歌」に、和歌二首を出詠。8・5「為世十三回忌和歌」に二首を出詠。	3・2玄恵没。3・18洞院公賢、北朝の太政大臣を辞す。
正平 六 観応 二	一三五一	69	12・3『続古今和歌集』を書写する。	2・27高師直、殺される。9・30夢窓疎石（七十七）寂。10・24足利尊氏ら、南朝に帰順。11・7北朝の崇光天皇を廃す。

正平七 文和元	一三五二	70	8・28以前、二条良基の「後普光園院殿御百首」に、頓阿・慶運と共に合点を付す。兼好の生存が確認できる最後の記録。これ以後の兼好の生存は、不詳。まもなく没したか。	2・26足利尊氏、弟の直義を鎌倉で殺す。閏2・20北畠顕能ら、入京。8・17足利義詮、北朝の後光厳天皇を擁立する。
正平八 文和二	一三五三			この年、二条良基『小島のくちずさみ』成る。
正平九 文和三	一三五四			4・17北畠親房（六十二）没。
正平十 文和四	一三五五			3・13足利尊氏、京都を回復。8・26西華門院基子（八十七）没（兼好法師集・五十七番）。
正平十一 延文元	一三五六			3・25二条良基『菟玖波集』の編纂終わる。8・25後光厳天皇、公卿に勅して『延文百首』を詠進させる。9・23尊円法親王（五十九）寂（兼好法師集・二百七十三番）。
正平十二 延文二	一三五七			閏7・11『菟玖波集』を准勅撰とする。閏7・16三宝院賢俊僧正（五十九）寂。
正平十三 延文三	一三五八			4・30足利尊氏（五十四）没。10・10新田義興、武蔵国の矢口渡で水没死。

			12・8足利義詮、第二代の将軍となる。12・29二条良基、関白を辞す。この年、一説に『吉野拾遺』成るか。
正平十四 延文　四	一三五九	12月二条為定の『新千載和歌集』が完成し、三首が入集する。兼好は、既に没していたか。	5・2尊胤法親王（五十四）寂（兼好法師集百五十一番）。この年、頓阿の自撰家集『草庵集』成るか。
正平十五 延文　五	一三六〇		3・14二条為定（六十八）没（兼好法師集・四番〜六番・九十二番〜九十七番・百十番〜百十六番・百五十二番〜百五十六番・百六十七番〜百六十九番・二百六十五番〜二百七十一番）。4・6洞院公賢（七十）没（一説に、徒然草・第百二段）。
正平十六 貞治　元	一三六一		この年、近衛道嗣邸で歌会や連句会が活発に催される。
正平十七 貞治　二	一三六二		3・26慶運、『古今和歌集』の秘説を行運に授ける。4・1円月、建仁寺住持となる。
正平十八 貞治　三	一三六三		閏1・1豊原龍秋（七十三）没（徒然草・第二百十九段）。2・27二条良基、

正平十九 貞治　三	一三六四		12月二条為明撰進の『新拾遺和歌集』が成立し、兼好の和歌が三首入集する。	関白となる。 2月頓阿『十楽庵記』成る。7・7光厳法皇（五十二）崩御。10・27二条為明（七十）没。この年以前、頓阿『井蛙抄』成るか。

『兼好法師集』の歌番号は、『中世和歌集・室町篇』（新日本古典文学大系）による。

三宅雪嶺　長妻三佐雄
内村鑑三　新保祐司
*岡倉天心　木下長宏
志賀重昂　中野目徹
徳富蘇峰　杉原志啓
竹越與三郎　西田　毅
内藤湖南・桑原隲蔵　礪波　護
岩村　透　今橋映子
西田幾多郎　大橋良介
喜田貞吉　中村生雄
上田　敏　及川　茂
柳田国男　鶴見太郎
厨川白村　張　競
折口信夫　斎藤英喜
九鬼周造　粕谷一希
辰野　隆　金沢公子
シュタイン　瀧井一博
福澤諭吉　平山　洋
福地桜痴　山田俊治
中江兆民　田島正樹
田口卯吉　鈴木栄樹
陸　羯南　松田宏一郎
宮武外骨　山口昌男

*吉野作造　田澤晴子
野間清治　佐藤卓己
山川　均　米原　謙
北　一輝　岡本幸治
杉　亨二　速水　融
北里柴三郎　福田眞人
田辺朔郎　秋元せき
*南方熊楠　飯倉照平
寺田寅彦　金森　修
石原　純　金子　務
J・コンドル　鈴木博之
小川治兵衛　尼崎博正

現代

昭和天皇　御厨　貴
高松宮宣仁親王　後藤致人
*李方子　小田部雄次
吉田　茂　中西　寛
マッカーサー　柴山　太
重光　葵　武田知己
池田勇人　中村隆英

和田博雄　庄司俊作
朴正熙　木村　幹
竹下　登　真渕　勝
*松永安左エ門　橘川武郎
鮎川義介　井口治夫
出光佐三　橘川武郎
松下幸之助　米倉誠一郎
渋沢敬三　井上　潤
本田宗一郎　伊丹敬之
井深　大　武田　徹
幸田家の人々　金井景子
*正宗白鳥　大嶋　仁
大佛次郎　福島行一
*川端康成　大久保喬樹
薩摩治郎八　小林　茂
松本清張　杉原志啓
安部公房　成田龍一
三島由紀夫　島内景二
R・H・ブライス　菅原克也
金素雲　林　容澤

柳　宗悦　熊倉功夫
バーナード・リーチ　鈴木禎宏
イサム・ノグチ　酒井忠康
川端龍子　岡部昌幸
藤田嗣治　林　洋子
*井上有一　海上雅臣
手塚治虫　竹内オサム
山田耕筰　後藤暢子
武満　徹　船山　隆
力道山　岡村正史
美空ひばり　朝倉喬司
植村直巳　湯川　豊
西田天香　宮田昌明
安倍能成　中根隆行
G・サンソム　牧野陽子
和辻哲郎　小坂国継
青木正児　井波律子
矢代幸雄　稲賀繁美
石田幹之助　岡本さえ
*平泉　澄　若井敏明
前嶋信次　杉田英明

竹山道雄　平川祐弘
保田與重郎　谷崎昭男
佐々木惣一　松尾尊兊
*瀧川幸辰　伊藤孝夫
矢内原忠雄　等松春夫
福本和夫　伊藤　晃
フランク・ロイド・ライト　大久保美春
大宅壮一　有馬　学
清水幾太郎　竹内　洋

*は既刊
二〇〇八年三月現在

*佐竹曙山 成瀬不二雄
葛飾北斎 岸 文和
酒井抱一 玉蟲敏子
孝明天皇 青山忠正
徳川慶喜 大庭邦彦
*和 宮 辻ミチ子
*古賀謹一郎 小野寺龍太
*月 性 海原 徹
西郷隆盛 草森紳一
*吉田松陰 海原 徹
*高杉晋作 海原 徹
オールコック 佐野真由子
アーネスト・サトウ 奈良岡聰智
冷泉為恭 中部義隆

近代

*明治天皇 伊藤之雄
大正天皇 フレッド・ディキンソン
大久保利通 三谷太一郎
山県有朋 鳥海 靖
木戸孝允 落合弘樹
*松方正義 室山義正
北垣国道 小林丈広
大隈重信 五百旗頭薫
伊藤博文 坂本一登
井上 毅 大石 眞
*桂 太郎 小林道彦
林 董 君塚直隆
*高宗・閔妃 木村 幹
山本権兵衛 室山義正
高橋是清 鈴木俊夫
小村寿太郎 簑原俊洋
犬養 毅 小林惟司
加藤高明 櫻井良樹
田中義一 黒沢文貴
平沼騏一郎 堀田慎一郎
宮崎滔天 榎本泰子
*浜口雄幸 川田 稔
幣原喜重郎 西田敏宏
関 一 玉井金五
広田弘毅 井上寿一
安重根 上垣外憲一
グルー 廣部 泉
東條英機 牛村 圭
蔣介石 劉 岸偉
木戸幸一 波多野澄雄
*乃木希典 佐々木英昭
児玉源太郎 小林道彦
加藤友三郎・寛治 麻田貞雄
宇垣一成 北岡伸一
石原莞爾 山室信一
五代友厚 田付茉莉子
大倉喜八郎 村上勝彦
安田善次郎 由井常彦
渋沢栄一 武田晴人
山辺丈夫 宮本又郎
武藤山治 阿部武司・桑原哲也
小林一三 橋爪紳也
大倉恒吉 石川健次郎
大原孫三郎 猪木武徳
河竹默阿弥 今尾哲也
イザベラ・バード 加納孝代
林 忠正 木々康子
森 鷗外 小堀桂一郎
二葉亭四迷 ヨコタ村上孝之
巌谷小波 千葉信胤
樋口一葉 佐伯順子
島崎藤村 十川信介
泉 鏡花 東郷克美
有島武郎 亀井俊介
永井荷風 川本三郎
北原白秋 平石典子
菊池 寛 山本芳明
宮澤賢治 千葉一幹
正岡子規 夏石番矢
P・クローデル 内藤 高
高浜虚子 坪内稔典
与謝野晶子 佐伯順子
*種田山頭火 村上 護
斎藤茂吉 品田悦一
*高村光太郎 湯原かの子
萩原朔太郎 エリス俊子
原阿佐緒 秋山佐和子
*狩野芳崖・高橋由一 古田 亮
竹内栖鳳 北澤憲昭
黒田清輝 高階秀爾
中村不折 石川九楊
横山大観 高階秀爾
*橋本関雪 西原大輔
小出楢重 芳賀 徹
土田麦僊 天野一夫
岸田劉生 北澤憲昭
松旭斎天勝 川添 裕
中山みき 鎌田東二
ニコライ 中村健之介
出口なお・王仁三郎 川村邦光
島地黙雷 阪本是丸
*新島 襄 太田雄三
嘉納治五郎 クリストファー・スピルマン
*澤柳政太郎 新田義之
河口慧海 高山龍三
大谷光瑞 白須淨眞
*久米邦武 髙田誠二
フェノロサ 伊藤 豊

西行　光田和伸
藤原定家　赤瀬信吾
*京極為兼　今谷　明
*兼好　島内裕子
重源　横内裕人
運慶　根立研介
法然　今堀太逸
慈円　大隅和雄
明恵　西山　厚
親鸞　末木文美士
恵信尼・覚信尼　西口順子
道元　船岡　誠
叡尊　細川涼一
*忍性　松尾剛次
*日蓮　佐藤弘夫
一遍　蒲池勢至
夢窓疎石　田中博美
*宗峰妙超　竹貫元勝

南北朝・室町

後醍醐天皇　上横手雅敬
護良親王　新井孝重
北畠親房　岡野友彦
楠正成　兵藤裕己
*新田義貞　山本隆志
光厳天皇　深津睦夫
足利尊氏　市沢　哲
佐々木道誉　下坂　守
円観・文観　田中貴子
足利義満　川嶋將生
足利義教　横井　清
大内義弘　平瀬直樹
伏見宮貞成親王　松薗　斉
山名宗全　山本隆志
日野富子　脇田晴子
世阿弥　西野春雄
雪舟等楊　河合正朝
宗祇　鶴崎裕雄
*満済　森　茂暁
一休宗純　原田正俊

戦国・織豊

北条早雲　家永遵嗣
毛利元就　岸田裕之
*今川義元　小和田哲男
*武田信玄　笹本正治
三好長慶　仁木　宏
*上杉謙信　矢田俊文
吉田兼倶　西山　克
山科言継　松薗　斉
雪村周継　赤澤英二
織田信長　三鬼清一郎
豊臣秀吉　藤井讓治
*北政所おね　田端泰子
*淀殿　福田千鶴
前田利家　東四柳史明
黒田如水　小和田哲男
蒲生氏郷　藤田達生
真田氏三代　笹本正治
細川ガラシャ　田端泰子
伊達政宗　伊藤喜良
*支倉常長　田中英道
ルイス・フロイス　エンゲルベルト・ヨリッセン
*長谷川等伯　宮島新一
顕如　神田千里

江戸

徳川家康　笠谷和比古
徳川吉宗　横田冬彦
*後水尾天皇　久保貴子
光格天皇　藤田　覚
崇伝　杣田善雄
春日局　福田千鶴
池田光政　倉地克直
シャクシャイン　岩崎奈緒子
*田沼意次　藤田　覚
二宮尊徳　小林惟司
末次平蔵　岡美穂子
高田屋嘉兵衛　生田美智子
林羅山　鈴木健一
中江藤樹　辻本雅史
山崎闇斎　澤井啓一
*北村季吟　島内景二
貝原益軒　辻本雅史
ケンペル　ボダルト・ベイリー
荻生徂徠　柴田　純
雨森芳洲　上田正昭
前野良沢　松田　清
平賀源内　石上　敏
杉田玄白　吉田　忠
上田秋成　佐藤深雪
木村蒹葭堂　有坂道子
*大田南畝　沓掛良彦
菅江真澄　赤坂憲雄
*鶴屋南北　諏訪春雄
良寛　阿部龍一
山東京伝　佐藤至子
*滝沢馬琴　高田　衛
平田篤胤　川喜田八潮
シーボルト　宮坂正英
本阿弥光悦　岡　佳子
小堀遠州　中村利則
尾形光琳・乾山　河野元昭
*二代目市川團十郎　田口章子
与謝蕪村　佐々木丞平
伊藤若冲　狩野博幸
鈴木春信　小林　忠
円山応挙　佐々木正子

ミネルヴァ日本評伝選

企画推薦
梅原　猛
ドナルド・キーン
佐伯彰一
角田文衞

監修委員
上横手雅敬
芳賀　徹

編集委員
石川九楊
伊藤之雄
猪木武徳
今谷　明
今橋映子
熊倉功夫
佐伯順子
坂本多加雄
武田佐知子
竹西寛子
西口順子
兵藤裕己
御厨　貴

上代

俾弥呼　古田武彦
日本武尊　西宮秀紀
仁徳天皇　若井敏明
雄略天皇　吉村武彦
*蘇我氏四代　遠山美都男
推古天皇　義江明子
聖徳太子　仁藤敦史
斉明天皇　武田佐知子
小野妹子・毛人　大橋信也
額田王　梶川信行
弘文天皇　遠山美都男
天武天皇　新川登亀男
持統天皇　丸山裕美子
阿倍比羅夫　熊田亮介
柿本人麻呂　古橋信孝
元明・元正天皇　渡部育子
聖武天皇　本郷真紹
光明皇后　寺崎保広
孝謙天皇　勝浦令子
藤原不比等　荒木敏夫
吉備真備　今津勝紀
道　鏡　吉川真司
大伴家持　和田　萃
行　基　吉田靖雄

平安

*桓武天皇　井上満郎
嵯峨天皇　西別府元日
宇多天皇　古藤真平
醍醐天皇　石上英一
村上天皇　京樂真帆子
花山天皇　上島　享
三条天皇　倉本一宏
藤原薬子　中野渡俊治
小野小町　錦　仁
藤原良房・基経　滝浪貞子
菅原道真　竹居明男
紀貫之　神田龍身
源高明　所　功
慶滋保胤　平林盛得
*安倍晴明　斎藤英喜
藤原実資　橋本義則
*藤原道長　朧谷　寿
清少納言　後藤祥子
紫式部　竹西寛子
和泉式部　ツベタナ・クリステワ
大江匡房　小峯和明
阿弖流為　樋口知志
坂上田村麻呂　熊谷公男
*源満仲・頼光　元木泰雄
平将門　西山良平
空　海　頼富本宏
最　澄　吉田一彦
空　也　石井義長
奝　然　上川通夫
*源　信　小原　仁
後白河天皇　美川　圭
式子内親王　奥野陽子
建礼門院　生形貴重
平清盛　田中文英
藤原秀衡　入間田宣夫
平時子・時忠　元木泰雄
平維盛　根井　浄
守覚法親王　阿部泰郎

鎌倉

源頼朝　川合　康
*源義経　近藤好和
後鳥羽天皇　五味文彦
九条兼実　村井康彦
北条時政　野口　実
熊谷直実　佐伯真一
*北条政子　関　幸彦
北条義時　岡田清一
曾我十郎・五郎　杉橋隆夫
北条時宗　近藤成一
安達泰盛　山陰加春夫
平頼綱　細川重男
竹崎季長　堀本一繁

刊行のことば

歴史を動かすものは人間であり、興趣に富んだ人間の動きを通じて、世の移り変わりを考えるのは、歴史に接する醍醐味である。

しかし過去の歴史学を顧みるとき、人間不在という批判さえ見られたように、歴史における人間のすがたが、必ずしも十分に描かれてきたとはいえない。二十一世紀を迎えた今、歴史の中の人物像を蘇生させようとの要請はいよいよ強く、またそのための条件もしだいに熟してきている。

この「ミネルヴァ日本評伝選」は、正確な史実に基づいて書かれるのはいうまでもないが、単に経歴の羅列にとどまらず、歴史を動かしてきたすぐれた個性をいきいきとよみがえらせたいと考える。そのためには、対象とした人物とじっくりと対話し、ときにはきびしく対決していくことも必要になるだろう。

今日の歴史学が直面している困難の一つに、研究の過度の細分化、瑣末化が挙げられる。それは緻密さを求めるが故に陥った弊害といえるが、その結果として、歴史の大きな見通しが失われ、歴史学を通しての社会への働きかけの途が閉ざされ、人々の歴史への関心を弱める危険性がある。今こそ歴史が何のためにあるのかという、基本的な課題に応える必要があろう。評伝という興味ある方法を通じて、解決の手がかりを見出せないだろうかというのも、この企画の一つのねらいである。

狭義の歴史学の研究者だけでなく、多くの分野ですぐれた業績をあげている著者たちを迎えて、従来見られなかった規模の大きな人物史の叢書として、「ミネルヴァ日本評伝選」の刊行を開始したい。

平成十五年（二〇〇三）九月

ミネルヴァ書房

《著者紹介》

島内裕子（しまうち・ゆうこ）

1953年　東京都生まれ。

東京大学文学部国文学科から，東京大学大学院修士課程に進学し，博士課程を単位取得満期退学。

現　在　放送大学教養学部准教授。

著　書　『美しい時間――ショパン・ローランサン・吉田健一』書肆季節社，1990年。

『徒然草の変貌』ぺりかん社，1992年。

『徒然草の内景――若さと成熟の精神形成（パイデイア）』放送大学教育振興会，1994年。

『徒然草の遠景――文学の領域とその系脈』放送大学教育振興会，1998年。

『日本文学における住まい』放送大学教育振興会，2004年。

論　文　「一葉の恋愛観と徒然草」放送大学研究年報10号，1992年。

「『舞踏会』におけるロティとヴァトーの位相」放送大学研究年報12号，1994年。

「近代文学におけるヴァトー――堀口大學から吉田健一まで」放送大学研究年報13号，1995年。

「紀行文学における事実と真実――吉田健一『或る田舎町の魅力』をめぐって」放送大学研究年報17号，1999年。

「in this unreal world ――内田百閒『新方丈記』の位相」文藝別冊・内田百閒，河出書房新社，2003年。

「廃園の茉莉」文藝別冊・森茉莉，河出書房新社，2003年，ほか多数。

ミネルヴァ日本評伝選
兼好《けんこう》
――露もわが身も置きどころなし――

2005年5月10日　初版第1刷発行　〈検印省略〉
2008年3月10日　初版第2刷発行

定価はカバーに
表示しています

著　者　島　内　裕　子
発行者　杉　田　啓　三
印刷者　江　戸　宏　介

発行所　株式会社　ミネルヴァ書房
607-8494 京都市山科区日ノ岡堤谷町1
電話（075）581-5191（代表）
振替口座 01020-0-8076番

共同印刷工業・新生製本

ISBN978-4-623-04400-9
Printed in Japan

人名索引

あ 行

か 行

さ　行

た　行

な　行

は　行

ま　行

や　行

ら・わ行

書名・事項索引

あ 行

か 行

さ 行

ま 行

や 行

ら 行

わ 行

徒然草章段索引

『兼好法師集』歌番号索引